# El perfume de bergamota

books4pocket

Gastón Morata

# El perfume de bergamota

**ALMUZARA**

© de la obra: José Luis Gastón Morata, 2007
© de la primera edición: EDITORIAL ALMUZARA, S.L., enero 2007
© de la tercera edición: EDITORIAL ALMUZARA, S.L., junio 2007
© de esta edición: EDITORIAL ALMUZARA, S.L., mayo 2010
www.editorialalmuzara.com
info@editorialalmuzara.com
www.books4pocket.com

Diseño de la colección: Opalworks
Diseño de la portada: Talenbook

Impreso por Novoprint, S. A.
Energía 53
Sant Andreu de la Barca (Barcelona)

Fotocomposición: books4pocket

I.S.B.N: 978-84-92516-18-6
Depósito legal: B-19686-2010

Impreso en España – Printed in Spain

*A Isabel.*
*A Rosa y Pepa. In memoriam.*

*Agradecimientos:*
*A José Delgado García, Javier Carmona López,*
*Ignacio Contreras Ruiz y Francisco García García,*
*que leyeron el manuscrito conforme nacía,*
*brindaron ideas y animaron a continuarlo.*

*La verdad en la medicina es una meta que no puede alcanzarse. Todo cuanto está escrito en los libros vale menos que la experiencia de un médico que piensa y razona.*

RHAZES (865-925 D.C.)

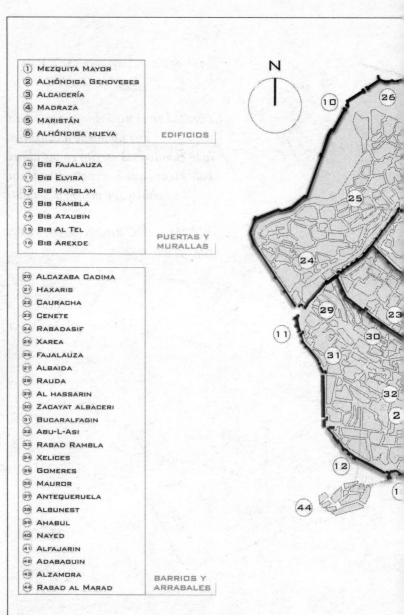

N

| EDIFICIOS | |
|---|---|
| ① MEZQUITA MAYOR | |
| ② ALHÓNDIGA GENOVESES | |
| ③ ALCAICERÍA | |
| ④ MADRAZA | |
| ⑤ MARISTÁN | |
| ⑥ ALHÓNDIGA NUEVA | |

PUERTAS Y MURALLAS

⑩ BIB FAJALAUZA
⑪ BIB ELVIRA
⑫ BIB MARSLAM
⑬ BIB RAMBLA
⑭ BIB ATAUBIN
⑮ BIB AL TEL
⑯ BIB AREXDE

BARRIOS Y ARRABALES

⑳ ALCAZABA CADIMA
㉑ HAXARIS
㉒ CAURACHA
㉓ CENETE
㉔ RABADASIF
㉕ XAREA
㉖ FAJALAUZA
㉗ ALBAIDA
㉘ RAUDA
㉙ AL HASSARIN
㉚ ZACAYAT ALBACERI
㉛ BUCARALFAGIN
㉜ ABU-L-ASI
㉝ RABAD RAMBLA
㉞ XELICES
㉟ GOMERES
㊱ MAUROR
㊲ ANTEQUERUELA
㊳ ALBUNEST
㊴ AHABUL
㊵ NAYED
㊶ ALFAJARIN
㊷ ADABAGUIN
㊸ ALZAMORA
㊹ RABAD AL MARAD

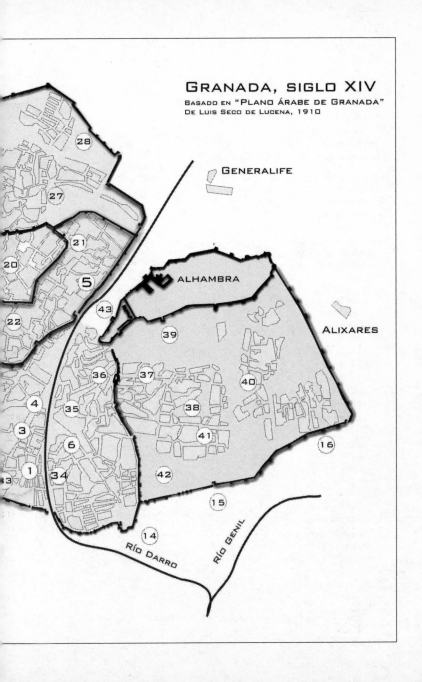

# GRANADA, SIGLO XIV

Basado en "Plano Árabe de Granada"
De Luis Seco de Lucena, 1910

GENERALIFE

ALHAMBRA

ALIXARES

RÍO DARRO

RÍO GENIL

# GRANADA
## DÉCIMO CUARTO DÍA DEL MES DE DULCADA DEL AÑO 794
### (Primer día de octubre del año 1392)

## 1

Hamet acababa de llegar a su casa. El corto trayecto existente entre el Maristán y su vivienda lo había hecho, como todos los días, saludando a vecinos y conocidos. En el zoco de la *Almajura*, la plaza larga del Albaicín, cuyos puestos aún permanecían abiertos a pesar de lo avanzado de la tarde, adquirió dos pequeños atunes para que Jadicha los preparase en adobo para la cena del día siguiente. Mientras caminaba, repasaba mentalmente su trabajo en el hospital: se sintió satisfecho por la intervención realizada durante la mañana sobre el *nazul-i-ab*, «*el descenso del agua*» o cataratas que habían restado visión en los últimos meses a un anciano, y sintió pena por la mujer que a media tarde atendió en la consulta. La tumoración aparecida seis meses antes en su mama derecha no tenía remedio. El tamaño del bulto, el dolor a su tacto, la secreción sanguinolenta por el pezón y el aspecto de cáscara de naranja que presentaba la piel de la mujer junto al nódulo así lo indicaba.

Había decidido regresar antes de lo habitual con idea de ordenar las notas que preparaba para escribir un pequeño tratado sobre las fiebres pestilentes. Su experiencia sobre la dolencia era escasa, pues apenas había tenido ocasión de atender a enfermos de peste. Pero ya fuera por haber nacido durante la peor epidemia conocida, por la gravedad de esa enfermedad, o tal vez por el buen resultado de los remedios propuestos por los médicos nazaritas de hacía cincuenta años, el asunto le entusiasmaba.

Conocida de antiguo y temida por la humanidad, la peor epidemia de peste de la que se tenía noticia, llamada *la muerte negra* por su extensión y gravedad, había comenzado unos cincuenta años antes en el Oriente, en las cercanías de Arabia y la India. En pocos años se extendió hacia el Occidente europeo y africano. En Egipto morían a diario entre diez y quince mil personas mientras duró la epidemia. Los comerciantes genoveses, que mantenían relaciones con el puerto de Alejandría, trajeron la enfermedad a Europa. Las ciudades de Génova y Venecia se vieron muy afectadas. El mal continuó extendiéndose por Roma, Florencia y Siena, alcanzando el Languedoc y la Provenza del reino de los francos. El territorio de Aragón no tardó en verse afectado. Trajeron la dolencia los barcos de mercaderes que desde las ciudades italianas solían llegar al puerto de Valencia. «Curioso —pensó Hamet—. Los comerciantes y marineros traían la información y también la afección». El reino de Castilla no se vio libre, y el propio rey Alfonso el undécimo falleció en tierras gaditanas mientras sitiaba la plaza de Gibraltar, en pugna con los granadinos y meriníes.

El padecimiento comenzaba de forma brusca. El enfermo notaba intensos escalofríos y fiebre. Los dolores en los músculos de los brazos, los hombros y los muslos no tardaban en presentarse. Durante la fiebre de los primeros días era frecuente que el paciente delirara y refiriera la sensación de un vértigo intenso que le obligaba a permanecer postrado. Después de tres o cuatro días de fiebre, aparecían los bubones en las ingles y en las axilas, anchos y duros, que alcanzaban el tamaño de los huevos de oca y que rara vez supuraban. Los enfermos sentían dolor en el pecho, dificultad respiratoria y esputos sanguinolentos; lengua y labios tomaban una coloración violácea, que contrastaba con el aspecto maciento del rostro. A partir de entonces, el aquejado se debilitaba alarmantemente, se le hacía balbuceante la palabra y vacilante la marcha, y después de un día de letargia, fallecía. Muy pocos lograban sobrevivir. Nada se podía hacer, y todos los remedios aplicados eran inútiles. Ni el mitridato ni el almizcle surtían efecto, y ni siquiera la aplicación de ventosas, bastante eficaces en los bubones venéreos, muy parecidos a los de la pestilencia, servían para aliviar al enfermo.

Hamet se acomodó sobre los dos cojines que le servían de asiento dispuestos junto al *ataifor* situado cerca de la ventana de su cuarto y preparó el tintero y cálamo que utilizaba para escribir, junto al manuscrito que venía redactando desde hacía un par de meses. Hasta ese momento había descrito las características clínicas, los síntomas y signos más comunes que presentaban los afectados, así como la posible evolución de éstos. Fue meticuloso en describir el aspecto de los bubones pestilentes para que pudiesen distinguirse de los producidos por otras causas, pues tal análisis era lo único que permitía un diagnóstico certero. Para ello no escatimó esfuerzo en consultar todos los manuscritos y documentos que encontró en las bibliotecas de la Madraza y del Maristán, así como sus notas personales tras haber asistido a algunos enfermos. Consideraba que hasta el momento había realizado un buen estudio que pensaba titular *Tratado sobre la pestilencia negra*.

El atardecer del día pensaba dedicarlo a recopilar todas las teorías sobre las posibles causas de la enfermedad. Se arrepintió de no haber extendido en el suelo la alfombra de lana que, desde el inicio del otoño y hasta bien entrada la primavera, adornaba y calentaba el suelo de su dormitorio. El frescor del final de la tarde le incomodaba.

El origen de la enfermedad era desconocido. Hipócrates y Galeno habían expuesto que su causa era la inhalación del aire corrompido por la abundancia de cadáveres no incinerados, como acontece en tiempos de guerra, o por los vapores que desprenden lagunas y estanques en invierno. Los físicos cristianos la atribuían a un castigo divino contra el que poco se podía hacer. Los *hakim* de Bagdad, los sabios médicos, consideraban que el motivo era la contaminación atmosférica de la conjunción de Venus, Marte, la Luna y Júpiter, a la que colaboraba la aparición de cometas, eclipses, temblores de tierra o tormentas. Lo cierto es que, tras su paso, las ciudades veían reducida su población a la mitad por el número de fallecidos que provocaba, con una mortalidad mucho más elevada que la producida durante las epidemias de viruela o tifus.

Habían pasado ochocientos años desde la epidemia que se extendió por todos los lugares bañados por el Mediterráneo, y que se conoció como la «peste de Justiniano». Durante los dos siglos siguientes se produjeron varios rebrotes, pero en los últimos quinientos años todo el Occidente europeo y la zona de Arabia habían estado libres del azote, lo que en el mundo islámico se interpretó como un apoyo divino al asentamiento de la dinastía Abbasí frente al degenerado poder Omeya. Pero la reaparición medio siglo atrás había sido la peor, de ahí el nombre de «muerte negra».

El impacto que supuso la irrupción de la peste negra en el reino nazarita, hacía cincuenta años, tuvo respuesta por parte de los físicos del reino. Un médico de Almería, Hatima, y los granadinos Al-Saquri y Al-Jatib consideraban que la causa del contagio era la contaminación del aire producida por las emanaciones de las aguas estancadas y los vientos procedentes de los cementerios y basureros. Cuando se tuvo noticia en Granada de que la epidemia estaba asolando las tierras cercanas de Murcia por el este y las de Cádiz por el oeste, recomendaron el cierre de las fronteras del reino para evitar su expansión e impedir la entrada de mercancías, animales o personas, fuesen cristianas o musulmanas, procedentes de las poblaciones afectadas. En las ciudades en donde se declarase algún caso se evitaría la aglomeración de fieles en las mezquitas y se clausurarían los baños públicos. Las paredes de los edificios públicos se enjalbegarían con cal, al tiempo que debía purificarse el aire de las viviendas donde hubiese un apestado con fumigaciones de áloe, sándalo y alcanfor. Los consejos de Hatima, Al-Saquri y Al-Jatib fueron ejecutados por orden directa del sultán Abul Hachaf, que por entonces regía el reino. Al-Jatib había recomendado, además, proveer las ciudades de suficiente cantidad de víveres adquiridos en tierras no afectadas para mantenerlas aisladas durante al menos cuatro o cinco meses.

La epidemia no pudo evitarse. Los primeros contagiados aparecieron en las ciudades costeras de Málaga y Almuñecar, por lo que se supuso que la dolencia habría llegado con cualquiera de los barcos que habían arribado a las costas andaluzas. Desde ellas, se extendió por Ronda y la Axarquía, afectó a Loja, Alhama y, en unas semanas, se presentó en la capital del reino. Pero el número de afectados y el de fallecimientos fue bastante menor que en las cercanas tierras cristianas de Murcia, Córdoba y Sevilla.

Hamet, que nació en pleno azote, no llegó a conocer la magnitud de la tragedia, pero sí tuvo ocasión de presenciar un rebrote del padecimiento producido en la ciudad costera de Almería. Comprobó personalmente la utilidad de las medidas propuestas por los médicos granadinos para prevenir la propagación de la enfermedad. Desde entonces, el estudio de la pestilencia le apasionaba y, sobre todo, le intrigaban los cambios sociales que producía. La inminencia de la muerte avivaba los sentimientos religiosos que se manifestaban en rogativas, ofrendas y promesas. Pero también acentuaba la sensación de fugacidad de la vida, siendo frecuentes los excesos de todo tipo al romperse las normas éticas y morales comúnmente aceptadas. La población huía de sus hogares y tierras, se rompían vínculos familiares al distanciarse padres, hijos y cónyuges, en un intento desesperado de salvación personal. Se colapsaba el comercio, y el abandono de las aldeas, pueblos y ciudades causaba un empobrecimiento general que tardaba años en superarse.

Por la ventana de la alcoba que le servía de dormitorio y estudio, Hamet vio que la tarde comenzaba a declinar. Era evidente que, tras la llegada del otoño, los días eran más cortos. El sol se reflejaba aún en las cumbres de Sierra Nevada, dando un tono rojizo a las primeras nieves que sobre el *Gebel Solair* habían caído al final del verano, con la aparición de los primeros fríos, y que se mantendrían hasta bien avanzada la siguiente primavera.

Acababa de comenzar a escribir, cuando oyó los golpes que alguien estaba dando en el portón de su vivienda. Su domicilio en el barrio del *Haxaris*, cercano al Maristán, tenía ese inconveniente. No era raro que fuese requerido por cualquier estudiante de medicina de los que residían en el hospital, que agobiado por el empeoramiento de alguno de los enfermos ingresados, buscase, aunque fuesen horas intempestivas, su ayuda para decidir un tratamiento o una cura necesaria. Salvo Hamet, los otros médicos que trabajaban en el Maristán residían en barrios más alejados de la zona. Esto les permitía gozar de cierta tranquilidad durante sus horas de ocio, pues era difícil que un estudiante inexperto los buscase una vez finalizado el trabajo diario. La cercanía del domicilio de Hamet al nosocomio hacía que fuese él el requerido la mayoría de las ocasiones. Hacía tiempo que tenía pensado buscar una vivienda en la Medina principal, alejada del barrio del *Haxaris*. Pero en esa casa se había criado, la había heredado tras la muerte de sus abuelos maternos, le sentía apego, y nunca había decidido el definitivo cambio de domicilio.

No tardaron en oírse los pasos apresurados de Jadicha subiendo la estrecha escalera que unía los dos pisos de la vivienda. La criada irrumpió en la estancia de Hamet, obligándole a levantar los ojos del manuscrito sobre el que escribía e interrogarla con la mirada. La sirvienta se encontraba en la entrada de la habitación con el rostro desencajado, ligeramente sudorosa y con mirada inquieta. Hamet conocía a Jadicha desde siempre. Había entrado al servicio de sus abuelos siendo aún una adolescente, continuó sirviendo a sus padres cuando se casaron y, tras la muerte de su madre, ella había seguido al cuidado de Hamet. Obesa y fuerte, de tez aceitunada y ojos claros, melena corta, tupida y ligeramente canosa, que recortaba mensualmente, manos pequeñas en proporción al resto de su cuerpo, rondaba los sesenta años. El paso del tiempo y su peso habían deformado los huesos de las piernas, que mostraban una disposición arqueada, le hacían caminar naneando y le provocaban con frecuencia dolor en ambas rodillas, que se acentuaba en los días fríos y lluviosos. No obstante, continuaba desarrollando las labores domésticas para las que tenía asignado un horario semanal fijo. Devota y cumplidora de la ley, rezaba cinco veces al día. Además, los viernes le gustaba acudir a la oración del mediodía en la Mezquita Mayor, donde ocupaba un lugar en el sitio reservado a las mujeres. A diario intentaba acrecentar la ya disminuida religiosidad de Hamet.

—La guardia palaciega requiere tu presencia —su voz sonó con ligera inquietud.

—Perdona, Jadicha —repuso Hamet abriendo los ojos—. ¿Puedes repetir lo que has dicho?

—La guardia palatina quiere verte cuanto antes.

—¿La guardia palaciega o la *shurta*?

Hamet había oído la primera vez a la sirvienta, pero no dio crédito a sus palabras. Por eso le pidió que le repitiese lo que acababa de afirmar. La guardia palaciega era independiente de la *shurta*. Mientras la *shurta* era la policía encargada de la vigilancia y el mantenimiento del orden de la ciudad, la guardia palaciega tenía la misión de proteger al sultán y a la familia real. Sus integrantes, cercanos al medio millar en los últimos años, eran mitad policías y mitad militares. El emir gastaba gran parte de sus ingresos en mantener esta guarnición mercenaria nutrida por antiguos militares, leales al monarca y con fama de brutalidad en la aplicación de cualquier método con tal de evitar que la vida del rey o su familia corriese peligro.

—La guardia palaciega —confirmó Jadicha, manteniendo el mismo tono de preocupación en su voz.

No era ésta la forma habitual de presentarse cuando se reclamaba su presencia desde el hospital. Habitualmente, era uno de los criados el que, siguiendo las instrucciones de cualquiera de los estudiantes, acudía al domicilio de Hamet para acompañarle hasta el Maristán. Sólo en una ocasión la *shurta* había requerido directamente los servicios de Hamet. En un altercado entre dos ladronzuelos y una patrulla de vigilancia nocturna, uno de los policías resultó gravemente herido por una cuchillada en el cuello. La cercanía al domicilio de Hamet y la gravedad del acuchillado justificaron el traslado del herido a la vivienda del médico en lugar de llevarlo al Maristán, lo que seguramente salvó la vida del policía, pues se pudo actuar con rapidez. Además, el hospital sólo era atendido durante la noche por estudiantes, y ninguno de ellos habría sabido desenvolverse ante la gravedad de ese caso. Pero Hamet nunca imaginó que podría ser requerido por la guardia palaciega.

—¿Y sabes para qué quieren verme?

—No lo han dicho.

Hamet bajó las escaleras hasta la estancia inferior. Junto al estanque que ocupaba el centro del patio de la vivienda le esperaban tres guardias perfectamente uniformados y armados con lanza, alfanje y daga. Vio que Abú Surur Mufairry paseaba de un lado a otro del patio. Vestía de paisano, y Hamet dedujo que también había sido requerido desde su domicilio, pues de haber estado de servicio en palacio llevaría puesto el uniforme habitual de la guardia palaciega con las insignias que le distinguían como jefe de la misma. Era corpulento y fornido debido al ejercicio físico que realizaba a diario. De pelo castaño muy recortado, casi rapado, acentuando las entradas que se dibujaban en su frente, su rostro delataba un cierto grado de impaciencia.

Hamet conocía a Mufairry. Prácticamente de su misma edad, Abú Surur Mufairry había servido en el ejército a las órdenes de su padre. Ahmad, que siempre deseó que su único hijo varón siguiese la carrera militar, cuando comprobó que Hamet se inclinaba por el ejercicio de la medicina, volcó sus enseñanzas en varios de sus subordinados. Mufairry fue uno de los que se benefició de la experiencia de Ahmad. Muchos de los méritos que Mufairry logró hasta alcanzar el puesto que ahora ocupaba los había conseguido con la ayuda de Ahmad. La estrecha relación establecida entre Ahmad y Mufairry permitió una cierta familiaridad entre ambos militares, y Hamet no fue ajeno a ello. Con el paso de los años la relación entre Mufairry y Hamet había pasado de distante a cordial, y de cordial a amistosa, aunque sin entrar en profundidades.

—Debes acompañarme inmediatamente —la voz de Mufairry, tajante, había sonado como una orden en lugar de una petición.

Mufairry pertenecía a una familia de renegados. Su abuelo, de origen cristiano, había nacido en las tierras murcianas de Lorca. Capturado siendo apenas un niño en una de las correrías realizadas por una algara de la frontera oriental del reino, fue llevado a Granada como cautivo. La cautividad era un hecho corriente derivado de los incidentes fronterizos, tanto en el bando cristiano como en el musulmán. El cautivo era un apreciado botín de guerra que podía ser vendido como esclavo, utilizado como trabajador al servicio del dueño, e incluso servía como moneda de cambio para canjear por otro cautivo del bando contrario. El trueque entre presos o por una elevada cantidad de dinero era la solución y la esperanza para la mayoría de los prisioneros de ambos bandos. Se realizaba en las ciudades fronterizas utilizando los servicios de *alfaqueques* o intermediarios, o mediante embajadas especiales a las principales ciudades cristianas o musulmanas, pero no era lo habitual. El precio de la liberación solía ser elevado y no estaba al alcance, la mayoría de las veces, de los parientes del apresado. Ante las penurias que padecían los cautivos, algunas de sus familias recurrían al préstamo o a la limosna para conseguir la cuantía exigida por su liberación. Por lo común, el preso pasaba años de esclavitud, durante los cuales se ocupaba en trabajos penosos y con escasa esperanza de ser liberado. La cautiva cristiana tenía otra posibilidad de mejorar su situación: en el reino granadino, las *romías* tenían fama de buenas amantes y muchas de ellas eran utilizadas como concubinas. Aunque no lograran la libertad, mejoraban su condición si sus dueños quedaban satisfechos de sus servicios amatorios.

El abuelo de Mufairry había sido comprado a sus captores por una de las familias más ricas de Guadix, ciudad al noreste de Granada, en la comarca del Cenete, y empleado en tareas domésticas durante algunos años. Inteligente y avispado, decidió convertirse al islamismo tras varios años de cautiverio, haciéndose *helche* o muladí al renegar de su fe cristiana. La conversión le liberaba de su cautiverio. No ocurría lo mismo en tierras cristianas, donde el cautivo musulmán continuaba siendo esclavo durante al menos tres generaciones, aunque hubiese recibido el bautismo. Como liberto renegado había ingresado en el ejército granadino, y tras guerrear varios años frente a los castellanos durante el reinado de Muhammad Faray, se había retirado a Guadix, casado con una musulmana de Alquife y formado una familia. El padre de Mufairry también había servido al ejército granadino, aunque con la mala fortuna de morir desnucado al caerse de un caballo durante unas maniobras que el ejército andaluz realizaba en tierras almerienses de Vera, al este del reino. Mufairry tenía entonces diez años. Dos años después se trasladaba a Granada para solicitar su ingreso como voluntario en el ejército y mantener lo que él consideraba ya una tradición familiar, la de ser militar. Entró como utilero en la compañía que por entonces capitaneaba el padre de Hamet, y recién cumplidos los quince años, comenzó a servir como soldado a las órdenes de Ahmad, destacando por su valor en varias algaradas fronterizas en las que intervino. El muchacho encontró en Ahmad el padre que el destino le había arrebatado. Por su parte, Ahmad comenzó a considerar a Mufairry como el hijo militar que Alá no le había concedido. La experiencia adquirida por Mufairry a las órdenes de Ahmad le permitió ascender hasta ser destinado a la guarnición de la Alhambra. Su ingreso en la guardia palatina fue recomendado por Ahmad, y Hamet había tenido noticias de su nombramiento como jefe o *arráez* de la misma hacía poco más de un año.

El tono imperativo empleado por Mufairry para requerirle no había gustado a Hamet.

—Hace años que no te he visto. Acudes a mi casa al anochecer, y lo primero que me das es una orden en lugar de un saludo.

Hamet se expresó con un justificado enfado. Hacía tres años, desde el entierro de Ahmad, que los dos hombres no habían vuelto a encontrarse; y, la verdad, le había molestado recibir una orden sin más explicaciones.

—¿Por qué he de acompañarte? ¿Adónde debo ir contigo? —continuó mientras esperaba algún gesto familiar del antiguo discípulo y subordinado de su padre.

—Perdóname, Hamet. No ha sido mi intención ofenderte, pero necesito que me acompañes, pues se reclama tu presencia no lejos de aquí —la voz de Mufairry continuaba tajante, pero ahora le acompañaba un tono más amistoso.

El médico le miró fijamente unos instantes. Notó detrás de él la inquietud de Jadicha y, tras comprobar que los tres guardias que acompañaban al jefe de la milicia palaciega permanecían tranquilos, sintió la necesidad de interrogar a Mufairry sobre el lugar y los detalles del requerimiento. La mirada y el rostro serio del *arráez* pretoriano le desistieron de hacerlo. Se volvió hacia su intranquila criada y empleó un tono sosegado, intentando inspirar tranquilidad.

—Cena tú, Jadicha. Yo lo haré a mi regreso —comentó mientras ella le acercaba la caja del instrumental que el médico utilizaba para sus consultas domiciliarias.

Una mirada de Mufairry hacia sus guardias hizo que uno de ellos se dirigiera hacia la puerta de la vivienda, siguiéndole Mufairry y Hamet. Los otros dos soldados cerraron el grupo que salió del domicilio del médico. Mientras Jadicha cerraba la puerta, Hamet comprobó que la noche había caído sobre la ciudad. La calle aparecía desierta. Se dirigieron hacia la parte baja del arrabal, buscando la calle principal del barrio del *Haxaris*, cercana a la Mezquita *al-Taibin* o de los conversos.

## 2

El hecho de haber sido requerido por el *arráez* de la guardia palaciega y la dirección que el grupo había tomado al salir de su casa, hizo pensar a Hamet que donde se le solicitaba era en los palacios de la Alhambra.

La Alhambra era una ciudadela dentro de Granada, aunque separada de ella al estar edificada sobre una de las colinas de la ciudad. Su nombre, *al-Qal-al-Hamra*, «el castillo rojo», se debía al color rojizo que presentaban sus murallas levantadas con argamasa y arcilla ferruginosa. Su construcción se había iniciado hacía más de ciento cincuenta años.

Poco después de la victoria castellana en la batalla de las Navas de Tolosa, el poder de los almohades en Al-Ándalus comenzó a declinar. Las acciones militares de los cristianos por un lado, y el levantamiento de la población autóctona bajo el mando de cabecillas locales frente al imperio nortea-fricano motivaron la caída de éstos. Uno de los líderes de la rebelión popular contra los almohades había sido Muhammad ben Nazar ben Al-hamar, señor de Arjona, de la noble familia de los Alhamares, que supo actuar con sagacidad política. Sabía mandar y, lo que es más importante, sabía ser obedecido. No le importó utilizar todos los métodos a su alcance, frente a propios y extraños, para consolidar su poder. Tras la conquista castellana de la emblemática ciudad de Córdoba, Alhamar se aprovechó del descontento de los musulmanes andaluces rebelados. Después de hacerse fuerte en las tierras de Jaén, Porcuna y Arjona, conquistó Málaga, Guadix y Baza, consiguiendo conformar un territorio compacto y de fácil defensa, proclamándose rey en Granada. Hábil político, para aplacar la actitud belicosa de los castellanos, cedió a su monarca Fernando III el dominio de Jaén y Arjona, se declaró vasallo suyo e incluso le ayudó en las conquistas de Sevilla, Arcos, Jerez, Medina Sidonia y Niebla, en poder aún de los almohades. En recompensa, el cristiano le permitió continuar como rey del territorio granadino, siendo el fundador de la dinastía nazarí, llamada así por el epónimo del fundador.

Alhamar comenzó la construcción de la fortaleza en una de las elevaciones de la ciudad, la Colina Roja, a la que dotó de agua mediante la acequia Real, que tomaba sus aguas del curso del río Darro bastante antes de que éste entrase en la ciudad. El lugar era el idóneo para una fortaleza, pues duros escarpes sobre el río Darro la separaban del Albaicín por su vertiente norte y el barranco de la Assabica la aislaba del Mauror, el barrio judío, en su lado sur. Los sucesores de Alhamar continuaron las construcciones, y la fortaleza militar inicial se convirtió, con el paso de los años, en residencia palaciega y en ciudad cortesana. Era el núcleo de población más elevado de Granada y albergaba a cerca de dos mil personas. Además de diferentes palacios, palacetes y jardines de recreo, disponía de mezquita, baños, mercado, talleres, huertas, silos, escuelas y cuarteles. Rodeada por murallas y torreones prácticamente inexpugnables, dominaba el resto de la medina. Además de la familia real, la habitaban los altos cargos de la corte, funcionarios y una cohorte de artesanos y obreros encargados de su mantenimiento. Numerosos palacios y palacetes, que alcanzaban el Cerro del Sol, jalonaban la colina sobre la que había sido construida. Disponía de todos los servicios que la independizaban del resto de la ciudad. Hamet repasó mentalmente los médicos que vivían y ejercían su oficio en la fortaleza, contabilizando al menos a seis. Ellos eran los encargados de asistir a los integrantes de la corte, así como a sus criados y a los diferentes artesanos que habitaban en las viviendas del interior del recinto fortificado. Era extraño requerir a uno de los médicos de la ciudad, y más extraño aún era que el requerimiento se canalizase mediante el jefe de la milicia palatina, por lo que Hamet dedujo que el enfermo debía ser o un alto cargo, o incluso un miembro de la familia real.

La extrañeza de la solicitud de sus servicios por Mufairry se acentuó cuando Hamet comprobó que el grupo dejaba atrás la calle que desembocaba en la Puerta de los Tableros, baluarte por el que, tras cruzar el río Darro, se ascendía por la Colina Roja hacia la Puerta de las Armas para acceder desde esa parte de la ciudad a la Alhambra. Hamet comprobó que el guardia que iniciaba el grupo continuaba por las callejuelas del Albaicín, buscando la *Hataralcazaba* o ciudad vieja. Antes de la fundación del reino nazarita, el actual Albaicín era un núcleo poblacional intermedio. Pero el rey castellano Fernando el tercero, contemporáneo de Alhamar, había inaugurado una nueva fórmula conquistadora. A diferencia de sus antecesores, que permitían su permanencia como mudéjares, Fernando expulsaba a los musulmanes de las tierras conquistadas y los reemplazaba por repobladores cristianos que llegaban con el propio ejército castellano. Los musulmanes de Úbeda y Baeza se vieron obligados a exiliarse en Granada cuando el cristiano conquistó las tierras de Jaén. Inicialmente, los inmigrantes poblaron los barrios de la *Cauracha* o de los Morabitos y el del *Haxaris* o Deleite. Las sucesivas conquistas de Arjona, Jerez, Cádiz, Medina Sidonia y otras ciudades andaluzas hicieron que el arrabal creciese desmesuradamente, escalando los cerros de la *Xarea* y del *Aceytuno*, creándose nuevos barrios que hicieron crecer el Albaicín. Los sucesores de Fernando el tercero, Alfonso el décimo y Sancho el cuarto, siguieron provocando las migraciones de musulmanes hacia Granada, por lo que la capital nazarita creció en población y en extensión. En esos momentos, el Albaicín era una ciudad dentro de otra. Disponía de treinta mezquitas y unas catorce mil casas, que albergaban a unas cuarenta mil personas, distribuidas en los barrios albaicineros de la *Albaida, Fajalauza, Cenete, Almotafar* y *Aitunjar*, además de los primitivos *Haxaris, Cauracha* y *Hataralcazaba*.

El grupo no se dirigía a la Alhambra, sino al centro del Albaicín, que había sido el foco neurálgico de la ciudad durante el periodo de Taifas, hacía casi más de trescientos años, y aún continuaba siendo uno de los principales barrios de la ciudad.

Comenzaba a hacer frío. Hamet echó en falta la *almafala* de lana que le cubría hasta media pierna y que habitualmente utilizaba en esa época para abrigarse en las frescas noches de otoño. El clima de Granada, por su cercanía a la sierra, era extremo. A los mediodías tórridos del verano sucedían atardeceres frescos que favorecían el descanso nocturno. Pero en cuanto el otoño hacía su entrada, las noches solían ser frías, aunque el sol del mediodía brindase una temperatura agradable. Envidió la *almuza* que llevaba Mufairry, que, aunque no muy gruesa, le hacía las veces de capa, y comprobó que los guardias iban bien abrigados. En cambio, la camisa y la saya encordada que él vestía apenas le protegían del frío. Esto le causó una irritación que se acentuó ante la extrañeza del camino que el grupo seguía y la escasa iluminación que brindaban los hachones portados por los guardias.

Las estrechas calles del barrio impedían la entrada del calor en las viviendas durante el verano, pero no la del frío del otoño ya iniciado. Más de un cristiano de los que visitaban Granada se extrañaba de la angostura de las calles, afirmando que eran tan estrechas que las casas se tocan en su parte alta y que dos caballerías apenas podían pasar cuando se cruzaban en un mismo sitio. Esta estrechez se acentuaba con la sensación que producían los *ajimeces* volados de los que disponían bastantes viviendas y de los cobertizos que unían los segundos pisos de algunas casas vecinas.

Después de subir un par de calles en cuesta y dejar atrás la apertura de un callejón sin salida, el grupo pasó por la *bib al-Asad* o Puerta del León, entrando en la ciudad vieja. Los arrabales granadinos contaban en su interior con diferentes barrios de desigual tamaño. Algunos eran tan reducidos que el barrio lo constituía una sola calle. Otros, como el Albaicín, contaban con suburbios populosos en su interior, separados entre sí con cercas y puertas, y cuya finalidad era la defensa. En épocas de revoluciones populares, unos pocos hombres bien apostados podían defender el acceso al arrabal, al tiempo que permitían su aislamiento nocturno como medida de seguridad. En otros tiempos, la *bib al-Asad* habría estado cerrada a partir del atardecer. Pero desde el reinado de Muhammad V, la estabilidad del reino había hecho innecesario el cierre de las puertas internas de la ciudad, y Hamet y sus acompañantes pudieron acceder al barrio de los Morabitos sin requerir a la guardia nocturna.

El centro del arrabal de los Morabitos estaba ocupado por la mezquita del mismo nombre, y tras dejar atrás el aljibe del templo, Hamet comprobó que los dos guardias que cerraban el grupo habían desaparecido. El que iniciaba la marcha se detuvo en las proximidades de una vivienda situada tras un recodo cercano al templo, esperó a que Mufairry y Hamet llegasen al portón de la entrada, y tras un gesto de Mufairry se introdujo en la oscuridad de las calles cercanas.

El aspecto exterior de la casa era humilde, como la mayoría de las viviendas granadinas, y la desnudez de su fachada sólo estaba interrumpida por los huecos del portón de entrada y dos ventanas cubiertas con celosías. Pero Hamet evidenció, al atravesar el portón, que estaba entrando en un palacete. La calidad de la madera de la puerta, su labrado y los herrajes de que disponía así lo atestiguaban. A diferencia del castellano, el granadino no deseaba que la ostentación exterior de su vivienda, que para él era su lugar de sosiego, pudiese revelar su posición social.

Tras el pequeño zaguán de entrada, Mufairry y Hamet atravesaron una segunda puerta, descentrada de la del portón de acceso para evitar las vistas interiores desde la calle si ambas puertas coincidían abiertas. Pasaron a un amplio patio cuadrangular con galerías porticadas en sus lados. El centro del patio estaba ocupado por una alberca realzada sobre el pavimento, alrededor de la cual se disponían diferentes macetas con plantas de todo tipo. El pórtico más alejado de la puerta de entrada, y al que se dirigieron el médico y el *arráez* bordeando el estanque central, mostraba tres arcos semicirculares, donde el estuco y la escayola estaban magníficamente labrados con atauriques de flores que descansaban sobre columnas de mármol blanco. Se confirmaba la impresión inicial de riqueza que Hamet había sentido al entrar en la vivienda. En una de las puertas situada a la derecha del pórtico se encontraban dos soldados de la guardia palatina. Por encima de su hombro, Hamet comprobó que dos más estaban situados en las cercanías del zaguán de entrada, aunque no los había visto antes. La presencia militar en la casa y la riqueza de ésta le hizo volver a pensar que había sido requerido para atender a algún miembro de la familia real. Tras unos segundos de espera en el pórtico, un oficial salió de una de las habitaciones inferiores y se acercó a Mufairry, le susurró algo al oído, y éste hizo una señal a Hamet levantando las cejas para que le siguiese.

Mufairry y Hamet subieron por la escalera a la que se accedía por la puerta custodiada por dos soldados, que ni pestañearon a su paso, hasta llegar a las dependencias del segundo piso de la casa. La estancia en la que entraron era una sala amplia, bien iluminada por un *hisak*, gran candelabro de bronce y cristal que colgaba de un magnífico artesonado de madera y varios candiles de aceite estratégicamente distribuidos. Unos tapices decoraban las paredes de la habitación, en cuyo suelo de mármol había varias alfombras de seda y lana de vivos colores. Completaba la decoración un mobiliario que en nada tenía que envidiar a la riqueza del resto de la vivienda. La habitación parecía servir de sala principal de esta parte de la finca. Aunque Hamet vislumbró que estaba ocupada por varias personas, apenas se fijó en ellas, al seguir sin detenerse, primero con la mirada y después con pasos apresurados, a Mufairry, que se dirigía hacia una de las dependencias anejas a la estancia, separada de ésta por un pequeño arco tapado con una cortina.

La segunda habitación era un dormitorio que, al igual que la estancia principal, se mostraba ricamente adornado. Junto a la pared más alejada del arco de la entrada estaba dispuesto un cribete acolchado sobre el que yacía el enfermo por el que había sido requerido. Al lado del paciente, una mujer de poco más de treinta años y de aspecto cansado miró a Mufairry y a Hamet cuando penetraban en la alcoba. Se levantó lentamente y se dirigió a Hamet. De mediana estatura, elegante en sus movimientos, rostro agradable, a pesar del cansancio que reflejaba, pelo largo y negro, ojos de igual color, vestía elegantemente una camisola de seda color salmón y zaragüelles blancos hasta los tobillos, calzando unos escarpines decorados.

—Gracias por venir —su voz inquieta y ligeramente temblorosa sirvió de saludo a Hamet—. Has sido llamado para ver qué puedes hacer por mi padre —continuó mientras dirigía la mirada hacia el enfermo del lecho.

La primera impresión que Hamet percibió del postrado en el cribete nada más verlo fue de gravedad. El varón, de unos cincuenta y cinco años, permanecía inmóvil entre los cojines de la tarima, cubierto por una fina sábana de seda. Su rostro lívido mostraba unos rasgos acentuados: la nariz afilada, las sienes deprimidas, los ojos cerrados hundidos, orejas ligeramente caídas y la piel dura, tersa y reseca, y con un discreto tono ocre. Hamet distinguió en el rostro del paciente los signos que el médico griego Hipócrates había descrito, siglos atrás, en los *Aforismos* como *fascies moribunda*, y que eran indicios de un inminente fallecimiento. Al acercarse al lecho, el enfermó abrió los ojos, y éstos mostraron una mirada perdida que, aunque se dirigía a Hamet, miraban sin ver. El médico retiró la suave sábana que cubría el cuerpo del enfermo, y hubo de contenerse para no alejarse de la cama, pues lo que vio le horrorizó. La piel del pecho y el abdomen, de los brazos y, posiblemente, de la espalda, intuyó el médico, había desaparecido y estaba sustituida por un material sanguinolento que cubría esas partes del cuerpo. Numerosas escaras oscuras de diferente tamaño, malolientes y ocupadas por secreción purulenta en su centro, salpicaban el torso del enfermo. Hamet pensó que eran lesiones por quemaduras, pero, a diferencia de éstas, en las que es fácil distinguir zonas con escaras, lesiones ampollosas alrededor de la herida central y enrojecimiento periférico, indicativas del diferente grado de destrucción de la piel por la acción del fuego, las lesiones que presentaba el enfermo eran uniformes, con igual grado de penetración en la piel, aunque más profundas alrededor de las axilas y en las caras internas de los brazos. Los genitales y las piernas, al igual que el rostro, no mostraban lesiones cutáneas. Comprobó, al explorar el pulso, que la piel de las manos estaba igualmente intacta. El pulso era rápido y apagado, apenas perceptible en el hueco radial, por lo que Hamet decidió explorarlo en el cuello. La movilización del cuello buscando la carótida, provocó un rictus de dolor en el rostro del paciente. El sufrimiento ante el más mínimo movimiento explicaba la completa quietud del cuerpo. El tono de los globos oculares había desaparecido prácticamente. Su respiración resultaba superficial y dificultosa, y en cada inspiración los músculos intercostales se hundían en el tórax a modo de fuelle, buscando el enfermo un aire que apenas llegaba a los pulmones, espirando después un aliento con marcado olor a orina.

A los pies de la tarima Hamet vio un bacín en el que supuso que la familia estaría recogiendo la orina del enfermo. La cantidad depositada era muy escasa y concentrada, mostraba un color oscuro sin llegar a ser hemático, aunque el olor penetrante que desprendía no llamó la atención del médico.

La primera sensación de gravedad que Hamet percibió al mirar al paciente se vio confirmada con la exploración realizada. El hombre estaba al borde de la muerte, y poco podía hacerse ya por él. Hamet se volvió buscando a la joven que le había recibido y comprobó que en la alcoba habían entrado dos personas más, de cuya presencia no se percató al estar absorto en la exploración del enfermo. Los reconoció inmediatamente. El más joven era Abdul ben Yusuf, el primogénito del sultán de Granada. El de más edad era Nasim, el médico personal del rey, al que Hamet conocía desde su época de estudiante en la Madraza. La presencia de los dos en la estancia hizo que Hamet se volviese de nuevo hacia el paciente. No lo había identificado hasta ese momento, y ni siquiera le había resultado familiar, pero al mirar de nuevo el rostro del enfermo, comprobó, no sin cierto asombro, que era Yusuf ben Muhammad, el monarca granadino.

## 3

Hamet miró a los dos hombres recién llegados, esperando alguna explicación por su parte antes de iniciar un interrogatorio que estaba deseando hacer. El requerimiento por el *arráez* de los pretorianos le había hecho sospechar que debía atender a un integrante de la familia real, pero jamás pensó que fuese el propio rey. El diagnóstico ante un enfermo moribundo u obnubilado tenía sus dificultades. La tradición médica exigía el interrogatorio del paciente al objeto de perfilar las características de sus síntomas, de la aparición e intensidad de los mismos, de su modificación a lo largo de un tiempo. Era preciso conocer las funciones digestivas, excretoras y genésicas del enfermo, sus hábitos alimenticios y régimen general de vida. Su relato, completándolo con algunas preguntas aclaratorias si era preciso, era fundamental para emitir un diagnóstico, recomendar un tratamiento e intuir un pronóstico. Pero la situación clínica del paciente impedía realizar una adecuada anamnesia. Averroes, el médico cordobés, doscientos años antes, recomendó escudriñar signos y manifestaciones corporales, buscándolos en la exploración del cuerpo del enfermo y de sus excretas para llegar a un buen dictamen. Por ello, Hamet había explorado el pulso, los latidos del corazón, el tono de los globos oculares y el de los músculos de las extremidades. Se había fijado en el rostro del enfermo y en las características organolépticas de su orina. Pero precisaba saber más: ¿cómo se había iniciado la enfermedad?, ¿cómo había evolucionado?, ¿qué tiempo había trascurrido desde su inicio?, ¿qué síntomas se habían presentado al principio y cuál había sido la secuencia de los mismos?; y bastantes interrogantes más que de forma anárquica se agolpaban en su cabeza. Tres cuestiones le impedían pensar con claridad: ¿cómo había llegado el rey a ese estado?, ¿por qué se le había requerido?, ¿qué se esperaba de él?

Yusuf era desde hacía dos años el sultán granadino. Hijo de Muhammad el quinto, heredó el trono, pero no las cualidades de su padre. Este último, conocido por sus súbditos como *al-Gani bi-Llah*, «el regalo de Dios», era, en opinión de Hamet, el mejor rey que hubo en la historia de Granada. Nombrado como tal siendo aún un adolescente tras el asesinato de su padre, Muhammad era noble, inteligente, magnánimo y generoso. Aplicaba justicia con severidad, pero con benevolencia. De natural modestia y poco amigo del lujo, supo ganarse la confianza, el respeto y el cariño de sus súbditos. Sus buenas relaciones políticas con los reinos cristianos de Castilla y Aragón, en la Península, y con los musulmanes de Ifriquiya, Magrib y Tremecém, en el norte de África, propiciaron que Granada creciese en cultura, comercio y esplendor. Muhammad impulsó la agricultura y la explotación de los yacimientos mineros del reino, favoreció el desarrollo de la industria de la seda y de los tapices, apoyó el comercio con los reinos vecinos y con las lejanas ciudades de Génova, Florencia y El Cairo. En definitiva, durante sus cuarenta años de gobierno el reino nazarita conoció la prosperidad.

Pero Yusuf ben Muhammad, el actual monarca, era todo lo contrario. Amigo de juergas y francachelas, su vida transcurría entre fiestas y jolgorios. De poco le sirvió la exquisita preparación que su progenitor se preocupó en inculcarle para cuando tuviera que sucederle en el trono. Durante su juventud fue bebedor empedernido y habitual fumador de hachís. En la ciudad se hablaba de su afición al alcohol, y tal vez por este motivo su padre, Muhammad V, promulgó un edicto real en el que se prohibía el consumo de vino en todo el reino. Es cierto que el Corán recomendaba evitar el vino y el juego por ser abominaciones procedentes de Satanás. Sin embargo, la religión no prohibía taxativamente el consumo de alcohol, aunque algunas escuelas jurídicas, como la maliquí, castigasen duramente a los infractores. Más aún, el vino podía tomarse libremente en Granada. Prueba de ello era el próspero comercio que tenía la uva de la ciudad costera de Málaga, de la que se obtenía un mosto de estupenda calidad. Por otro lado, existía la celebración de la fiesta de los *alaceres* o de la vendimia. Durante la misma, en las aldeas en las que se cultivaba la vid, los campesinos se engalanaban con sus mejores prendas y se entregaban a la música y al baile. Celebraban así la recogida de la uva, de la que gran parte se pisaba para obtener el mosto, y otra se colgaba de vigas para su consumo inmediato o se secaba en los paseros. Pero no era bien visto beber vino hasta la embriaguez. Yusuf ben Muhammad fue sorprendido en varias ocasiones por su padre totalmente ebrio. El monarca recibía a menudo noticias de los desmanes y escándalos provocados por su hijo cuando se encontraba bajo los efectos del alcohol, lo que determinó el mencionado edicto real.

De carácter irascible y pendenciero mientras fue príncipe heredero, sería rescatado en varias ocasiones por la guardia palatina de situaciones comprometidas que ponían en peligro su vida. Mujeres deshonradas, maridos engañados y tahúres burlados habrían dado su mano derecha con tal de verle muerto. Anhelaba el poder y deseaba un trono, que demoraba su llegada por la longevidad de su padre, el rey. Nunca se pudo confirmar con certeza, pero por la ciudad corría el rumor de que, para asegurarse el solio, había intervenido activamente en las muertes prematuras de tres de sus hermanastros menores, a pesar de que, por ser el primogénito de Muhammad el quinto, ya había sido nombrado heredero. Las desavenencias habituales con su padre hicieron temer a Yusuf que alguna vez fuese proclamado rey. Se cuchicheaba que había dado orden a uno de sus más fieles criados, Jalid, para que envenenase a sus tres hermanastros varones con discreción. Las sospechas nunca fueron demostradas. El propio rey Muhammad dudó durante un tiempo en mantener como sucesor a su primogénito, saltándoselo en el orden sucesorio en beneficio de su nieto Abdul Yusuf ben Yusuf. El cambio de heredero no se produjo y la muerte por senectud de Muhammad *al-Gani bi-Llah* dio el trono a Yusuf ben Muhammad.

Pocas semanas después de ser nombrado rey, Yusuf fue alertado por Mufairry, por entonces oficial de los pretorianos, de un complot para envenenarle. El encargado de llevar a cabo el regicidio sería el criado Jalid, el mismo al que se le atribuía la muerte de los tres hermanastros del nuevo monarca. No llegó a saberse quién había comprado la aparente fidelidad del criado. Enterado de la noticia, Yusuf, preso de ira, degolló personalmente a Jalid en el mismo Salón del Trono cuando fue llevado a su presencia. El arrebato del rey asesinando al criado impidió el descubrimiento de la trama regicida, y el cabecilla y los integrantes de la misma no llegaron a ser descubiertos. Mufairry, en recompensa, fue ascendido a jefe de la guardia palatina.

—¿Cuál es tu opinión, Hamet? —la pregunta de Abdul, el hijo del rey, le devolvió a la realidad.

Hamet conocía de vista a Abdul. Había coincidido con él cuando, siendo aún niño, acompañó una vez a su abuelo, el gran Muhammad V, al Maristán en una de las visitas que el entonces rey granadino acostumbraba a realizar al hospital para interesarse por su funcionamiento y para repartir limosnas entre los enfermos más pobres allí ingresados. El hospital era uno de los lugares favoritos de Muhammad *al-Gani bi-Llah* para cumplir el precepto coránico de repartir limosna entre los necesitados. Años después Hamet se había cruzado en varias ocasiones con Abdul por las calles cercanas a la escuela coránica de la Mezquita Mayor, donde, con la adecuada vigilancia de los soldados palaciegos, acudía a recibir su instrucción. Pero nunca se había relacionado con él, por lo que le agradó que conociese su nombre. Con el paso de los años, Abdul se había convertido en un hombre, de buen porte, alto, de buena presencia, elegante en sus maneras y pausado en movimientos.

Durante unos segundos Hamet meditó su respuesta antes de darla. Sabía que si era totalmente sincero y manifestaba abiertamente que el paciente se estaba muriendo, no llegaría a conocer los detalles que estaba deseando saber.

—La situación es grave —respondió intentando dar un tono de cierta esperanza sin comprometerse.

—Mi hermana Fátima —Abdul miró a la joven que había recibido a Hamet— conoce tu buen hacer profesional y ha sido la que ha solicitado tus servicios. Aunque sabemos y somos conscientes que mi padre se encuentra muy mal —continuó, mirando ahora a Nasim—, comprende que nos quede alguna esperanza de salvar su vida.

Hamet miró a Nasim. Se conocían desde hacía años. Coincidieron en la Madraza, aunque con diferentes tutores, cuando estudiaban medicina. La relación entre ambos médicos no era precisamente buena. Hamet pensó que Fátima debía de haber insistido bastante para que se le llamara a consulta. Estaba seguro de que el médico real se habría opuesto tajantemente desde el principio. Nasim pertenecía, por matrimonio, a una de las familias más distinguidas de la ciudad, los Benasquilula. La mayoría de los varones de la familia habían sido, desde hacía años, altos dignatarios de la corte. Vinculaban su origen a un linaje ancestral originado en Arabia, emparentado con la familia de los Omeyas y que había llegado a Al-Ándalus acompañando a Abderramán en su huida de los Abasíes y colaborando para que el príncipe fuese nombrado primer emir de Córdoba hacía más de setecientos años. El asentamiento de linajes árabes y sirios en Al-Ándalus era muy antiguo, al igual que lo fue el de los inmigrantes beréberes desde el inicio de la dominación musulmana en la antigua Hispania visigótica. Pero el paso de los años había permitido una mezcla de todas las razas existentes en la Península. La frecuente afluencia al reino granadino de inmigrantes procedentes de tierras conquistadas por los cristianos acentuaba esta mezcolanza. En opinión de Hamet, casi todos los granadinos tenían una mezcla de sangre cristiana, árabe, siria, bereber, judía, e incluso negra. Esta opinión se extendía a los cristianos de los reinos de Castilla y de Aragón, pues por su aspecto exterior, salvo en el modo de vestir, la morfología de los granadinos era prácticamente igual que la de los castellanos, aragoneses, murcianos o valencianos La afirmación de pureza en el linaje y su ascendencia árabe, alegado y presumido constantemente por los Benasquilula y por otra treintena de familias aristocráticas como los Kumasa, Banigas, Alamines, Abencerrajes o Al-Sarquies, no era más que una excusa para mantenerse en el poder. Eran estas familias las que dominaban la corte, la política y el ejército, ocupando los más altos cargos militares, religiosos y administrativos. Dominaban los negocios, el comercio y la propiedad de las tierras, de los que obtenían sus rentas. Poca diferencia había con los señores feudales de Castilla o de Aragón. La solidaridad de la sangre se transmitía, para perpetuarse, por vía agnática y cognática, y la nobleza se heredaba también por vía femenina para evitar ser alejada del poder aquellas familias que careciesen de hijos varones. Si el emir otorgaba estos cargos a los miembros de dichas familias era por el poder que éstas habían alcanzado, llegando constituir un círculo elitista en el que era muy difícil entrar.

Nasim había sido un arribista. Su verdadero origen era desconocido. Bien se ocupó y preocupó él de ocultarlo. Mal estudiante en la Madraza, logró su *ichaza* de médico haciendo favores de todo tipo a profesores con pocos escrúpulos que aprobaron sus exámenes, aunque sus conocimientos fuesen mínimos. Sin que se supiese muy bien cómo, había logrado casarse con una de las hijas de Benasquilula. Desde entonces, su ascenso como médico fue imparable. Logró ingresar, a instancias de su suegro, en el cuerpo de médicos que ejercían en la Alhambra. Tras la muerte del padre de su mujer, se había alzado con la jefatura de los Benasquilula, y por motivos políticos había sido nombrado médico personal de Yusuf ben Muhammad cuando aún era príncipe heredero. Después de la subida al trono de Yusuf, Nasim se convirtió en uno de los personajes más influyentes y poderosos de la ciudad. Su ambición no tenía límites. Era de conocimiento público que jamás dudaba en aplicar los métodos que fuesen precisos con tal de conseguir más poder. Hamet y él no habían tenido mucha relación, con suerte para Hamet, pensó, pues era conocido que Nasim era un hombre sin escrúpulos que no se detenía ante nada. No dudó, meses atrás, en conseguir el destierro a las tierras de Almanzora, en la frontera con el reino de Murcia, de dos médicos que, llamados a consulta, habían discrepado del diagnóstico y tratamiento impuesto por Nasim a un paciente.

—Las heridas de la piel comenzaron hace cinco días —respondió con parquedad Nasim. Su tono demostró el desagrado que le producía dar explicaciones a Hamet, a pesar de las miradas solícitas de Abdul y de Fátima, indicativas del deseo de la familia del moribundo de que Hamet conociese el suficiente número de detalles para intentar salvar la vida de su padre.

—Aparecieron de forma súbita, todas al mismo tiempo —continuó—. Al principio eran como máculas enrojecidas que se convirtieron en ampollas en muy poco tiempo. Pasaron a escaras negruzcas en cuestión de minutos, al romperse la piel que cubría las ampollas. Muy dolorosas el primer día, las escaras duras y secas se cubrieron de secreciones blanquecinas malolientes en el segundo día, haciéndose blandas y untuosas al tacto. Disminuyó la intensidad del dolor, pero se deterioró gravemente el estado general del rey, que fue entrando progresivamente en el estupor en que ahora se encuentra. La piel se desmorona y desprende con el más mínimo roce desde el inicio. Ayer por la tarde apareció la fiebre, y esta mañana, los vómitos. El rey no ingiere comidas desde hace tres días y resulta muy difícil suministrarle líquidos; apenas orina y no defeca. Como tratamiento para las úlceras cutáneas inicié la aplicación de un electuario a base de áloe, hipérico y tilo. Cuando comprobé su ineficacia hice uso de un macerado de olivo y ricino. Mientras el rey pudo comer, se le administró eléboro negro con polvo de azucena y cúrcuma, y después un preparado a base de costo arábico, carne de víbora, azafrán, rapónchigo y mirra triturada. El primer día de la enfermedad realicé tres sangrías, con punciones en las piernas. Desde ayer sólo aplico lavativas aceitadas para extraer los malos humores del cuerpo y realizo una sangría diaria, puncionando una de las venas del brazo, intentando evacuar las serosidades pútridas que invaden su cuerpo. He reducido la evacuación de sangre, pues la fuerza del chorro y la velocidad a la que mana ha disminuido.

Las explicaciones dadas por el médico del rey aclararon muy poco las ideas de Hamet. El tono empleado por Nasim, las miradas continuadas hacia Abdul y el movimiento de las manos de aquél mientras hablaba, hicieron pensar a Hamet que el relato de la aparición de la enfermedad era parcial, que faltaba algo fundamental y que el propio Abdul era consciente de esa inexactitud. Le extrañó tantos y tan variados remedios aplicados. Los fármacos no eran milagrosos, y requerían un cierto tiempo de administración para que hiciesen su efecto. Tantos cambios en tan pocos días delataban que el médico real no sabía qué hacer para tratar al más importante de sus pacientes. El último de los medicamentos suministrados al monarca lo integraban clásicos componentes de la triaca, y Hamet sospechaba que la información que estaba recibiendo era incompleta. La mirada ansiosa de Fátima hacia Nasim y a su hermano le confirmaba esa impresión. Decidido, aunque con un cierto temor de irritar a Abdul, Hamet se arriesgó al dirigirse a Fátima, intuyendo que la mujer podía tener la llave para que Nasim fuese más explícito.

—Poco puedo hacer por el estado de tu padre, y tengo la sensación de no conocer todos los detalles.

La mirada de la hija del rey se mantuvo unos segundos con la de Hamet, pero la rabia que mostraron sus ojos no iba dirigida a él, sino a su hermano Abdul y al médico de su padre.

—¿Por qué habéis utilizado la triaca? —continuó Hamet—. ¿Por qué sospechas un envenenamiento? —finalizó, mirando a Nasim.

# 4

—¡Dile todo lo que necesite saber!

La voz de Fátima sonó autoritaria, y Abdul dirigió a Nasim una mirada afirmativa. El médico real se quedó sorprendido ante las dos últimas preguntas de Hamet. Sabía del buen hacer profesional de su colega, pero no pensó que los escasos detalles dados sobre el tratamiento recomendado al rey llevasen a Hamet a pensar que se había utilizado la triaca.

La triaca era un antiguo medicamento elaborado por los médicos de Mitridates, el rey del Ponto, un siglo antes del nacimiento de Cristo. Contenía un elevado número de ingredientes. Fue ideado originalmente como un antídoto para la mordedura de animales venenosos. Entre sus componentes, mayoritariamente vegetales, desempeñaba un papel predominante el opio, el castóreo y la escila. Los médicos de Mitrídates le fueron añadiendo cada vez más sustancias con el fin de convertirlo en un antídoto útil para una mayor variedad de venenos. El propio rey del Ponto había ordenado su experimentación en esclavos, previamente envenados, para comprobar su eficacia. Un escalofrío recorrió la espalda de Hamet al pensar en todos aquellos desdichados que morirían probando el medicamento, y sólo para que el monarca no tuviera el temor a ser envenenado. Años más tarde, Andrómaco, físico de Nerón, mejoró la triaca añadiéndole carne de víbora y azafrán; pretendía convertirlo en remedio de muchas enfermedades. El costo arábico, el azafrán, el rapónchigo y la mirra triturada formaban parte de su composición. La utilización de estos ingredientes en el tratamiento de Yusuf, según lo manifestado por Nasim, es lo que había puesto a Hamet sobre la pista del uso de la triaca en el rey nazarita. Según las sustancias empleadas en su composición, la triaca recibía diferentes nombres, como mitridato, triaca romana o triaca oriental. La más conocida era la triaca veneciana, elaborada en la república italiana por los boticarios de la ciudad, los cuales empleaban infinidad de plantas exóticas en su elaboración. La composición exacta del medicamento sólo era conocida por ellos, que cuidaban celosamente el secreto de su preparación, siendo, por tanto, los únicos capaces de elaborarlo. Su precio era tan alto que sólo podían adquirirlo los muy ricos y poderosos. Únicamente ellos podían costear el precio que los farmacéuticos venecianos exigían y pagar los impuestos que los gobernantes de la ciudad imponían en su exportación. En opinión de Hamet, el medicamento era inútil, pero su utilización por la mayoría de los monarcas de la época era bastante habitual ante el temor a ser envenenados.

—He utilizado en el tratamiento la triaca, pero su estado se agravó desde que empecé a usarla —dijo Nasim.

La confirmación del uso del antídoto no aclaró a Hamet el motivo de la sospecha de envenenamiento. Las lesiones que el enfermo presentaba, limitadas al tronco y respetando la cabeza y las extremidades, le parecían producidas por quemadura. La sintomatología ocasionada por un envenenamiento dependía del tóxico empleado. Lo normal era el fallecimiento inmediato. Pero si el envenenado tenía la suerte de sobrevivir, los síntomas que presentaba, sobre todo, eran digestivos. Yusuf, sin embargo, no había mostrado nauseas, dificultad respiratoria, convulsiones, dolor abdominal o diarrea al inicio de la enfermedad. Los vómitos presentados, de escasa importancia, según la versión de Nasim, aparecieron a los cinco días de iniciarse el proceso. Nasim había confirmado el uso del antídoto, pero no explicaba el por qué de las sospechas del envenenamiento. Además, al ratificar el uso de la triaca, se había atribuido la responsabilidad en primera persona, lo que extrañó a Hamet. No era común que un médico actuase de forma aislada ante la sospecha de un envenenamiento real. Lo lógico es que hubiera llamado a consulta a otros galenos para que confirmasen tal sospecha y diesen su aprobación para el uso del antídoto. La prudencia lo exigía, y en un caso como éste la responsabilidad del diagnóstico y del tratamiento se diluía entre varios profesionales. Por muy osado y orgulloso que fuera Nasim, a Hamet no dejó de extrañarle que el médico personal del rey hubiese afirmado: «He utilizado en el tratamiento la triaca». Indicaba que había actuado por su cuenta y riesgo.

—Pero ¿por qué sospechaste el envenenamiento? —insistió Hamet, al tiempo que volvía a mirar a Fátima. Había comprendido que la hija del rey era la clave más útil para romper el hermetismo que Nasim mantenía.

De nuevo, Nasim miró a Abdul antes de responder. Este último, con su mirada, autorizó al médico real a proseguir con la narración.

—El rey se encontraba sano esa misma mañana. Había descansado bien, desayunado opíparamente, atendido algunos asuntos de Estado que no podían ser demorados, y a media mañana recibió una delegación diplomática procedente de Fez. Los embajadores habían acudido a Granada para tratar asuntos comerciales entre ambos reinos. La reunión entre el rey, el visir, los miembros del gobierno y los embajadores fue cordial en todo momento. Yusuf es amigo personal del sultán de Fez, al que conoció hace unos años al presidir una delegación granadina que visitó la ciudad norteafricana, por lo que la embajada portaba numerosos regalos para él. Entre los presentes se encontraba una *aljuba* de seda gris y oro ricamente bordada que a Yusuf le encantó. En cuanto terminó la audiencia, se probó la prenda y salió a los jardines de palacio. Fue entonces cuando comenzó a notar una picazón generalizada en el pecho, espalda y abdomen, que atribuyó a la vestimenta. Cuando se la quitó, su cuerpo estaba cubierto de manchas rojizas que rápidamente evolucionaron hasta el estado que acabas de comprobar. Mi sospecha es que la *aljuba* estaba envenenada, aunque reconozco desconocer con qué.

Las explicaciones de Nasim dejaron a Hamet atónito. Le aclararon el hecho de que las lesiones que el sultán presentaba respetaban la cara y las extremidades inferiores de su cuerpo que aparecían indemnes. Eran más acentuadas en la zona axilar y en los codos, en donde la prenda había rozado más intensamente la piel, pero nunca había conocido una forma de envenenamiento de tales características.

—¿Estás seguro de lo que afirmas? —preguntó.

—Ya no estamos seguros de nada —Abdul fue quien respondió—. Necesitaremos varios días para finalizar las investigaciones, pero éstas apuntan a lo que Nasim te ha relatado.

—¿Y que han dicho los embajadores de Fez? —se atrevió a preguntar Hamet, consciente de estar entrando en un terreno peligroso. Había sido llamado como médico para atender a un moribundo, y su pregunta entraba en el terreno de la investigación policial. Era probable que no se le respondiese. En esta ocasión, la mirada de Abdul se dirigió a Mufairry. El jefe de la guardia palatina había permanecido en silencio y totalmente quieto en una de las esquinas de la habitación, mientras Hamet había primero explorado al enfermo y escuchado posteriormente las explicaciones de Nasim. Antes de responder, Mufairry miró al moribundo y comprobó cómo Fátima volvía a secar el sudor de la frente del rey.

—Los dos embajadores y sus secretarios coinciden en desconocer el regalo de la *aljuba*. No se les había entregado en Fez, no se encontraba en el equipaje al salir de la ciudad meriní, y la única posibilidad que intuyen es que alguien, posiblemente algún criado de la delegación, la introdujese posteriormente entre los arcas que contenían los obsequios.

—¿Se ha interrogado a los criados? —La pregunta de Hamet había sonado algo absurda. Fue inmediatamente consciente de ello. Lógicamente, los criados habrían sido interrogados, y aunque reconoció interiormente su error, le molestó la mirada que con cierto menosprecio y sarcasmo recibió de Mufairry.

—La delegación —continuó relatando Mufairry— salió de Fez con servidumbre propia hasta la ciudad de Ceuta, en donde, tras embarcar con destino a Algeciras, despidió al servicio. Siguió por mar hasta Málaga, donde contrataron nuevos criados para llegar a Granada. Todos los sirvientes han sido interrogados y, al parecer, aunque no estamos seguros, fue uno de los criados contratado en Málaga quien puso la *aljuba* en el equipaje reservado a las ofrendas. Un mercader le pagó una buena suma de dinero para hacerlo.

—¿Has averiguado quién? —volvió a inquirir Hamet.

—No. El criado no soportó el interrogatorio.

Hamet le miró secamente. Imaginó que el protocolo diplomático había contenido al *arráez* de la guardia palatina en el interrogatorio de los embajadores de Fez. Seguramente, habría sido menos discreto con los secretarios de éstos. Pero supuso que no se habría detenido para interrogar a la servidumbre, teniendo en cuenta que, además de simples criados, no pertenecían a la delegación diplomática, sino que eran súbditos malagueños del sultán granadino. Hamet había tenido ocasión de atender varias veces a algunos de los detenidos por la guardia palatina o por la propia policía o *shurta*, e imaginaba los métodos que ambos cuerpos de seguridad empleaban en los interrogatorios después de tener que curar las lesiones y heridas que los interrogados mostraban.

—¿Puedes hacer algo por mi padre?

La pregunta de Fátima devolvió a los cuatro hombres a la realidad. Miraba a Hamet con esperanza, pero sus ojos aparecían empañados con unas lágrimas que debió haber derramado mientras escuchaba el relato de Mufairry ante las preguntas de Hamet.

—No —respondió Hamet con un tono sincero que hizo que la mirada de Fátima se dirigiera hacia Nasim.

La mujer miró alternativamente a los dos hombres en los que había depositado la esperanza de salvar a su padre. Hamet supuso que Nasim ya la habría predispuesto anteriormente con la misma respuesta. Una leve sonrisa dibujada en el rostro del médico del rey le confirmaba esa impresión, al tiempo que demostraba la inutilidad de haber requerido los servicios de Hamet, y a los que seguramente Nasim se habría opuesto desde el principio.

—Lo único que puedo recomendar es lavar las heridas de la piel con jarabe de rosas para evitar que la infección se extienda más de lo que ya lo ha hecho, y aplicar una pasta de bardana en las llagas más profundas. La bardana le servirá para aplacar el dolor que aún soporta y que se evidencia ante el más mínimo movimiento del cuerpo. No creo que deban usarse más las sangrías. Lo único que conseguirán es debilitar aún más su cuerpo. Las lavativas pueden ser útiles, pero hazte a la idea —Hamet miró a Fátima— que la muerte está próxima.

—Agradezco tu sinceridad, médico —a Fátima le resbalaron dos gruesas lágrimas por las mejillas—. Pero ¿estás seguro? —imploró de nuevo.

El hecho de que Hamet dirigiese respetuosamente la mirada hacia el suelo dio a entender a la mujer la imposibilidad de actuación por parte del médico. Hamet dio por finalizada la consulta, convencido de que sus servicios ya no eran necesarios. Miró entonces a Abdul en la espera de las siguientes indicaciones.

—Gracias por acudir a mi requerimiento, Hamet —comentó Abdul—. Me gustaría —continuó— que comprendieras que debes ser discreto con lo que esta noche y aquí has visto y oído. No es conveniente que el pueblo conozca, por el momento, el estado actual del rey. Cualquier indiscreción podría llevar al traste con las investigaciones policiales que la *shurta* y la guardia palatina llevan a cabo.

Un movimiento de Mufairry señalando la puerta de la estancia hizo entender a Hamet que la reunión había finalizado, por lo que tras una leve reverencia hacia Abdul, se dirigió hacia la salida de la habitación. Fátima volvía a estar arrodillada junto al lecho de su padre y con un gesto agradecido despidió al médico.

5

Mufairry acompañó a Hamet hasta el zaguán de entrada de la casa.

—Me ha alegrado volver a verte después de varios años. La última vez que nos vimos fue en el entierro de tu padre, en la Rauda del Albaicín —comentó Mufairry empleando un tono distendido y amistoso que, hasta ese momento, el *arráez* no había utilizado.

Hamet recordó el día. Hacía ya tres años que su padre había fallecido. El encuentro había tenido lugar en el cementerio del Albaicín, *el Qarat al-Rawda al Bayyazin*, conocido como la Rauda. Los granadinos, siguiendo las costumbres de su religión, sepultaban a los difuntos en terrenos dedicados para tal fin, el *macaber o macbara*, que solían ubicarse en solares extramuros cercanos a los caminos que conducían a las principales puertas de la ciudad. Esta localización extramuros estaba basada en una cuestión de higiene: separar el mundo de los vivos del de los difuntos. Los cristianos solían tener los enterramientos en las proximidades de sus iglesias, en sus patios cercanos, en el vestíbulo o en las exedras, y aunque estaba prohibida la inhumación en el interior de los templos, los eclesiásticos, los nobles o los parroquianos ilustres, así como cualquiera que tuviese dinero, lograban ser enterrados en el mismo templo a cambio de costear en vida la construcción de una de sus capillas o contribuir generosamente al mantenimiento de la parroquia. El deseo de permanecer en lugar sagrado, una vez fallecido, se imponía al sentido higiénico de enterramiento en lugares destinados a tal fin.

Granada disponía de varios cementerios. Cada barrio contaba con uno o más en los que poder dar sepultura a sus residentes fallecidos. Aunque Ahmad había residido durante algunos años en el barrio del Realejo y el cementerio en el que le correspondía ser enterrado tendría que ser el *macaber* de los Alfareros, Hamet decidió enterrar a su padre en la Rauda del Albaicín, barrio en el que Ahmad residió casi toda su vida y en el que había sido inhumada Aixa, la madre de Hamet y primera mujer de Ahmad. La Rauda estaba situada en la parte más elevada del barrio, al oeste de los arrabales de la *Albaida* y el *Aywaz*. Era uno de los lugares más hermosos de la ciudad por la panorámica que desde allí se contemplaba. Hamet recordó aquel atardecer cuando los restos de Ahmad, cubiertos con sudario blanco, fueron inhumados en el estrecho foso, de costado, con la cabeza hacia el mediodía y el rostro hacia la Meca. Mientras la tumba se cubría con una laja en la que, como epitafio, sólo se había grabado el nombre del difunto por deseo expreso del mismo, de acuerdo con el sentido igualitario del Islam ante la muerte y la austeridad religiosa debida, los últimos rayos del sol de poniente caían sobre la ciudad. Desde el cementerio se contemplaban los tejados y las terrazas de las casas albaicineras sobre las que se perfilaban las copas elevadas de los cipreses de los huertos y jardines y los alminares de las mezquitas, dando el último verdor a la vega granadina y el color rojizo a las murallas y torreones de la Alhambra sobre la que sobresalía la mole blanquecina, y enrojecida por la luz, de Sierra Nevada.

Varios de los amigos de Hamet y de Ahmad acudieron a despedir al fallecido, y fue Mufairry quien ayudó a Hamet a desliar los trozos de tela que anudaban el sudario para que el cuerpo fuese enterrado desatado, como mandaba la tradición.

De regreso del cementerio, Mufairry y Hamet habían mantenido el último encuentro hasta esta noche. El nexo de unión, si alguna vez lo había habido entre ambos, había sido Ahmad. Tras su fallecimiento, ninguno de los dos había tenido nada en común que llevase a una amistad que podría haber cuajado si sus diferencias de carácter hubiesen sido menos evidentes. Mufairry sostuvo siempre una mentalidad militar. La disciplina, el valor y el orden era lo que le importaba. Hamet no pensaba que la vida fuese tan simple como para estar regida por unas normas determinadas que había que cumplir siempre. Apreciaba a Mufairry, pero no compartía su forma de ser y vivir. Se había preocupado de saber qué había sido del militar durante todo este tiempo. Siguió con cierto orgullo sus ascensos dentro de la milicia granadina, y se había alegrado al conocer su nombramiento como *arráez* de la guardia palatina.

—A mí también me ha alegrado volver a verte, aunque la verdad, me habría gustado más si hubiese sido en otras circunstancias —respondió Hamet—. Parece que últimamente hemos de encontrarnos siempre en situaciones incómodas o poco agradables —continuó, volviendo a recordar el último encuentro mantenido entre ambos en el cementerio y repasando la situación que esa noche había unido a los dos hombres después de tanto tiempo—. Sé que sigues soltero, y Jadicha, a la que siempre le han gustado los cotilleos, me ha mantenido bastante informado de tus éxitos profesionales.

Mufairry sonrió al evocar a la criada de Hamet. Siempre la había considerado una metomentodo, pero le tenía aprecio.

—Jadicha es una buena mujer. Esta noche se ha llevado un sobresalto cuando me ha visto aparecer en tu casa. Supongo que continúa cuidándote como siempre lo ha hecho. Yo también sé que sigues soltero, como yo. Y tu hermana, ¿qué es de ella?

Hamet esbozó una sonrisa. Era probable que la soltería de Mufairry estuviese en relación con Miriam. Hacía años, Mufairry había cortejado durante meses a la hermana mayor de Hamet. Ahmad había visto con buenos ojos la relación de ambos, y habría entregado gustoso a su única hija en matrimonio a su subordinado. Pero la relación no cuajó. Hamet supuso siempre que la responsable de la ruptura del noviazgo había sido la joven, no decidida a dar el paso definitivo hacia el matrimonio con Mufairry. Miriam se casó con un mercader almeriense varios años después de romper su relación con el *arráez*, y Hamet intuyó que éste seguía enamorado de su hermana.

—Hace tiempo que no la veo —comentó Hamet—. Continúa viviendo en Almería. La última vez que estuvo en Granada fue varios meses después de la muerte de mi padre. No pudo venir cuando el fallecimiento por estar embarazada, y lo hizo después del parto y la cuarentena. Tiene cuatro hijos varones, traviesos a más no poder. Parece feliz en su matrimonio y disfruta de una buena posición económica con el trabajo de su marido.

—Me alegra saberlo. En cuanto a ti, sé de tu prestigio en la ciudad como médico, aunque seas poco amigo de darte bombo y platillo como hacen bastantes de tus colegas para aumentar su clientela.

Hamet pensó en la propaganda que varios de sus colegas se daban para acrecentar su consulta. Hacían alarde de habilidades diagnósticas y terapéuticas de las que carecían y que bordeaban la charlatanería. Mufairry volvió a adoptar el semblante serio que había mantenido durante toda la noche.

—Respecto a lo de esta noche, te encarezco que mantengas la discreción que Abdul te ha recomendado. Muy pocos en Granada conocen aún el estado del rey. La situación es algo crítica, y no es conveniente dar a conocer la inminente muerte del monarca. Diferentes asuntos deben quedar resueltos antes de que la noticia se extienda por el reino. Supongo que te habrá extrañado que Yusuf ben Muhammad se encuentre en esta casa en lugar de estar en alguno de los palacios de la Alhambra. Es la vivienda de su hija Fátima, y nos pareció más discreto trasladarlo aquí que permanecer en el interior de la corte. De no haberlo hecho así, no hubiésemos podido mantener la discreción durante estos últimos cinco días.

—¿Por qué el regicidio, Mufairry?

Hamet nunca había seguido los asuntos políticos. No le interesaban, le importaba bien poco quién ostentase el poder en la ciudad y no quería verse inmerso en los entresijos de la corte. Pero esa noche lo habían involucrado en una situación, y deseaba profundizar en ella.

—No lo sé, médico. El imán de la Mezquita Mayor, que está informado de la situación por ser la máxima autoridad religiosa de la ciudad, ha comentado con cierta osadía que no es más que un castigo divino por ser el rey un impío.

—Pero tú no crees en castigos divinos.

—Yusuf es un déspota. Desde que era príncipe heredero no ha parado de ganarse enemigos en todas partes. Sus adversarios eran fundamentalmente maridos traicionados, efebos despreciados y jugadores engañados, que difícilmente podrían conspirar contra un rey. Pero con los que se ha enemistado desde que consiguió el trono son mucho más poderosos. Cualquiera de ellos, y te aseguro que no son pocos, puede haber deseado su muerte. Los culpables hay que buscarlos en Granada, no en el cielo.

—¿Y el criado de Málaga que introdujo la aljuba en el equipaje?

—Ése es sólo un peón, posiblemente el menos importante. No logramos sacar más información sobre el mercader que le encomendó ocultar la prenda entre los regalos destinados al rey. Pero me temo que el comerciante sea también un simple eslabón de la cadena, aunque su identificación podría llevarnos hasta otros conspiradores. No es fácil avanzar en las pesquisas. El encargado de la investigación no soy yo, sino el *zabalmedina*, el consejero del interior, ayudado por el *zabazoque* o jefe de la *shurta*.

Hamet pensó que era lógico que fuese la policía la encargada de las diligencias en lugar de la guardia palaciega.

—Lo que siento —continuó Mufairry— es que el asunto te haya salpicado. Fátima fue la que insistió en requerir tus servicios, conocedora de tu buen hacer. Por la amistad que durante algún tiempo nos unió, no me gustaría que te vieses envuelto en asuntos cortesanos de los que sé que siempre has huido. Te suplico de nuevo prudencia.

Hamet interpretó la última recomendación de Mufairry como el final del encuentro. El *arráez* hizo un gesto con la mano al oficial que se encontraba en el patio, y al instante aparecieron dos guardias desde una de las estancias bajas de la vivienda que se dispusieron a acompañar al médico hasta su casa. Uno de ellos portaba una antorcha para iluminar las estrechas calles del camino de regreso.

—Permite que dos de mis guardias, como medida de seguridad, te acompañen.

El regreso hasta el domicilio de Hamet, acompañado por los dos guardias palaciegos, se produjo en silencio. La noche, ya cerrada, invitaba a acelerar el paso para llegar cuanto antes. En realidad, pensó Hamet durante el camino de regreso por las estrechas calles del Albaicín, el intento de regicidio de Yusuf ben Muhammad no tenía nada de extraño. Bastaba repasar el destino de los reyes de Granada para comprobar que la muerte violenta era algo habitual entre la realeza de los nazaritas.

Alhamar, el fundador de la dinastía, que tuvo por título *al-Galib bi-llah* o «el vencedor de Dios», y reinó con el nombre de Muhammad *el primero*, y su hijo de igual nombre y conocido como *el segundo*, habían fallecido de forma natural, cuando contaban más de sesenta años.

Pero a partir de entonces, la historia recogía un destino cruel para los gobernantes del último reino musulmán de

Al-Ándalus. El tercer monarca, también de nombre Muhammad, hijo y nieto de los dos anteriores, fue un hombre tolerante, erudito y amable, amigo de sabios y muy dado a los estudios. Forzó su vista durante años usando cirios para continuar leyendo por la noche. Al cabo de algún tiempo, esa afición a la lectura le dejó totalmente ciego, por lo que un grupo de magnates del gobierno le obligó a abdicar en su hermano Nars, al no tener hijos a los que les correspondiese la herencia del trono.

Nars, hombre de poco carácter y manejado políticamente por sus secretarios, reinó durante cinco años y terminó siendo conocido como *Abul Yuyus*, es decir, «usurpador y usurpado». Había derrocado a su hermano Muhammad, y él mismo fue derrocado por uno de sus primos, Ismail, que procedente de la familiar nazarí residente en Málaga, se hizo con el poder. Ismail se contentó con desterrar a Nars a Guadix, pero sospechando que los partidarios del invidente Muhammad estaban intentando recuperar el trono en su nombre, ordenó que el ciego rey fuese asesinado. Los secuaces lo arrojaron a una alberca en Almuñecar, en donde murió ahogado.

Ismail, el usurpador, reinó diez años. Fue la lascivia, uno de sus defectos, lo que le llevó a la muerte. Embelesado por una cautiva cristiana propiedad del *arráez* de Algeciras, la raptó personalmente del harem del militar. Celoso y rencoroso, el *arráez* se conjuramentó con varios de sus familiares, acudió al palacio real, y simulando abrazar al monarca, le asestó una cuchillada mortal en el cuello, sin que los guardias de palacio ni los médicos pudiesen hacer nada por salvar la vida del rey.

Tras el asesinato del rey Ismail, fue nombrado sucesor su hijo primogénito Muhammad Faray, que contaba por entonces diez años de edad. Aliado de los meriníes norteafricanos, hubo de cederles las ciudades de Gibraltar y Algeciras, con lo que el reino granadino perdió la influencia que mantenía sobre el comercio del estrecho. Mal asesorado por sus visires, decidió conquistar a sus antiguos aliados las dos ciudades cedidas. Conseguida la conquista, los meriníes le tendieron una emboscada en el *pago de Las Angosturas*, cuando regresaba victorioso a Granada. El joven rey, que contaba dieciocho años de edad, murió alanceado en el ataque. Su cadáver fue burlado y escarnecido, permaneciendo durante varios días en el campo de batalla sin que los meriníes permitieran enterrarlo.

Tras la muerte de Muhammad Faray, los notables granadinos nombraron rey a su hermano Yusuf Abul Hachaf, que tenía diecisiete años de edad. Gobernó como Yusuf, el primero de este nombre. Aunque su reinado se vio ensombrecido por una de las peores derrotas de la historia musulmana en la Península frente a los cristianos de Castilla, la batalla del Salado, y la peor epidemia de peste conocida que había asolado Europa, la peste negra, su reinado había sido el más esplendoroso de los acaecidos en Granada. Erudito, culto, pacífico, amante de las ciencias y de las artes, supo rodearse de visires inteligentes que rigieron la ciudad acertadamente y permitieron largos años de paz para un reino bastante maltrecho con los reinados anteriores. Su carácter no impidió que el día de la ruptura del ayuno del año 755 (19 de octubre de 1354 para los cristianos) un esclavo enloquecido lo apuñalase cuando salía de rezar de la Mezquita Aljama de la ciudad. El asesino fue linchado en el mismo lugar del crimen por un pueblo que había contemplado atónito el asesinato de su máximo regidor.

El primogénito de Yusuf Abul Hachaf, Muhammad, el quinto de este nombre y conocido como *al Gani-bi-llah* o «el regalo de Dios», fue proclamado rey el mismo día del asesinato de su padre. Cinco años después de su nombramiento, fue derrocado por una conspiración orquestada por una de las mujeres de su progenitor, que deseaba en el trono a su hijo Ismail, hermanastro de Muhammad. El monarca legítimo pudo huir a Fez, donde se refugió durante unos años. Ismail, el segundo rey de este nombre, fue un títere manejado por su propia madre y por su cuñado Abú Said, y mal gobernó la ciudad durante un año. Su final fue similar al de su homónimo en el trono granadino. Abú Said, que en verdad era quien ostentaba el poder, ordenó que fuese degollado para sentarse en el solio real. La propia guardia palaciega se encargó del degüello del rey, al tiempo que hacía lo mismo con Qais, hermano de Ismail, para evitar otro aspirante al trono. Las cabezas de los dos hermanos fueron ensartadas en una pica y paseadas por la ciudad. Sus cadáveres quedaron insepultos, pudriéndose al aire durante semanas junto a la *Bib Handac* o Puerta del Barranco, una de las de acceso a la Alhambra.

Abú Said, conocido como *el Bermejo* por su afición a utilizar alheña para tintarse el cabello, se sentó en un trono ensangrentado. Durante dos años mantuvo frecuentes conflictos con el rey castellano Pedro, conocido como *el Cruel* o *el Justiciero*. Deseoso de una paz con los cristianos, Abú Said acudió a Sevilla para rendir pleitesía al monarca castellano y declararse su vasallo. El rey Pedro, amigo del depuesto Muhammad *al Gani-bi-llah*, tendió una trampa al granadino, y él mismo fue quien alanceó a *el Bermejo*, al tiempo que ordenaba la decapitación de los treinta y siete caballeros granadinos que acompañaban al usurpador rey de Granada.

La muerte de *el Bermejo* devolvió el reino al legítimo Muhammad *al Gani-bi-llah*. Su reinado se prolongó cuarenta años, y continuó la labor de engrandecimiento de la ciudad que había iniciado su padre Yusuf Abul Hachaf. Su muerte de forma natural, ya senil, determinó el nombramiento de Yusuf como el actual rey nazarita.

Once reyes había tenido Granada desde el establecimiento de la dinastía nazarita, pensó Hamet mientras entraba en su casa. De los diez anteriores, seis habían tenido una muerte violenta, y el actual rey, si como era de esperar fallecía en las próximas horas, sería el séptimo que la tendría. Si la intriga era habitual para mantener el poder, el asesinato había sido común para hacerse con él. Curiosamente, salvo *el Bermejo*, asesinado a manos de los castellanos, los enemigos naturales del reino, los demás habían muerto a manos de sus compatriotas granadinos o correligionarios musulmanes. El trono granadino estaba estrechamente unido a la envidia, los celos, la pasión, la intriga y el asesinato. El alfanje, el puñal, el hacha y, al parecer, ahora el veneno, funcionaban a la perfección para hacerse con él.

# DÉCIMO QUINTO DÍA DEL MES DE DULCADA DEL AÑO 794
## (Segundo día de octubre del año 1392)

1

A fray Juan Lorenzo le despertaron los ronquidos de fray Antonio. Girando sobre la estera en la que había intentado reposar durante la noche y acomodando el zurrón en el que portaba su escaso equipaje, notó la frialdad del suelo de la pequeña habitación donde se encontraba. Vio a fray Antonio plácidamente dormido a su lado, encogido su cuerpo para que hombros y pies estuviesen tapados con la capa que habitualmente le abrigaba, con la boca entreabierta roncando con cada movimiento respiratorio. A sus pies yacía fray Pedro, al parecer, despierto desde hacía rato, entretenido en contemplar el escaso trozo de cielo que se divisaba por el angosto ventanuco que disponía la habitación para ventilación, y por el que aún no penetraba la luz del clarear del día.

El grueso cuerpo de fray Antonio se giró hacia la pared destapándose, y por unos momentos dejó de roncar. El obeso monje pertenecía desde hacía varios años a la Orden de la Madre de Dios de la Merced. La institución había sido fundada hacía unos ciento cincuenta años en Cataluña por el piadoso comerciante Pedro Nolasco para la liberación de cautivos cristianos en poder de los sarracenos, con el beneplácito del rey aragonés Jaime I y del intelectual Raimundo de Peñafort. De cuerpo corpulento y aspecto bonachón, el mercedario había profesado sin titubear, cuando ingresó, el cuarto voto de la Orden, comprometiéndose a quedar como rehén en lugar de un cautivo, sobre todo si la fe de éste peligraba durante el cautiverio. El monje llevaba en Granada algo más de dos años actuando como *alfaqueque*. Su primera misión como intermediario en la redención de cautivos en el reino nazarí la había ejercido en la población de Ronda. Allí dirigió sus pasos, comisionado por una familia adinerada del pueblo de Vejer, uno de cuyos hijos había sido capturado por una algara musulmana que había asolado los alrededores de la población gaditana. A pesar de las treguas entre Castilla y Granada, la hostilidad en la frontera era común. Nada de extraño tenían las algaradas o cabalgadas, en la que jinetes y peones armados entraban en territorio enemigo para destruir cosechas, apresar cautivos, conseguir botín o adquirir fama como caballeros. No se consideraban rupturas de la tregua siempre que el ataque no durase más de tres días, no se llevasen enseñas o banderas y no se asentase campamento.

El joven de Vejer, que se encontraba faenando las tierras familiares cuando había sido aprisionado, fue vendido como esclavo al *wali* o gobernador de Ronda y empleado en el abastecimiento de agua a la ciudad. El trabajo era tan duro, al tener que estar el cautivo durante todo el día acarreando pesados odres de piel de cabra desde el profundo tajo rondeño hasta la parte alta de la ciudad, que una de las maldiciones utilizadas frecuentemente en la zona hacía referencia al pesado trabajo: «Así te mueras en Ronda, acarreando zaques». Enterada la familia de Vejer de las dificultades que el joven estaba pasando y angustiada por el temor de un temprano agotamiento del desgraciado ante el duro trabajo y la mala alimentación a la que se sometía a los cautivos, había comisionado a fray Antonio para conseguir su liberación. Dos meses después de la llegada del monje a Ronda, y tras unas costosas negociaciones, el mercedario había conseguido que el desdichado abrazara, ya libre, de nuevo a sus padres.

Animado por el éxito en su primera negociación, fray Antonio se había dirigido a la capital del reino nazarí, y allí llevaba los últimos seis meses pactando la liberación de varios cautivos oriundos de la comarca jienense de Martos, cuyas familias habían comisionado al fraile, que aún seguía durmiendo y roncando, para actuar como intermediario.

Fray Juan Lorenzo y fray Pedro habían llegado a Granada hacía dos días. Siguiendo las instrucciones del superior del monasterio franciscano de San Francisco del Monte, en Córdoba, buscaron y localizaron a fray Antonio para que se encargase de los trámites necesarios para llevar a cabo su misión, que no era otra que la de predicar y confortar espiritualmente a los cautivos cristianos de la ciudad. El mercedario, con el que iniciarían esa misma mañana las diligencias oportunas para ser autorizados a predicar, les había buscado acomodo en la misma pensión en la que él se alojaba. Había logrado convencer al encargado del hospedaje para que los tres compartiesen la habitación, sin que el alojamiento de los recién llegados elevase mucho el coste. La pensión no era más que una vivienda de dos plantas acondicionada por el dueño, que había dividido su piso superior con mamparas de yeso para conseguir varias habitaciones independientes, aunque muy estrechas, mientras que la planta baja era utilizada como almacén y cuadras. Se encontraba en el barrio de *Abu-l-Así*, junto a la *Alhóndiga de los Extranjeros* y próxima a la Mezquita principal de la ciudad. El intento de alojarse en la propia *Alhóndiga de los Extranjeros* no había podido efectuarse, al estar abarrotada de comerciantes aragoneses que en los últimos días habían viajado a la capital nazarita.

La ciudad disponía de varias alhóndigas distribuidas estratégicamente por el centro. Aunque la venta de los géneros más lujosos y preciados se realizaba en la Alcaicería, el comercio permanente tenía lugar en pequeñas tiendas repartidas por las distintas calles de la urbe. Existían, además, diferentes zocos con tenderetes ambulantes ubicados en los lugares más frecuentados de cada barrio. Sin embargo, los productos traídos por forasteros se vendían en las alhóndigas, o al menos desde éstas se repartían a los zocos para su despacho al menudeo.

La alhóndiga más antigua era la *Zaida*, situada en las proximidades de la Madraza y cercana a la calle del *Zacatín*. Estaba especializada en el comercio del queso, miel, aceite, cebollas, leña y paja. En el margen izquierdo del río Darro y cercano al Puente Nuevo se ubicaba la *Fondac*, Alhóndiga *Yadida* o Nueva, aunque había sido construida hacía unos cincuenta años. Próxima a la Alcaicería, era la que mayor comercio, fundamentalmente de carbón y trigo, mantenía. La tercera alhóndiga era la *de los Extranjeros*, también conocida como la de los Genoveses por ser de esta ciudad el mayor número de comerciantes foráneos que acudían a Granada, aunque también llegaban aragoneses, florentinos y pisanos. Estaba especializada en el comercio de tejas, ladrillos, paja y harina, si bien es cierto que en ella se podía encontrar todo tipo de productos.

Las alhóndigas desempeñaban, además del comercio, una segunda función. En ellas se almacenaban los productos no vendidos en el día y se alojaban los que comerciaban con ellos. No disponían de camas, pero el alhondiguero o *fundaqair* ofertaba al huésped esteras y mantas para el descanso nocturno. Unas cuantas mujeres, habitualmente viudas sin recursos, se encargaban de la limpieza de las dependencias y, por poco dinero, estaban dispuestas a cocinar para los huéspedes, aunque éstos eran los que debían adquirir los alimentos.

La dificultad para alojarse en la Alhóndiga de los Genoveses había hecho que fray Antonio, el mercedario, buscase acomodo en la pensión cercana en la que los tres monjes se encontraban.

Unos secos golpes dados en la puerta de la estancia que ocupaban los religiosos despertaron a fray Antonio. Juan Lorenzo supuso que debía ser el mesonero, pues el mercedario le había encargado la noche anterior que los avisase al amanecer. A primera hora de la mañana los dos monjes recién llegados a la ciudad estaban citados con uno de los ayudantes del imán de la Mezquita Mayor de Granada. La cita había sido gestionada por fray Antonio el día anterior con el fin de que los dos franciscanos pudieran conseguir permiso de la máxima autoridad religiosa para predicar su doctrina entre los cautivos cristianos. El mercedario se incorporó de la estera en la que había yacido toda la noche. Luego, tras un discreto saludo a sus dos hermanos en religión, abandonó de forma presurosa la habitación para dirigirse hacia la planta baja de la vivienda en la que, junto a las cuadras, se ubicaba el retrete común utilizado por los huéspedes de la pensión.

Fray Juan Lorenzo y fray Pedro recogieron las esteras y las enrollaron junto a las mantas utilizadas durante la noche para dejarlas en uno de los rincones del aposento. Fray Pedro sacó de su alforja un poco de queso y pan, que les había sobrado de la cena de la noche anterior, y se dispuso a desayunar compartiendo los alimentos con su compañero religioso. Su rostro reflejaba el cansancio propio de no haber dormido en las dos últimas noches, debido a la inquietud que le ocasionaba la llegada a Granada. Nacido hacía dieciocho años en Bujalance, en Córdoba, sólo había abandonado su pueblo natal para ingresar en el cercano convento franciscano de San Francisco del Monte, en lo más áspero de Sierra Morena. Habían pasado sólo unos meses desde que recibió las órdenes sagradas. En el viaje, que duró varios días, se estuvo preguntando si realmente se encontraba preparado para la misión que le había traído a Granada y si desempeñaría bien su cometido de ayudante de fray Juan Lorenzo. Le conmovía la entereza de su superior, admiraba su trayectoria religiosa y temía defraudarle. Por tal motivo, tenía una extraña sensación de inquietud que no le había dejado reposar en los últimos días como hubiese deseado.

Juan Lorenzo tenía algo más de cincuenta años. Había nacido en la localidad aragonesa de Cetina, cerca de Alhama de Aragón y Calatayud, al suroeste de Zaragoza, en plena vega del río Jalón, afluente del Ebro. Cuando contaba ocho años de edad, el señor de Cetina, dueño de todas las haciendas de la localidad, se había fijado en la natural disposición del muchacho, permitiéndole que fuese educado en su palacete, junto al menor de sus hijos. Su primera juventud estuvo envuelta en las vanidades mundanas de la residencia de su señor. Pero un día, sin saber muy bien por qué, buscando una vida de retiro y austeridad, se dirigió al monasterio cartagenero de San Ginés de la Jara.

La ciudad murciana era una curiosa mezcolanza de cristianos y musulmanes. Nadie sabía con certeza quién había sido el santo Ginés.

Para los musulmanes, Ginés era un devoto religioso, familiar muy allegado al Profeta Mahoma, que desde Arabia había llegado a las costas cercanas al cabo de Palos, donde vivió santamente en oración y meditación. En el islamismo, que el vulgo consideraba como una religión puramente sensual de gentes entregadas a toda clase de goces materiales, surgían con cierta frecuencia ascetas que renunciaban al mundo para ganar la vida eterna por el camino áspero de la penitencia y la oración. Ginés, para los musulmanes, era uno de estos eremitas, retirado en Cartagena, en donde había construido una rábita y vivía entregado a prácticas devotas.

Para los cristianos, Ginés era un caballero galo, hijo del rey francés Roldán *el Grande*, que había llegado al Monte Miral, cercano al Mar Menor, hacia el año ochocientos de la era cristiana. En un antiguo monasterio existente en la zona, de la época visigótica, renunció a sus derechos dinásticos en Francia para dedicarse a la vida contemplativa y a la oración. Tras su muerte, fue considerado un santo, y sus restos fueron trasladados a Arlés, su ciudad natal. Según la tradición, cuando el féretro llegó a la ciudad francesa, se encontraba vacío al haber sido retornado su cadáver, de forma milagrosa y a manos de ángeles, hasta Cartagena.

Fuese como fuera, el lugar donde el santo había desarrollado su piadosa labor era sagrado para mahometanos y cristianos. Durante la época musulmana, numerosos devotos habían permanecido largas temporadas en la rábita, dedicados a la meditación y a la oración. Tras la conquista cristiana de las tierras murcianas por el rey Alfonso X *el Sabio*, se construyó un monasterio regido por monjes agustinos. En él, según la tradición, se veneraba la tumba que contenía los restos del asceta francés. Monasterio cristiano y rábita musulmana pervivían conjuntamente. A ambos acudían en peregrinación mudéjares murcianos y valencianos, musulmanes granadinos y cristianos castellanos y aragoneses, convirtiendo el lugar en un paraje de acentuada espiritualidad para ambas religiones.

Juan Lorenzo pasó en el monasterio agustino unos años de su juventud, dedicado a la meditación, al ayuno y a la penitencia. Allí había tenido contacto con los musulmanes de la región. Si en su ciudad natal de Cetina había comenzado a aprender la lengua árabe al relacionarse con los mudéjares de Alhama de Aragón, en Cartagena perfeccionó su idioma, conoció las costumbres musulmanas y profundizó en la religión islámica. El aragonés, decidido a ingresar en la vida clerical, regresó a su tierra natal y entró en el monasterio franciscano de Monzón. Una vez que recibió las órdenes sagradas, sus superiores lo enviaron a Barcelona a estudiar teología y artes. Terminados sus estudios, comenzó su actividad evangelizadora entre los judíos y musulmanes que vivían en la ciudad condal, donde tuvo cierto éxito, ya que logró la conversión de bastantes de ellos. Animado, viajó hasta Roma con el fin de pedir personalmente al Papa Bonifacio IX permiso para viajar a Tierra Santa a predicar el Evangelio entre los musulmanes de Jerusalén. Pero la conflictividad religiosa en esta ciudad, en donde acababan de ser asesinados cuatro franciscanos, hizo que la Santa Sede le negase la autorización. Desalentado, regresó a Aragón. Allí sus superiores le recomendaron la predicación en tierras musulmanas del reino de Granada. Dirigió sus pasos al monasterio franciscano de San Francisco del Monte, en Córdoba, y pidió permiso para dirigirse hasta Granada. En el monasterio cordobés conoció al joven fray Pedro de Dueñas, con el que entabló una estrecha relación. Cuando el provincial de la Orden concedió la licencia para la evangelización en Granada, Juan Lorenzo eligió a fray Pedro como compañero de viaje. Aunque el superior del monasterio puso reticencias por la juventud e inexperiencia del elegido, la ilusión y el deseo de fray Pedro por acompañar a fray Juan Lorenzo vencieron los reparos del superior. Ambos monjes se dirigieron a la ciudad nazarí, a la que habían llegado hacía dos días.

Mientras ambos franciscanos daban cuenta del queso y el pan sobrante la noche anterior, el mercedario regresó a la habitación con una jarra de leche que había comprado en una de las vaquerías cercanas a la pensión. De su zurrón extrajo unas cuantas manzanas, que rebanó en trozos y repartió con los franciscanos. Los tres religiosos comieron en silencio durante unos minutos. La leche que fray Pedro ingirió pareció darle fuerzas.

—¿Cómo se encuentra nuestro joven hermano? —preguntó con un tono de simpatía fray Antonio mientras daba cuenta del pan y del queso que los dos franciscanos le habían dejado—. Beba usted un poco más de leche —continuó—, que hoy no sabremos cuándo podremos almorzar.

—¿Cree usted, hermano Antonio, que seremos recibidos hoy por el imán de la Mezquita? —preguntó con cierta duda fray Juan Lorenzo.

—Pienso que sí, aunque sea un hombre tremendamente ocupado. Si no logramos entrevistarnos con el imán, lo podemos hacer con uno de sus secretarios, que al menos, nos podrá dar una idea de qué gestiones debemos seguir realizando para que ustedes consigan la autorización para predicar entre los cautivos.

## 2

Hamet entró en la cocina con hambre. A su regreso de la casa de Fátima la noche anterior, no había probado bocado, a pesar de que la cena preparada por Jadicha y dejada en la alacena esperando su regreso fuese de lo más apetitosa. Había vuelto sin ánimo para nada, y sólo deseaba poder dormir un rato. Pero apenas había conciliado el sueño. Durante toda la noche mantuvo un duermevela inquieto, dándole vueltas a la situación en la que se había visto inmerso. Cuando los primeros rayos de la luz del amanecer comenzaron a entrar en su cuarto, había remoloneado tapándose con la *almozala* que le servía de cobertor de la cama, resistiéndose a levantarse. Pero el olor de los huevos revueltos que la mujer estaba preparando como desayuno le hizo incorporarse de la cama y bajar hasta la estancia en la que la criada era dueña y señora. Sobre el *ataifor* de la cocina se encontraban un humeante tazón de leche, los huevos revueltos que había olido desde su habitación y varias rebanadas de pan recién hecho, cubiertos con una confitura que Jadicha preparaba magistralmente con el fruto del naranjo amargo que crecía en el pequeño huerto del que disponía la casa del médico. Las naranjas amargas eran más pequeñas, rugosas y rojizas que las tradicionales. No eran comestibles por su acidez, pero la mermelada que se obtenía de ellas tenía propiedades digestivas, y a Hamet le encantaba como desayuno. Preparada a finales de primavera o a principios de verano, la confitura, bien conservada en una fresca alacena de la cocina, aún se mantenía exquisita hasta mediados del otoño.

Hamet saludó a la criada con un discreto «buenos días» y se sentó en uno de los cojines que rodeaban la pequeña y baja mesa de la cocina, dispuesto a devorar lo que Jadicha acababa de prepararle. La mujer tomó asiento junto a su amo cuando éste comenzó a desayunar.

—¿Qué quería Mufairry anoche?

Hamet imaginó el interrogatorio que se le avecinaba. Estaba habituado a él después de los muchos años que ambos llevaban conviviendo. Jadicha jamás había entendido que el secreto médico era inviolable. La relación entre el enfermo y el médico se establece sobre una base de mutua confianza. Parte de esta confianza lo constituye la obligación de guardar silencio acerca de aquellos pormenores que el paciente comunica al médico sobre su peculiar situación o las que éste evidencia tras la exploración de aquél. Pero Jadicha lo intentaba una y otra vez a pesar del nulo éxito que siempre había tenido. Pretendía que Hamet le revelase cualquier dato sobre su actividad profesional que a ella le sirviese para mantener una placentera tarde de cotilleo con sus amistades y vecinas.

El médico comenzó a engullir una de las rebanadas de pan untadas con mermelada de naranja sin responder a la criada, a pesar de que ésta mantenía los ojos clavados en la mirada de su amo, deseosa de conocer unos detalles que, como habitualmente ocurría, no le serían desvelados.

—Nada importante —comentó Hamet mientras bebía un trago de leche intentando dar a su respuesta un tono inexpresivo y deseando que Jadicha no siguiese con más preguntas.

—¿Nada importante, y es el propio jefe de la guardia palaciega acompañado por tres de sus guardias quien te reclama? ¡No te creo!

La mirada de incredulidad dirigida por la criada a Hamet se acompañó de un rápido movimiento de la mujer. Su corpulencia y la deformidad de sus piernas no le impidieron levantarse con premura del cojín sobre el que estaba sentada y retirar del alcance de su amo las rebanadas de pan que aún quedaban en el plato antes de que éste pudiese reaccionar. Jadicha sabía que el paladar del médico era uno de sus puntos débiles, e intentaba, al igual que en otras frustradas ocasiones, ablandar su hermetismo a través de su estómago, dejando fuera de su alcance una de sus viandas preferidas.

Hamet siguió con la mirada el destino de las rebanadas que la mujer colocó sobre el poyete de la cocina, apuró la leche que quedaba en el cuenco y comenzó a dar cuenta de los huevos revueltos.

—No es nada importante —repitió mientras añadía a los huevos un poco de sal que cogió alargando la mano hacia el salero que Jadicha mantenía en la alacena de la cocina.

Recordó la discreción recomendada por Mufairry. En ocasiones, cuando la criada insistía en conocer los pormenores del trabajo de Hamet, éste satisfacía la curiosidad de la mujer contándole algunos detalles sin importancia. Imaginaba entonces conocer todos los pormenores del asunto, y cesaba en su interrogatorio. Pero Hamet no estaba dispuesto a relatar ni un ápice de lo ocurrido la noche anterior, tanto por su seguridad como por la de la criada. Pensó que le faltaría tiempo para salir de casa y dirigirse al mercado cercano a cotillear con sus amigas y vecinas dando, por supuesto, a conocer el más mínimo detalle de la situación en la que se encontraba el rey. El médico apuró un segundo cuenco de leche, se levantó del *ataifor* y se dirigió hacia el poyete de la cocina donde Jadicha había dejado el plato con las rebanadas de pan y mermelada de naranja.

—¡No me gusta que me mientas! —Jadicha soltó un palmetazo sobre la mano de Hamet cuando éste intentó coger una de las rebanadas de pan—. ¿Es que no puedes satisfacer la curiosidad de una anciana con el cuerpo cansado de atenderte?

No era fácil que cediese. El hecho de hacer referencia a su edad y cansancio le había dado resultado en otras ocasiones. Hamet estaba tentado de contentar a su criada mientras conseguía coger una de las rebanadas de confitura.

—Anoche tuve que atender a un rico comerciante recién llegado a la ciudad. Un exceso de especies picantes en la comida le había indispuesto durante la tarde. Después hizo llamar a un médico a sus aposentos —mintió Hamet.

El gesto esbozado por Jadicha mientras comenzaba a fregar los utensilios empleados en el desayuno daba a entender que no era ésa la respuesta que deseaba escuchar de boca de Hamet. Evidentemente, no se creyó lo que había comentado su amo. No era lógico que el *arráez* acudiese personalmente a requerir al médico si el asunto era sólo la indisposición de un comerciante, por muy rico que éste fuese. Pero a Hamet no se le ocurrió otra mentira con la que aplacar la curiosidad de la criada.

La sirvienta sabía que Hamet mentía. Éste no había dejado de juguetear, sin darse cuenta, con la *mano de Fátima* que, a modo de amuleto, colgaba de un cordón de cuero en su cuello. El abalorio de plata, de pequeño tamaño y acampanado, reproducía los cinco dedos extendidos de una mano que simbolizan los cinco preceptos coránicos de la fe, la limosna, la oración, el ayuno y la peregrinación. Le había sido colocado por su padre el mismo día de su nacimiento para conjurar la mala suerte que, según Ahmad, podría suponer el hecho de haber nacido el mismo día de la muerte del rey Yusuf Abul-Hachaf.

Jadicha había entrado al servicio de los abuelos maternos de Hamet cuando tenía diez años. La temprana muerte de su padre hizo que fuese ofrecida como sirvienta, pues las tierras arrendadas que trabajaba su familia, y de las que vivían, tuvieron que ser devueltas al no poder cultivarlas. La buena relación establecida entre Aisa, la madre de Hamet, y Jadicha, que tenían la misma edad, determinó que los abuelos de Hamet consideraran a la criada como un miembro más de la familia.

Cuando Aisa se casó con Ahmad, la criada se alojó con los recién casados en la casa que el padre de Hamet había adquirido para residencia del matrimonio. A los once meses de los esponsales, Aisa alumbró a Miriam, su hija mayor. Dos años después, el primer día del mes de *laval* del año 755 (decimonoveno del mes de octubre del año de mil trescientos cincuenta y cuatro de los cristianos) nacía Hamet. La fecha de su nacimiento coincidió con la ruptura del ayuno del *ramadán* y con el asesinato del rey granadino Yusuf Abul-Hachaf, al ser apuñalado por un loco demente cuando salía de rezar de la Mezquita Mayor de la ciudad. Esta coincidencia fue considerada por Ahmad como un signo de mal presagio, por lo que colgó del cuello del recién nacido el amuleto de la *mano de Fátima*, del que Hamet sólo se desprendía cuando realizaba su aseo personal y con el que acostumbraba a juguetear cuando cavilaba sobre asuntos importantes. Fuese o no signo de mal auspicio el asesinato del rey, Ahmad siempre había responsabilizado la coincidencia del nacimiento de su único hijo varón y el asesinato del rey con la dolencia posterior de su mujer.

Aisa cayó enferma cuando su segundo hijo tenía cinco años. La debilidad se fue apoderando de sus piernas de forma lenta y progresiva. Tenía que separar los pies para caminar deprisa o para subir y bajar escaleras. Con frecuencia, las pantorrillas se le entumecían como si estuviesen dormidas, y los hormigueos se hicieron cada vez más intensos y frecuentes. Lejos de mejorar, debía separar más las piernas, cada vez más si quería mantener el equilibrio. La inestabilidad de sus movimientos fue en aumento. Acudió a los mejores médicos de la ciudad, y en unas semanas llegó a recuperarse.

Dio la impresión de restablecerse totalmente. Sin embargo, unos meses después volvió a presentar los mismos síntomas, a los que se asoció la aparición de vértigo. Al mismo tiempo, su visión se volvía doble y borrosa. El mareo duraba horas, teniendo Aisa la desagradable sensación del desplazamiento y giro de los objetos que le rodeaban. Este segundo brote de su enfermedad duró tres meses. Se recuperó parcialmente, pues, aunque sus piernas volvieron a tener las fuerzas de antes, le quedó como secuela un ligero temblor en sus manos que aparecía cuando intentaba coger algo. Cuatro meses después de comenzar a encontrarse mejor, tuvo un nuevo episodio. La pérdida de fuerzas y el entumecimiento de sus piernas se acompañaron en esta ocasión de movimientos espasmódicos por contracturas involuntarias de los músculos de sus miembros inferiores. Su voz adquirió un tono monótono, sin apenas inflexiones; después, se convirtió en un falsete alto; en unas semanas, Aisa hablaba con entonación lenta e irregular, debiendo pronunciar las palabras sílaba a sílaba para poder expresarse y ser entendida. La debilidad de las piernas le imposibilitó andar. Se vio obligada a permanecer sentada entre cojines todo el día. Era necesario cogerla en brazos para cambiarla de habitación y ayudarla en su aseo personal. La orina se le escapaba al ser incapaz de controlar la micción. La falta de fuerzas y los espasmos musculares se extendieron por todo el cuerpo, coincidentes con nuevos episodios de debilidad general. El último año lo pasó postrada en la cama. Comenzaron a aparecer úlceras en los hombros, las nalgas, los talones, tobillos…, allí donde su cuerpo permanecía inmóvil sobre la tarima en la que yacía. Los padres de Aisa se trasladaron al domicilio de la familia para ayudar a su hija.

Cinco años después de presentar los primeros síntomas, Aisa falleció. Le faltaban dos meses para cumplir los treinta y cinco años. Jamás se quejó durante su enfermedad. En el transcurso de la misma supo mantener siempre el ánimo alegre, aunque en numerosas ocasiones mostró una tristeza interior al comprobar cómo sus dos hijos crecían sin su concurso. Durante ese tiempo la abuela de Hamet y Jadicha se ocuparon de las tareas de la casa. Ambas mujeres se convirtieron en la madre que Miriam y Hamet necesitaban. El comportamiento de Ahmad durante la enfermedad de su mujer fue intachable. Consultó a los médicos más prestigiosos de la ciudad. No escatimó en remedios que pudieran devolver la salud a su mujer. En dos ocasiones renunció a ascensos en su carrera militar para evitar tener que salir de Granada. Se contagió del buen carácter de Aisa y soportó con resignación el mal que se cernió sobre su esposa. Jamás manifestó externamente reproche alguno ante este contratiempo. No obstante, Jadicha lo había sorprendido en varias ocasiones con los ojos empañados de lágrimas, derramadas en soledad y en silencio. Hombre duro y curtido, se ablandó para atender a su inválida mujer y a sus hijos, pero nadie le pudo convencer de que la coincidencia del nacimiento de su hijo varón y el asesinato del sultán no fuera un signo de mal augurio.

Ocho meses después de morir Aisa, Ahmad rehízo su vida contrayendo segundas nupcias con Subh. La casa en la que Hamet había nacido fue vendida para comprar una vivienda nueva en el barrio del Realejo, que diera aposento al nuevo matrimonio. Miriam y Hamet se mudaron con su padre a la nueva casa, y Jadicha volvió a servir a los padres de la difunta Aisa. Un año después de los nuevos esponsales de Ahmad, por recomendación de Subh, a la que parecían estorbarle los hijos de su marido, éstos fueron a vivir con sus abuelos maternos. El abuelo de Hamet murió tres años después del fallecimiento de su hija. Cinco años después, Miriam contrajo matrimonio y se trasladó a Almería. A la muerte de su abuela materna, Hamet heredó la casa y continuó viviendo junto a Jadicha.

La criada decidió dejar en paz a su amo, consciente de que por el momento no iba a obtener más información. Hamet continuaba jugueteando con la *mano de Fátima*, lo que para Jadicha era indicio de que el médico continuaba dándole vueltas al asunto que lo había sacado de su vivienda la noche anterior. «¡Ya me enteraré!», pensó la mujer, al tiempo que retiraba el tazón y el plato utilizado por Hamet para desayunar.

Hamet se levantó lentamente del *ataifor* en el que había desayunado y se dirigió hacia su dormitorio para terminar de vestirse y marcharse al Maristán.

## 3

Fray Pedro, fray Juan Lorenzo y fray Antonio salieron de la posada en la que se alojaban cuando aún no había amanecido y se dirigieron hacia la Mezquita Mayor. A pesar de lo temprano del día, las calles del centro de la medina, que ocupaba la zona llana de la población, en la margen derecha del río Darro, eran un hervidero de gente que se afanaba en atender sus ocupaciones. Los monjes se cruzaron con varios huertanos y labriegos apresurados, que con sus aperos marchaban hacia el arrabal de la Rambla, buscando la Bib Rambla, la puerta del barrio por la que podían salir de la ciudad y llegar a las tierras de las huertas de *Xaragüí*, de las que eran arrendatarios o propietarios y que se ubicaban en la Vega.

Al oeste de la ciudad, extendida desde el norte y con confines en el sur, se extendía una llanura bastante fértil, ceñida por cerros de poca elevación e integrada por tierras de aluvión del río Genil. En ella se elevaban una treintena de pequeñas poblaciones, más de doscientas alquerías y abundantes caseríos dispersos, en las que sus habitantes, y bastantes de los residentes en la ciudad, se esforzaban en hacer cultivables las tierras de la comarca. El clima extremo de Granada, con inviernos fríos y prolongados, con primaveras cortas templadas y heladas nocturnas frecuentes, y con veranos calurosos, prolongados y secos, hacían difícil arrancar a la tierra sus frutos. Además, las escasas lluvias de primavera e invierno favorecían muy poco la fertilidad de esos campos. La utilización del agua del río Genil y la de sus afluentes, el Dílar, Monachil, Cubillas y Cacín, una apropiada distribución de acequias, como las de Aynadamar, Arabuleila, Tarramonta o del Morqui, y la adecuada repartición de albercas para recoger el agua sobrante en los años lluviosos, habían conseguido unas tierras de regadío capaces de satisfacer las necesidades alimenticias de la metrópoli. De esta manera, se compensaba la alternancia de períodos secos y malos con los lluviosos y buenos. El aprovechamiento al máximo de los regadíos producía la falsa idea de una prodigalidad natural, cuando, en realidad, era obra del hombre, que necesitaba aplicar ingenio y trabajo para obtener fruto de la tierra.

Huertas y jardines se extendían por los alrededores de la ciudad, consiguiendo proveer a los granadinos de cereales, frutas y leguminosas. En invierno se plantaba trigo y cebada, y en los lugares más fríos, centeno, que eran recogidos al final de la primavera. A mediados del verano se iniciaban las labores para el panizo y la alcandía, que podían ser recolectados a principios del otoño. Después de una siembra de cereal, se cultivaban leguminosas, como alubias, lentejas, altramuces y habas, pues se había demostrado que la alternancia enriquecía las tierras y permitía obtener mejores cosechas siguientes. Había árboles por todas partes, sobre todo morales y moreras, que eran utilizados en la industria de la seda. Abundaban albaricoqueros, almeces, cerezos, cidros, naranjos, higueras, perales, manzanos, toronjos y servales. Estos frutales eran vigilados estrechamente por las autoridades del reino, de tal forma que la tala de alguno de ellos era penada con la obligación de plantar diez por cada uno de los que fueran cortados. Los frutales abastecían a la ciudad de naranjas, manzanas, cerezas y nísperos durante la primavera; de peras, albaricoques, sandías, melones, higos y uvas durante el verano. Los dátiles se iniciaban a principios del otoño, al igual que los membrillos, las azofaifas y las granadas, que daban paso de nuevo a las naranjas.

Los monjes, con pasos avivados, se dirigieron al barrio de *Abu-l-Assí*, lugar en el que se hallaba la Mezquita Mayor. Sin embargo, debieron enlentecer su caminar al atravesar el *zoco* del barrio, en el que dos carniceros discutían a gritos por la colocación del tenderete de uno de ellos. En el interior de la ciudad no existían grandes espacios libres. El más mínimo ensanche de la red de callejuelas tortuosas y desiguales de la ciudad era utilizado para que los comerciantes dispusieran sus pequeñas barracas en las que ofertar sus mercancías. Cada barrio disponía de un mercado, estable o transitorio. Perfumistas, sastres, estereros, zapateros, carniceros, pescaderos y fruteros pujaban anualmente por alquilar un puesto en cualquiera de los muchos zocos existentes en la ciudad, y por los que el reino obtenía buenas rentas. Los artesanos y comerciantes se agrupaban en gremios, cada uno de los cuales solía tener un zoco en diferentes barrios. De esta manera, la corporación consideraba que era una situación más digna y segura que si los miembros del gremio estaban esparcidos por la ciudad. Permitía también que el *almotacén*, el funcionario encargado de controlar las medidas y los pesos, vigilara mejor a los menestrales del mismo oficio. El reparto de los mercados por la ciudad se había hecho de acuerdo con las necesidades e industrias que precisaban. Así, el zoco de los fruteros se encontraba en las proximidades de la *Bib* Elvira; los carpinteros se instalaban en el Barrio del *Mauror*; los curtidores en el *al-Dabbagin*, cercanos al Puente del Álamo sobre el Darro; los alfareros, que precisaban bastante agua para su ocupación, tenían su principal mercado en el *al-Fajjarin* del Realejo; los estereros en el *al-Hassarin*, cercano a la calle Elvira; los tintoreros en las cercanías del Zacatín, al igual que los zapateros y los ropavejeros; y los cuchilleros en el arrabal de los Gomeres. De igual forma, había zocos específicos de ladrilleros, pañeros, carniceros, pescaderos, barberos y especieros.

El entorno de la Mezquita Mayor, al ser el centro neurálgico y administrativo de la ciudad, era la zona de mayor comercio. Abundaban comerciantes y artesanos de todo tipo, bien en locales estables o en tenderetes provisionales, aunque estaba prohibida la venta de aceites y de animales vivos por la suciedad que producían. El *almotacén* del barrio de *Abu-l-Assí* era el encargado de vigilar que los puestos provisionales fuesen ocupados a diario según orden de llegada, instalándose el más madrugador en el tenderete más favorable para la venta. Era raro el día en el que no había discusiones, como la que esa mañana, y de forma acalorada, era mantenida por los dos carniceros que se disputaban un tenderete.

Al llegar a la *rahhat Maysid al-Azam*, la plaza a la que se abría la Mezquita, el joven fray Pedro hubo de taparse la nariz, pues la mezcolanza de olores que percibió le produjo una sensación desagradable. Drogueros y perfumistas preparaban su mercancía a la vista del público, al igual que hacían los comerciantes que vendían comidas preparadas. Los aromas de alimentos cocinados se mezclaban con los de otros productos expuestos en sacos abiertos. A los olores de carne asada, pescado frito, buñuelos y pasteles de queso, se les unía el de alheña, sándalo, hierbabuena, canela o benjuí. Esta mezcolanza de aromas superó el sentido olfativo de fray Pedro, y por unos instantes, se sintió mal. Un vendedor ambulante, bajo y gordo, ataviado con túnica andrajosa, apartaba moscas de un caldero en el que cocinaba arroz grasoso con habas secas. Fray Antonio, el mercedario, le explicó que, cada cierto tiempo, algunos criados del *almotacén* recorrían los puestos con aspersores de agua perfumada para no hacer desagradable el olor de la zona. Fray Pedro pensó que un olor más, aunque fuese de perfume, no haría sino aumentar el desagrado que había percibido.

A fray Juan Lorenzo le llamó la atención la austeridad del templo principal de la ciudad. Había conocido la Mezquita del pueblo de San Ginés de la Jara, en Murcia, y no se había extrañado de su sencillez exterior, que destacaba frente a la decoración interior. Pero imaginaba que la Mezquita Mayor de Granada tendría una decoración externa más acorde con la importancia de la ciudad, al igual que ocurría con las catedrales de las grandes ciudades cristianas. Únicamente sus tres puertas principales aparecían ricamente labradas. El resto del edificio aparecía sin adornos externos.

Fray Antonio, el mercedario, ya había avisado a los franciscanos de que deberían solicitar audiencia para ser recibidos por el imán, o por uno de sus secretarios, y que habrían de permanecer en el exterior de la Mezquita, o a lo sumo, serían introducidos en las dependencias administrativas de la misma, pero que, al no ser mahometanos, no podrían acceder al templo. Lo que no les había anunciado era la cantidad de gente que encontrarían solicitando audiencia con el imán. Veinticinco o treinta personas se hallaban delante de ellos, por lo que fray Antonio recomendó que se pusieran cómodos para la espera, al tiempo que él se sentaba sobre el suelo.

Fray Pedro comenzó a entretener la aguarda mirando a través de las puertas por las que se accedía al templo. Vislumbró que, tras ellas, se encontraba el *nartex*, el patio de entrada, en el que echaba agua una fuente de cinco caños. Vio también una orza grande en una de las esquinas. De las dependencias administrativas, en las que comenzaba la cola de espera para ser recibidos, salieron unos criados provistos de escobas que limpiaron los alrededores de las puertas de la Mezquita por las que ya entraban algunos fieles. La llamada a la oración de la mañana del *almuédano* se oyó desde el alminar, a pesar de las voces que venían del zoco de la plaza.

«*Al-lah akbar*, Dios es el más grande. Acudid a la oración. Acudid a vuestra salvación. No hay más Dios que Dios, y Mahoma es su enviado».

Por unos instantes, aumentó el número de fieles que entraron en el templo. Se despojaban de sus sandalias, borceguíes o babuchas, y buscaban un rincón en el *nartex* para dejarlas. Algunos varones utilizaron la orza central como mingitorio, y todos se dirigieron hacia los caños de la fuente, aguardando su turno para realizar sus abluciones. Se limpiaban el rostro y los brazos hasta el codo, pasaban sus manos húmedas por sus cabezas, y finalizaban lavando sus pies hasta el tobillo. Cuando entraban en el interior de la Mezquita, fray Pedro dejaba de verlos.

Deseando saciar su curiosidad, dirigió una mirada interrogadora hacia fray Juan, que con paciencia se entretuvo explicándole los ritos de la oración musulmana, la *azalá*, que el aragonés había conocido en tierras murcianas. Le aclaró que el mahometano, siguiendo los preceptos marcados por la *Fatiha*, el primer capítulo del Corán, realiza cinco oraciones al día: al alba, mediodía, comienzo de la tarde, al crepúsculo y por la noche; que las abluciones previas significan el arrepentimiento de los pecados; y que durante cada oración el creyente adquiere tres posturas: permanece en pie, como las montañas, que prestan su servicio al creador con el régimen de vientos y de lluvias; a continuación, se inclina para glorificar a Dios como los animales que permanecen sumisos; y después se postra, tocando el suelo con la cabeza, al igual que las plantas, que por sus raíces hundidas en el suelo buscan su alimento. Al igual que el cristiano, no es obligatorio orar en el templo, aunque sí es recomendable. Una mezquita no es sólo una casa de oración, sino la casa de la vida. Y allí donde un hombre reza, allí está su santuario. Pero el musulmán, a diferencia del cristiano, ha de dirigir sus oraciones hacia la *Ka'aba*, la casa sagrada de *Allah*, edificada por Adán, destruida por el diluvio universal y reconstruida por Abraham y su hijo Ismael, en uno de cuyos ángulos se encuentra la Piedra Negra en la que se inician las siete vueltas rituales que deben de dar los peregrinos de la Meca. Para ello, en cada templo se alza la *qibla*, el muro de referencia que une las miradas y plegarias de todos los musulmanes hacia su ciudad santa. Dicho punto estaba señalado por el *mihrab*, el nicho de luz excavado en el muro.

—¿Pero no fue Isaac el hijo que Dios le pidió a Abraham que sacrificase? —preguntó extrañado fray Pedro de Dueñas.

—Eso es lo que indica el Antiguo Testamento, y creemos los cristianos que hemos seguido la tradición judaica contenida en el Libro del Génesis. Pero para los musulmanes, el hijo que iba a ser ofrecido en sacrificio a Dios era el primogénito de Abraham, Ismael, el hijo de la esclava egipcia Agar, y que se convirtió, según la profecía divina, en el padre de una gran nación, los árabes.

El joven franciscano y el mercedario escuchaban atentamente las explicaciones que fray Juan relataba. Fray Antonio, una vez que el aragonés hubo finalizado, se atrevió a intervenir.

—Hace unos meses, y después de unas gestiones con uno de los secretarios del imán para la liberación de un cautivo, tuve ocasión de asomarme, sin llegar a entrar, al interior del templo. Os aseguro, hermanos míos, que es una maravilla. Según me informó el secretario del imán, esta Mezquita fue erigida hace más de doscientos cincuenta años, durante el reino *ziri* de Granada, en el periodo en que Al-Ándalus se desmembró en reinos de taifas tras la caída del califato cordobés. Dispone de once naves, sostenidas sus techumbres a dos aguas por columnas de mármol, algunas de las cuales fueron traídas de las ruinas de Medina Azahara de Córdoba. Su suelo es de mármol y sobre él se extienden lujosas alfombras y esteras de blandos juncos. Sus paredes están decoradas con filigranas de estuco y azulejos coloreados dispuestos en trazos geométricos que descansan la vista e invitan a la oración. Son incontables las luminarias de plata que cuelgan desde los techos y numerosos los candelabros que desde las paredes aumentan la luminosidad que entra por los altos ventanales.

—¿Y rezan todos juntos? —intervino el joven fray Pedro.

—Los hombres lo hacen separados de las mujeres. Hay un espacio, la *maqsura*, reservado para la familia real, y separado del resto por una verja de hierro desde que el rey Abul Hachaf fue asesinado por un loco en este lugar el día que finalizaba el ayuno del ramadán.

Tras las explicaciones dadas por los dos monjes mayores, fray Pedro comprobó que la cola de espera había avanzado poco, aunque no así la mañana, pues el sol brillaba ya en lo más alto del cielo.

# 4

Al igual que otras mañanas desde hacía más de quince años, Hamet caminaba despacio en dirección al Maristán. El paseo matutino relajado hasta su lugar habitual de trabajo le confortaba. El andar cansino por las estrechas calles del Albaicín le permitía meditar en asuntos cotidianos que, aunque insignificantes, condicionaban bastante su modo de actuar. Analizaba su labor en el hospital, repasando mentalmente los diagnósticos y tratamientos que había impuesto a los enfermos el día anterior, evocaba las relaciones con sus vecinos y amigos, y en el fondo, intentaba buscar sentido a la vida tranquila y sosegada que disfrutaba. Sus pensamientos, de ordinario, eran intrascendentes y sin interés para los demás. Sin embargo, esa mañana no lograba olvidar la situación de la noche anterior. Nunca se preguntó por qué había elegido ser médico. Estaba seguro de que le agradaba su profesión, pero no llegaba a comprender, en la naturaleza de las cosas, por qué el hombre tenía que enfermar y, por supuesto, por qué otros hombres provocaban la enfermedad en sus semejantes. La envidia y la ambición le hacían comprender que alguien pudiese desear las propiedades de otro hombre, pero nunca hasta el extremo de asesinarle para conseguirlas. A su padre le hubiera agradado que siguiese la carrera militar e intentó que le gustase la vida de la milicia, la disciplina, el orden y la obediencia, pero a Hamet nunca le atrajo. Es posible que la enfermedad de su madre influyese en su decisión profesional. La desgracia de Aisa no había amargado su infancia ni la de su hermana. Ahmad, sus abuelos maternos y la propia Jadicha se habían volcado con ellos. Su propia madre, aun en su impotencia, había hecho lo que estaba en sus manos. Pero Hamet recordaba su niñez como una continua asistencia de médicos que habían intentado dar consuelo a su madre enferma y a su familia angustiada.

Absorto en sus pensamientos, Hamet se dio cuenta de que había llegado al hospital. El edificio ocupaba un amplio solar próximo a la margen derecha del río Darro, en la ladera meridional de la Colina del Albaicín, en el *arrabal del Haxaris o del Deleite*, muy cerca de los Baños del Nogal y de la Puerta de los Tableros. Su disposición rectangular, formada por cuatro largas y estrechas naves, y otras tantas angostas galerías de acceso, bordeando un patio central con alberca, era muy usada en casi todos los edificios públicos islámicos. Dos leones de mármol blanco, labrados sucintamente sin intención realista y a la manera oriental, en posición sentada sobre sus cuartos traseros, vertían agua desde el centro de los lados mayores hacia la alberca central del patio. El hospital disponía de unas cincuenta salas, cada una de las cuales tenía capacidad para cuatro enfermos. Podían ser atendidos hasta doscientos pacientes, aunque nunca se había alcanzado ese número de ingresados. Las dependencias del piso bajo eran ocupadas por los hombres; las mujeres tenían reservada la planta superior.

Bordeando el estanque central, Hamet se dirigió al ala oeste del edificio, en una de cuyas esquinas se encontraba la sala en la que realizaba la asistencia ambulatoria de los que acudían al hospital durante la mañana. El Maristán granadino disponía de una plantilla de siete médicos. Cuatro de ellos estaban dedicados a atender exclusivamente a los pacientes ingresados de acuerdo con las secciones en las que se dividía el hospital: enfermos febriles, dementes, con úlceras e incurables. Los otros tres médicos, aunque tenían encomendado el cuidado de algunos de los enfermos ingresados, dedicaban gran parte de su jornada a atender a los enfermos ambulatorios, generalmente pobres, que acudían al hospital. Los ricos solían recurrir a las consultas privadas, que abundaban por toda la ciudad, por cuyos servicios debían pagar buenos honorarios. En cambio, los que carecían de recursos económicos no tenían más remedio que acudir al hospital. Aunque no era totalmente gratuito, los escasos *mizcales* que abonaban por ser atendidos podían ser asumidos por la mayoría de los habitantes de la ciudad. Los pacientes ingresados recibían una asistencia totalmente gratuita, aunque no era fácil el ingreso hospitalario. El Maristán recibía continuas donaciones económicas de ricos generosos, *la sadaqa*, además de percibir parte del *zakat* del reino o impuesto obligatorio recaudado por el sultán y destinado a limosna. Ambas aportaciones económicas bastaban para hacer frente a los gastos que su labor asistencial originaba.

En la puerta de la estancia utilizada habitualmente por Hamet como consulta, se encontraba un hombre que le estaba esperando. Le hizo un gesto, a modo de saludo, en el momento en que el médico entraba en la sala. En su interior, Jalib, uno de los enfermeros del hospital y ayudante de Hamet, disponía ordenadamente parte del instrumental que éste utilizaría esa mañana.

—Buenos días, *tabib* —saludó Jalib, utilizando respetuosamente el título por el que los médicos eran conocidos—. Tienes un paciente esperando.

—Hazle pasar —comentó Hamet mientras se desprendía de la *almafala* que le había abrigado en el trayecto desde su domicilio hasta el hospital.

Un hombre de mediana edad, fornido y corpulento, penetró en la estancia y quedó a la espera de las instrucciones de Hamet. Su fuerte constitución contrastaba con la angustia que su cara reflejaba. El médico le indicó que se sentara sobre unos cojines dispuestos en el centro de la habitación.

—¿En qué puedo ayudarte? —preguntó Hamet.

El hombre, con gesto de dolor, se quitó la capa que le abrigaba. Apareció entonces, manchado de sangre, el uniforme del ejército granadino que vestía. Desabrochó la camisola que cubría su pecho y mostró una herida de cuchillada, sangrante aún, y que se extendía desde el pezón izquierdo del pecho hasta las proximidades de su ombligo. El herido, sin decir palabra, miró directamente a los ojos de Hamet.

Su vestimenta le delataba como militar, por lo que Hamet, conocedor de que el ejército disponía de varios barberos-cirujanos para el tratamiento de las heridas de los soldados, se extrañó de que el miliciano hubiese acudido al hospital a curar su herida.

—¿Por qué acudes a mí en lugar de al *mutatabib* de tu regimiento?

—Soy un homiciano. Estoy todavía en periodo de redención —contestó el soldado sin desviar la mirada de Hamet—. Recibí la herida en una pelea en una de las tabernas cercanas al hospital, y no puedo acudir al práctico de mi compañía.

Desde hacía bastantes años el ejército granadino, siempre necesitado de hombres para atender los conflictos fronterizos con los reinos de Castilla y de Aragón, acogía en sus filas a antiguos delincuentes que penaban sus culpas sirviendo como tropa y guerreando. Cualquier delincuente que decidiese ingresar en el ejército y prestase servicio de armas durante un cierto tiempo, variable según el delito cometido, y que oscilaba entre uno y diez años, podía quedar libre de su responsabilidad criminal. Quedaban excluidas, no obstante, algunas infracciones consideradas graves, como la conspiración contra el rey, el asesinato de niños o de adultos a traición. Bastantes reos se acogían a esta modalidad de redención para evitar la cárcel o la muerte. Se utilizaba a los homicianos en regimientos fronterizos por el peligro que corrían, pero no era infrecuente que algunos de ellos sirviesen en el ejército de la capital del reino. Las condiciones del servicio eran duras, pues se les asignaban las misiones más difíciles y no se les permitía ninguna falta. Caso de cometerlas, eran expulsados del ejército y pasaban a cumplir en su totalidad la pena impuesta, independiente del tiempo que llevasen sirviendo a la milicia. Una vez finalizado el tiempo de redención, el homiciano podía continuar sirviendo al ejército, pero ya en las mismas condiciones que el resto de los soldados, o bien licenciarse habiendo quedado libre de su responsabilidad criminal.

Hamet comprendió que si el soldado hubiese acudido al *mutatabib* de su regimiento habría sido denunciado, expulsado de la milicia y obligado a cumplir íntegra su condena. Nada habría pasado si la herida hubiese sido consecuencia de una actividad militar. Pero, como el mismo herido había manifestado, era el resultado de una pelea, y para colmo, en una taberna. La prohibición coránica de ingerir alcohol nunca había sido respetada en la ciudad, y menos desde que el rey Yusuf, bebedor habitual en su juventud, había alcanzado el trono. Por la ciudad abundaban bastantes cantinas clandestinas, en las que gente de todo tipo se reunían al final del día y disfrutaban bebiendo durante un rato. Desde el ascenso al trono de Yusuf, las rondas de la policía para sorprender a los infractores habían disminuido, y las autoridades hacían la vista gorda cada vez con más frecuencia.

—¿Sabes que estoy obligado a informar de tus heridas a las autoridades? —interrogó Hamet.

—Lo sé, pero también sé que no lo harás. O al menos, lo comunicarás de forma que no pueda ser localizado —respondió el soldado mirando fijamente al médico.

—¿Por qué estás tan seguro? —continuó Hamet mientras comprobaba cómo Jalib, el enfermero, se retiraba discretamente a uno de los rincones para no ser testigo de la conversación entre médico y herido, y no verse involucrado.

—La herida es fruto de un altercado sin importancia. Mi agresor era un borracho con el que estaba discutiendo por asuntos banales y que aprovechó un descuido para herirme. No le respondí, aunque pude matarlo allí mismo, pero me contuve. Me quedan dos meses para licenciarme. Tengo mujer y dos hijos, que malviven ayudados económicamente por mis suegros, ya que no puedo atender a sus necesidades, pues no recibo paga como homiciano que soy. Si me denuncias, tendré que cumplir dos años en prisión, y continuaran durante ese tiempo las dificultades de mi familia. Sé que sueles ayudar a la gente que lo necesita. Te daré un nombre falso y un destino inexistente del que no estás obligado a conocer si es o no verdadero. Con ello podrás cumplir con tu obligación de informar a las autoridades, y a mí no me localizará nadie.

Hamet miró a su alrededor y comprobó que Jalib había salido de la estancia a propósito. Nadie había escuchado la conversación entre ambos hombres, y lo relatado por el soldado no le comprometía. Se dirigió hacia una de las repisas de las paredes y cogió hilo de seda y una aguja apropiada para coser la herida del miliciano. Luego colocó un cuchillo de hoja ancha en las brasas del anafre que Jalib encendía todas las mañanas.

—Voy a suturar la herida, pero antes debo quemar sus bordes para evitar que se infecte. Te dolerá.

—Lo sé. He visto actuar al *mutatabib* de mi regimiento.

Hamet entregó al soldado un pequeño cinto de cuero para que lo mordiese entre sus dientes y evitar que se dañase la lengua. Cuando el cuchillo estuvo al rojo, lo aplicó en la herida durante unos segundos, aguardó unos minutos y después comenzó a suturarla.

No había dado dos puntadas de sutura cuando entró Jalib, acompañado de uno de los estudiantes del hospital.

—Perdona que te interrumpa *hakim* Hamet. El *hakim* Manssur pide que acudas al depósito lo antes posible —dijo el estudiante que acompañaba al enfermero.

—No soy *hakim*, sólo *tabib* —comentó Hamet con un tono seco y sin levantar la vista de la herida.

No le gustaba ese título. El término *hakim* o sabio era costumbre utilizarlo para dirigirse a los profesores de la Madraza, fuesen docentes de medicina, teología o derecho. A Hamet le gustaba más que se dirigiesen a él, o bien por su nombre, o como *tabib*, término respetuoso con el que eran conocidos los médicos formados en la Madraza de Granada, y que los distinguía de los *mutatabib* o sanadores que habían adquirido sus conocimientos de forma práctica junto a un *tabib*, con escasos estudios y que ejercían en los mercados de la ciudad utilizando algunos remedios para dolencias banales. El vocablo *hakim*, excesivamente respetuoso, en opinión de Hamet, era a menudo usado por médicos que no eran profesores de la Madraza, anteponiéndolos a su nombre únicamente para darse importancia.

—Perdona *tabib*, es la costumbre —dijo azorado el estudiante mientras un gesto amable de Hamet le devolvió tranquilidad.

—Bajaré cuando termine.

Al finalizar la sutura, lavó con agua tibia la herida y aplicó una pasta de alheña para ayudarla a cicatrizar. Colocó después polvo de hojas de mirto para mitigar el dolor producido por el cuchillo candente e indicó a Jalib que vendase la herida.

—Dale los datos que creas conveniente a mi ayudante para comunicar a la autoridad tu atención como herido, y guarda discreción de la asistencia que has recibido —continuó el médico dirigiéndose al militar y sabiendo que los detalles aportados serían falsos.

El soldado agradeció con su mirada a Hamet el hecho de que no fuera denunciado, lo que le tranquilizó. Hamet consignó en la hoja que debía de cumplimentar que el herido era jornalero del campo, ocultando su verdadero oficio de militar, convencido de que el asunto se archivaría sin más.

Se levantó despacio y fue hacia la pileta cercana, donde se lavó cuidadosamente las manos, que llevaba manchadas por la sangre del soldado. Abandonó la estancia y, tras salir al patio central del edificio, se dirigió hacia las estrechas escaleras que conducían a los sótanos del hospital.

En los subterráneos del Maristán había diversas dependencias. Las más amplias estaban dedicadas a la farmacia y a la cocina. Cuando el rey Muhammad el quinto fundó el hospital, estableció que se dispusiera de una estancia para la elaboración de los medicamentos, la *jizanat al-tibb* o farmacia, indicando que en ella trabajasen, al menos, tres *agiris* o drogueros, ayudados por los criados que fuesen necesarios. Ordenó también que no se cobrase por los medicamentos allí elaborados. Las paredes de la farmacia disponían de abundantes estanterías en las que se apilaban botes y vasijas de diferentes tamaños que contenían las plantas esenciales para la preparación de los fármacos que eran utilizados en el hospital. Los medicamentos aparecían ordenados por orden utilitario. Así, era frecuente encontrar el ruibarbo y la achicoria junto al agárico, como depurativos y laxantes; el acónito y el cáñamo con la nuez índica como sedantes; el nabo al lado del mirto, como cicatrizantes y analgésicos. En esas dependencias no podían entrar más que los empleados de la farmacia con el fin de evitar sustracciones de los productos. Además de preparar los fármacos de uso hospitalario, podían retirarse también medicamentos prescritos a los pacientes ambulatorios.

Junto a la farmacia y a la cocina existían otras dependencias destinadas a almacén de alimentos, lavandería, menaje del hospital y material de curas. En uno de los ángulos del edificio, una pequeña habitación estaba destinada a depósito de cadáveres. Servía para albergar a los fallecidos en el hospital hasta que los familiares o amigos los retiraran para proceder a su entierro. Si el cadáver no era recogido en el plazo de un día, se avisaba a los sepultureros, que transportaban al finado hasta el cementerio cercano a la Puerta de Elvira. Allí era enterrado en una fosa común destinada a pobres e indigentes que no podían abonar un entierro más digno, a gentes sin nombre que aparecían flotando en el río o que morían en las calles en el crudo invierno granadino.

Hamet sabía, pues él también lo había hecho en algunas ocasiones, que en el depósito de cadáveres, y sobre aquellos fallecidos que no iban a ser reclamados por familiares, vecinos o amigos, se practicaban disecciones que servían para estudiar la anatomía del cuerpo humano, a pesar de estar prohibidas. La necesidad de adquirir conocimientos por parte de los médicos y los estudiantes llevaba con cierta frecuencia a saltarse esta prohibición. El ser sorprendido o denunciado a las autoridades religiosas podía suponer una alto riesgo, con resultados como la pérdida de la licencia para ejercer como médico, el destierro o, incluso, la muerte, si tal acto era considerado como profanación del cuerpo de un siervo de Alá.

Uno de los criados del hospital, encargado del mantenimiento del depósito de cadáveres, franqueó la entrada de Hamet a la estancia, después de que éste tuviese que llamar a la puerta, que siempre permanecía cerrada con llave, e identificarse. En el interior aguardaban su llegada Manssur, médico encargado de la sección de úlceras cutáneas del hospital, el estudiante que había dado aviso a Hamet, dos estudiantes más y un segundo criado, además del que había franqueado la entrada a Hamet. Sobre el suelo, y en el centro de la habitación, yacían tres cadáveres cubiertos con mantas.

Manssur y Hamet se conocían desde su época de estudiantes en la Madraza. Habían sido compañeros de curso, habían tenido el mismo tutor y, prácticamente, juntos habían comenzado a trabajar en el hospital, una vez que ambos obtuvieron su título o *ichaza* que les permitía ejercer como médicos. Además de compañeros, eran amigos, y con bastante frecuencia Manssur invitaba a comer o a cenar a Hamet en su domicilio, en donde su esposa Naima, intentando acabar con la soltería de Hamet, le presentaba a amigas y familiares con la sana idea de que, por fin, se decidiese a formar una familia. Los tres estudiantes presentes eran los asignados a Manssur para que durante un semestre rotasen con él en el hospital y adquiriesen los conocimientos prácticos necesarios sobre enfermedades de la piel.

—Creo que te interesará lo que voy a mostrarte —dijo Manssur mientras se dirigía hacia uno de los cadáveres que yacía en el centro de la habitación y procedía a destapar su rostro.

Aunque algo desfigurado por el rictus cadavérico, Hamet reconoció al fallecido. Su cabeza ovalada y cara redondeada, frente alta y aplanada, los ojos oblicuos que le daban un aspecto oriental por la presencia de un pliegue cutáneo del párpado superior que cubría el canto del ojo, sus orejas redondeadas de lóbulos pequeños y baja implantación, nariz corta, de puente nasal aplanado y el tamaño de su lengua, que se dejaba asomar entre los labios de su boca entreabierta, y su cuello corto y ancho le hacían inconfundible. Era Shirhane, uno de los indigentes que pasaba el día en los alrededores de la

Mezquita de *al-Taibin*, cercana al hospital y al domicilio de Hamet. Shirhane solía acudir por las noches al Maristán para recoger los alimentos que habían sobrado de la comida de los enfermos. Se le conocía como *el oriental* por los rasgos morfológicos de su rostro. Retrasado mental desde su nacimiento, había sido abandonado en la casa cuna de la ciudad por unos padres a los que nunca llegó a conocer. Allí vivió durante algunos años de su infancia, hasta que, por la edad, hubo de abandonarla. En sus pocos más de veinte años de vida no había conocido otra experiencia que la mendicidad. De carácter alegre y simplón, cariñoso, sociable y jamás agresivo, le encantaba bailar en cuanto escuchaba música. Se había ganado la ternura de los vecinos por donde solía mendigar. Solventaba sus necesidades con las limosnas que recibía. Hamet lo atendió como paciente en algunas ocasiones y le tenía cierto aprecio.

—¿Qué es lo que le ha ocurrido? —indagó Hamet.

—Con certeza, no lo sé. Según me ha informado uno de mis estudiantes, dos hombres lo trajeron moribundo anoche poco después de que me marchase del hospital. No pudo articular palabra y falleció al poco rato de ser ingresado. Esos dos hombres lo encontraron en las proximidades de la *Bib Marslam*, medio oculto entre unos matorrales que hay cerca de la puerta del arrabal *Al-Marad*.

El arrabal *Al-Marad* era uno de los barrios construidos a las afueras de la ciudad. Servía como lazareto y estaba aislado de ella por una puerta de acceso, la *Bib Marslam*, no muy lejana de la Puerta de la Rambla o *Bib Rambla*. Quizás fuera la peste la epidemia más temida por la población, pero la lepra era la enfermedad por antonomasia, de ahí que se conociese al leproso con el nombre genérico de *marid* o enfermo, y a la lepra como *marad* o enfermedad, y al barrio que los albergaba, el *Al-Marad*. El suburbio había sido construido alejado de la ciudad, hacía muchos años, por uno de sus gobernadores, mientras Granada dependía del imperio almohade norteafricano. Aunque las autoridades disponían que el arrabal debía estar separado del resto de la ciudad para evitar el contagio de las personas sanas, el aislamiento era relativo. El crecimiento de la ciudad con el paso de los años hacia la almunia en la que se encontraba el lazareto había hecho que, prácticamente, ciudad y leprosería estuviesen colindantes, separadas por la Puerta *Bib Marslam*. Los residentes del *Al— Marad* tenían prohibido comerciar con los habitantes de la ciudad, pero tal prohibición no era respetada. Los médicos estaban autorizados a penetrar en el arrabal para ejercer sus funciones. Hamet sólo había acudido en una ocasión, precisamente acompañado de Manssur, para asistir a un amigo de ambos al que se le diagnosticó la enfermedad y se le recluyó en el arrabal. La experiencia había resultado al médico muy desagradable al comprobar las condiciones de vida de los allí residentes.

—¿Y por qué lo ingresaron en tu sección? —continuó Hamet, intentado alejar de su memoria la experiencia en el arrabal del *Marad*.

Manssur no respondió. Se limitó a destapar por completo el cadáver del mendigo, que aún permanecía cubierto por la manta. Hamet dio un paso atrás. El cuerpo de *el oriental* mostraba las mismas lesiones que la noche anterior el médico había contemplado en el rey de Granada. Al igual que en el monarca, la piel del mendigo había desaparecido prácticamente del tórax y del abdomen, y estaba reemplazada por un material sanguinolento. Asimismo, se vislumbraban abundantes escaras oscuras de diferentes tamaños que aún desprendían un olor pútrido. Las lesiones eran más intensas en los pliegues de flexión de los brazos y en las axilas. Los miembros inferiores y los genitales, al igual que la cabeza y manos, estaban intactos.

Hamet se volvió hacia Manssur, temeroso de que su amigo y colega tuviese noticias de la consulta para la que había sido requerido la noche anterior. Pero el comentario que hizo después le tranquilizó.

—Te he avisado, pues sé que tenías aprecio al mendigo y que lo habías socorrido en algunas ocasiones.

—¿Sabes de qué murió? —Hamet continuaba temeroso de que Manssur pudiese saber más de lo que en un principio aparentaba.

—¡No tengo la menor idea! Lo que sí puedo afirmarte es que me crucé con el mendigo hace unos diez días y presentaba un aspecto totalmente sano. Estaba escuchando música junto a unos artistas callejeros y se le veía como siempre. Después no le he vuelto a ver hasta esta mañana.

Hamet recordó que no se había cruzado con Shirhane desde hacía más de diez días. Lo veía a diario en la puerta del Maristán o en la de la mezquita. No lo había echado de menos, pero lo cierto es que habían pasado varios días sin que el mendigo diera señales de vida.

—¿Y sus ropas?

—En aquel rincón —respondió el criado que le había franqueado la puerta al tiempo que se dirigía hacia ellas para recogerlas.

Un gesto rápido de Hamet impidió que el criado las tocase, no sin que el hombre se sorprendiese.

—¿Alguno de vosotros las ha tocado? —continuó Hamet.

—Yo mismo —respondió el criado extrañado—. Lo desnudé cuando llegó al hospital. Esta mañana las he bajado al depósito junto al cadáver.

Hamet miró las manos del criado y comprobó que estaban indemnes.

—Necesito hablar contigo a solas —continuó dirigiéndose a Manssur.

El tono concluyente de Hamet hizo que los dos criados y los tres estudiantes caminaran hacia la puerta del depósito con intención de abandonar la sala y sin esperar instrucciones de Manssur.

—¿Qué ocurre, Hamet? —preguntó Manssur una vez que se quedaron solos.

Hamet se dirigió hacia el rincón donde se encontrabas las ropas del mendigo. Buscó dos trozos de tela gruesa para protegerse las manos y las examinó con cuidado. Le llamó la atención la limpieza que mostraban, a pesar de que las prendas eran ropas de un mendigo, y el olor a pera y limón que desprendían.

—Anoche me llamaron para atender a un moribundo que presentaba las mismas lesiones que Shirhane.

—¿Quién era? —interpeló Manssur, al que la actitud de Hamet comenzaba a inquietar.

—Es mejor que lo ignores por el momento. Tu seguridad y, posiblemente, la de tu familia depende, por ahora, de tu desconocimiento. Pero puedo comentarte que se sospecha que había sido envenenado mediante la ropa.

Manssur miró las ropas del mendigo que Hamet, protegiéndose con la tela gruesa, aún sostenía en sus manos, y dirigió la vista como queriendo interrogar a su amigo. Ante el aspecto firme de éste, comprendió que su colega no le informaría de nada más.

—Tengo que abandonar el hospital. Te ruego que cubras mi trabajo, aunque sé que estás ocupado, pero he de realizar unas gestiones lo antes posible. No sé lo que tardaré, pero Jalib, mi enfermero, puede ayudarte en lo que precises. Procuraré regresar antes de la comida. A esa hora tengo citado a un anciano para intervenirle de cataratas. Si no he regresado, y el paciente te autoriza, intervenlo tú.

Hamet no esperó la confirmación de Manssur, sabiendo que su amigo seguiría sus instrucciones. Abandonó el depósito de cadáveres con el propósito de buscar a Mufairry, aunque no tenía idea de dónde se encontraría. La aparición de un cadáver con las mismas lesiones que las del moribundo rey podía ayudar a esclarecer el intento de magnicidio.

## 5

Hamet salió del hospital y se dirigió hacia el cauce del río Darro, buscando la cercana Puerta de los Tableros con intención de llegar hasta la Alcazaba de la Alhambra. Pensó en un principio marchar hacia el domicilio de Fátima, la hija del rey, donde había sido conducido la noche anterior. Pero intuyó que Mufairry no estaría allí, por muy grave que se hallara el rey. Conocía al *arráez* de los pretorianos, sabía que era un hombre práctico, poco amigo de perder el tiempo, y no imaginaba al discípulo de su padre velando a un moribundo.

Tras doblar un par de calles estrechas, llegó a los baños públicos del *Yawza* o del Nogal, conocidos como el *Bañuelo* por sus estrechas dimensiones, desde donde se divisaba la Puerta de los Tableros.

El río Darro, que corría a los pies de la colina sobre la que se alzaba la fortaleza de la Alhambra, formaba un foso natural que aislaba los palacios con respecto al barrio del Albaicín. El arrabal, que constituía el núcleo principal de la ciudad, tenía varias comunicaciones con la Alcazaba. Río arriba y cercano a la Puerta de Guadix, el Puente de *al-Harrathin* o de los Leñadores, más conocido como Puente del Algibillo, cruzaba el cauce y permitía subir por la cuesta del Barranco, bordeando la muralla hasta la Torre de los Picos. Río abajo, el Puente de *al-Hayyamin* o de los Barberos permitía adentrarse en el barrio de la Churra y ascender hasta llegar a la Puerta de la *Xarea* o de la explanada. Entre ambos puentes se alzaba la *Bib al Difaf*, o Puerta de los Tableros, que al ser la más cercana al Maristán, era la que Hamet pensaba utilizar

En verdad, la *Bib al Difaf* era un torreón fortificado de muros de argamasa con recalzas de ladrillo y mampostería, situado sobre el cauce del río. Disponía de un rastrillo que dejaba discurrir el agua del Darro al tiempo que permitía regularla en caso de necesidad. Desde este lugar se controlaba el acceso a la Alcazaba y a la Alhambra por la Puerta de las Armas.

Le llamó la atención el número de guardias que se encontraba en ese momento en el torreón, muy superior al habitual. Aunque el estado del rey aún no se había hecho público, al menos eso pensaba Hamet tras haber comprobado por las calles que la tranquilidad de la ciudad era la de todos los días, supuso que estaría en relación con el refuerzo de la vigilancia en los lugares estratégicos de la ciudad. Nada más acercarse al puente por el que se accedía al torreón fue interceptado por dos centinelas que le preguntaron qué era lo que deseaba. Hamet se identificó como médico del Maristán y manifestó su deseo de entrevistarse con Mufairry, alegando que eran asuntos familiares los que le llevaban allí para ver al jefe de la guardia palatina. Uno de los centinelas se dirigió a las pequeñas dependencias que disponía el torreón y volvió acompañado de un oficial superior, al que Hamet hubo de repetir las explicaciones. El oficial envió a un soldado hacia la Torre del Homenaje, en la Alcazaba, lugar en el que posiblemente se encontraba en esos momentos Mufairry, para confirmar la entrevista.

Mientras el soldado regresaba, Hamet se entretuvo contemplando el río, que bajaba bastante caudaloso después de los secos meses del verano. Unos operarios estaban desbrozando las malezas que crecían en el cauce. El médico supuso de nuevo que era una medida de seguridad para evitar escondrijos que pudieran ser usados por quien, sin la autorización pertinente, quisiese acceder a los palacios reales. Las laderas de la Colina Roja estaban siempre totalmente despejadas de vegetación por el mismo motivo. Al mirar hacia la Alhambra, Hamet comprobó la presencia de varios soldados que, en pareja, transitaban por el adarve de la fortaleza, lo que tampoco era habitual. Supuso que el estado del rey había obligado a acrecentar las medidas de seguridad en torno al palacio real.

El soldado que había sido enviado en busca de Mufairry regresó sudoroso y habló con el oficial de la guardia. Fue éste quien indicó a Hamet que Mufairry lo esperaba en la Torre del Homenaje. Luego ordenó al mismo soldado que acompañase al médico hasta la presencia del jefe. Hamet y el soldado ascendieron la empinada cuesta que conducía hasta la Puerta de las Armas, en donde de nuevo fueron interceptados junto al rastrillo de la entrada. Tras las explicaciones pertinentes al oficial encargado de la custodia de ese acceso, se les franqueó el paso hacia el patio de armas de la Alcazaba. Hamet comprobó una febril actividad de todos los que allí se encontraban.

La Alcazaba, la parte más antigua de toda la Alhambra, era una imponente fortaleza militar con gruesos muros de argamasa, jalonada por torres defensivas de diferente altura y tamaño. Con forma triangular de base hacia el este y vértice hacia el oeste, disponía de tres elevadas torres en sus ángulos: la del Sol, la del Homenaje y la Quebrada. Unían estas torres gruesos muros defensivos construidos también de argamasa con cantos de río metidos a tandas. Entre ellas se intercalaban nueve torres más, todas de menor tamaño. En el interior se hallaba el barrio castrense y en su patio de armas podían verse diferentes construcciones dedicadas a los servicios auxiliares de la tropa. Estas edificaciones estaban agrupadas en tres manzanas de casas, entre las que discurrían unas estrechas callejuelas por las que el soldado condujo a Hamet hasta la entrada en la Torre del Homenaje.

Cuando Hamet entró en el despacho de Mufairry comprobó que, sobre una amplia mesa situada en el centro de la habitación, se extendía un plano de la ciudad de Granada. El jefe de la guardia estaba dando instrucciones a dos de sus oficiales, que alzaron la cabeza del plano cuando el médico y el soldado entraron. Mufairry asintió al soldado que abandonó la habitación para retornar a su puesto, y tras una leve inclinación hacia sus oficiales, éstos recogieron sus armas y dejaron solos a médico y *arráez*.

—¿Qué ocurre Hamet?

—Esta mañana, en el hospital, he visto un cadáver con las mismas lesiones que anoche comprobé en el rey. Cuando estaba moribundo, fue llevado por dos hombres que aseguraron haberlo encontrado en las cercanías de la *Bib Marslam*. El desdichado falleció poco después de llegar al hospital. Pude ver también sus ropas.

El tono de Hamet sonaba recriminatorio. Percibió que Mufairry se había sorprendido. No esperaba el asombro del militar, pues había ido en su busca para recibir explicaciones, no para darlas.

—Te aseguro, Hamet, que no sé de qué me estás hablando.

Mufairry parecía franco. Hamet lo miró fijamente y comprobó ese gesto en su rostro que él conocía de su relación anterior con el militar y que éste, inconscientemente, adoptaba cuando meditaba preocupado.

—¿Quién más ha visto el cadáver?

Hamet dudó en reconocer ante el *arráez* que había sido Manssur quien había descubierto el cuerpo de Shirhane. Pero tras unos momentos de duda que parecieron interminables, relató a Mufairry quién y cómo le había llamado al depósito de cadáveres del Maristán. Incluso le reveló que había informado a su colega médico de la asistencia a un enfermo con las mismas lesiones la noche anterior, aunque había guardado secreto sobre su identidad. Hizo ver al militar que se encontraba preocupado por tal revelación y que temía por la seguridad de Manssur.

—No te preocupes —comentó Mufairry— Conozco a Manssur, sé que es un hombre discreto, y si ignora la situación actual del monarca, no corre ningún peligro. De todas formas, y por la seguridad de tu amigo, no reveles a nadie que tu compañero conoce la existencia de otro envenenado, aunque desconozca que es el rey. Busca acomodo, que tengo que realizar algunas gestiones.

Mientras Hamet se sentaba sobre unos cojines dispuestos en uno de los rincones de la estancia, Mufairry salió de su despacho. Durante un largo rato, el médico se entretuvo en analizar la sobria decoración del despacho del jefe de los pretorianos. De la pared principal colgaba un rico tapiz de lana sobre el que aparecían dibujadas varias figuras geométricas. A ambos lados del tapiz colgaban diferentes armas, de las que supuso que su amigo se sentía orgulloso. En la pared que tenía enfrente, y sobre una fina y elegante tela de color bermejo, se hallaban colgadas unas armas que reconoció como pertenecientes a su padre. Ignoraba que estuviesen en poder de Mufairry, y le alegró saber que decoraban, como homenaje de discípulo a maestro, el despacho del *arráez*.

Al cabo de un rato de espera, que a Hamet se le hizo eterno, regresó Mufairry.

—Necesito que me acompañes —dijo nada más entrar.

No esperó a que Hamet se levantara para salir de nuevo del despacho, por lo que éste hubo de correr para seguir al militar, que tras salir de la Torre del Homenaje, se dirigía con pasos apresurados hacia la Calle Real de la Alhambra. Al médico le costaba seguir el ritmo del soldado, que dobló por un estrecho callejón existente entre la mezquita de la ciudadela y los baños situados frente de la misma. Hamet había subido en varias ocasiones a la ciudadela palatina, pero desconocía totalmente por dónde iba. Tras doblar un par de callejones, en los que divisó a unos guardias bien pertrechados que custodiaban el camino que iban siguiendo, comprobó que se hallaba en la *Rawda*, el cementerio real de la Alhambra. En él estaban enterrados algunos de los reyes de Granada y varios de sus familiares más directos. Después de franquear una pequeña y destartalada puerta, el médico se detuvo, maravillado por lo que contempló. Se encontraba en el patio del Palacio de los Leones, en cuyo centro se alzaba la fuente que le daba nombre. Todos los granadinos habían oído hablar de él, pero muy pocos lo habían visitado. El palacio albergaba las dependencias privadas del rey de Granada, y sólo unos privilegiados habían tenido la suerte de ser invitados a contemplarlo.

El patio, de planta rectangular y al que Hamet le calculó un marjal de superficie, estaba rodeado por una estrecha galería en sus frentes longitudinales y algo más ancha en sus laterales. Un número indeterminado de columnas de mármol blanco, exentas unas, otras dobles, y agrupadas de tres en tres o de cuatro en cuatro en sus ángulos, rodeaban los cuatro lados del patio. Entre las columnas se disponían arcos peraltados y de mocárabes, con adornos de rombos y atauriques, sobre los que se extendía un bello alicer de madera. En medio de los frentes longitudinales de la galería se abrían dos grandes arcos semicirculares con arquivoltas de mocárabes y preciosa labor de atauriques, que daban paso a los aposentos que se ubicaban a los lados del patio. En los dos laterales cortos del rectángulo, dos templetes de planta cuadrada avanzaban hacia el patio, rompiendo la regularidad de las galerías. Los muros del palacio estaban rodeados de un zócalo de alicatados sobre el que corría un friso decorativo de yeso con inscripciones en letras cúfica y cursiva. Hamet, mientras avanzaba por el corredor sur siguiendo el paso acelerado de Mufairry, comprobó que en esas inscripciones se ensalzaba a Alá y a Muhammad el quinto, el rey constructor del palacio. El suelo del patio, al igual que el de las galerías, estaba solado de mármol blanco, sólo interrumpido por unos alcorques en las esquinas en los que crecían naranjos, y unos canales pequeños de agua que, arrancando desde las dependencias situadas en el centro de cada uno de los costados, llevaban agua hasta la fuente central. Esta fuente, asimismo de mármol blanco, estaba formada por una gran taza superior dodecagonal, apoyada en los lomos de doce pequeños leones de patas rígidas dispuestos en rueda y que arrojaban agua por sus bocas.

Ambos hombres caminaron hacia las dependencias del testero oriental del patio, penetrando en la sala dividida en cinco espacios por arcos dobles de estalactitas de mocárabes. Los tres espacios centrales recibían la luz directamente de unos pórticos abiertos al patio central, permaneciendo en penumbra los dos espacios extremos de la sala. La sucesión alternativa de luces y sombras de la dependencia permitía que la decoración de las paredes, a pesar de ser muy cargada en opinión de Hamet, resultase agradable a la vista, sin producir fatiga. Siete u ocho personas se agrupaban en el centro de la sala, en torno a una almojaya que alcanzaba el techo, y a cuyos pies se encontraban varios sacos de estuco, ladrillos apilados y una carretilla con lajas de piedra. En medio del grupo, Abdul, el primogénito del rey, daba instrucciones a los que parecían ser operarios del palacio, mientras miraban la techumbre de la estancia, decorada con una gran pintura en forma de elipse en la que aparecían representadas diez personas, vestidas a la antigua usanza musulmana, con turbantes incluidos, los cuales, sentados sobre cojines, parecían dialogar.

Junto a Abdul, Hamet distinguió a alguien que le resultaba conocido. Era Jamal, uno de sus compañeros de infancia, al que hacía años que no veía. Hijo del *alarife* del rey Muhammad el quinto, siguió los pasos profesionales de su padre. Hamet había oído que, en esos momentos, era uno de los arquitectos del Palacio de los Leones. Hamet y Jamal coincidieron en la escuela coránica de la Mezquita de la Almanzora, donde ambos habían iniciado sus primeros estudios. Allí aprendieron juntos a leer y escribir, copiando y recitando de memoria, primero, fragmentos poéticos, y después, pasajes enteros del Corán. Adquirieron los primeros conocimientos sobre gramática, poesía, cálculo y religión, que luego les sirvieron para realizar una enseñanza superior. Al final de la adolescencia, cada cual siguió su propio camino: mientras Hamet había ingresado en la Madraza granadina para realizar sus estudios de medicina, Jamal fue enviado por su padre a Fez, en donde se formó como arquitecto. En el reino norteafricano permaneció varios años, adquiriendo una sólida preparación que se completó tras su regreso a Granada, donde trabajó junto a su padre en la construcción de varias dependencias del palacio en el que ahora se encontraban.

Mufairry y Hamet aguardaron a cierta distancia que Abdul finalizase las instrucciones que estaba dando a los operarios. Luego el grupo de obreros se disgregó quedando solos el *alarife* y el príncipe. Éste hizo un gesto para que los dos recién llegados se acercasen. Ante la presencia del heredero del trono granadino, Hamet se limitó a realizar un gesto amistoso y de cortesía, inclinando la cabeza a su antiguo compañero de estudios, que respondió con una amplia sonrisa.

—Señor, creo conveniente que tengas conocimiento de nuevos hechos de los que he tenido noticia hace un momento —Mufairry se había dirigido con todo respeto a Abdul y se volvió hacia Hamet, tras cerciorarse de que nadie podía escuchar la conversación que iban a mantener para que fuese éste quien interviniese.

Hamet relató de nuevo el descubrimiento del cadáver de Shirhane y las características de las lesiones que presentaba. Informó también sobre dónde se encontró el cuerpo la noche anterior y cómo había llegado al hospital. Fue meticuloso en relatar que Manssur le había avisado, ya que Hamet conocía *al oriental*. Intentó dejar bien claro, para proteger a su compañero y amigo, que su colega en el Maristán ignoraba la consulta que la noche anterior había realizado.

Abdul escuchó sin inmutarse el relato de Hamet. Al finalizar, llamó a uno de los guardias que se mantenía alejado y ajeno a la conversación mantenida. Al acercarse, recibió instrucciones para que fuese a buscar a Nasim, el médico real, y a Faiz, el jefe de la *shurta* o *zabazoque*, y los condujese a su presencia. Al mismo tiempo, cogiendo a Mufairry por un brazo, príncipe y soldado se retiraron varios pasos para mantener una conversación en privado.

El momento fue aprovechado por Jamal para saludar efusivamente, después de tanto tiempo, a su antiguo condiscípulo. El hecho de que el alarife hubiese permanecido escuchando lo relatado por Hamet a Abdul hizo pensar al médico que su antiguo compañero de estudios estuviese al tanto de la situación del monarca granadino. De la misma edad que Hamet, Jamal era algo más alto y recio. El paso de los años le había conferido una actitud de paz interior que se manifestaba en su cara apacible, aspecto bonachón y movimientos sosegados. Su cabello negro y rizado había encanecido ligeramente; la incipiente alopecia frontal y en el vertex, iniciada en su juventud, se había acentuado hasta provocarle una calvicie frontoparietal que únicamente respetaba las zonas lateral y posterior de su cabeza. La conversación entre médico y arquitecto derivó en relatarse mutuamente sus andanzas. Jamal comentó que estaba casado, que tenía un hijo adolescente, que había regresado de Fez hacía casi diez años y que era el *alarife* mayor de los palacios reales, cargo en el que sucedió a su padre, ya fallecido. Él fue director también de obras que había finalizado en el palacio en el que se encontraban. Al comprobar el interés que mostraba su amigo médico por el edificio, la conversación entre ambos derivó hacia los detalles del propio palacio. Le explicó que había sido mandado construir por el gran Muhammad para que le sirviera de residencia privada. El monarca fue criticado por asesores y cortesanos, que consideraban la construcción del palacio como un gasto inútil, pues entendían que debió destinarse el dinero gastado a engrosar el erario y fortalecer el ejército. El palacio disponía de diferentes estancias, tanto alrededor del patio central en el que se encontraban como en el piso superior. Las columnas de mármol que bordeaban el patio eran ciento veinticuatro y sobre ellas se alzaban once tipos diferentes de arcos. La fuente central, que daba el nombre popular al palacio por los leones de mármol que sustentaban la taza, tendría unos trescientos años de antigüedad y procedía de un antiguo palacete existente en el barrio del Mauror, el antiguo barrio judío de la ciudad. Había pertenecido al judío Samuel Nagrella, que a pesar de su religión, llegó a ser primer ministro de dos antiguos reyes de la dinastía *Zirí*, Habus y Badis. Entonces Granada era un reino independiente en la época en la que el territorio de Al-Ándalus, unitario bajo el poder del califa de Córdoba hasta ese momento, se había desmembrado en los reinos independientes de taifas.

Aunque la fuente daba el nombre común por el que el pueblo conocía las dependencias privadas del monarca granadino, el verdadero nombre de la mansión áulica era *al-Riyad al said*, el jardín feliz. Siguiendo el *hadit* profético de *La sepultura es uno de los jardines del paraíso*, el rey Muhammad había ordenado la construcción adyacente de un huerto real para ser utilizado como cementerio, la *Rawda*, por el que Hamet había pasado para entrar en el palacio. Suponía la suprema fusión de la idea de eternidad y paraíso, descanso perpetuo del soberano frente a su obra.

La sala en la que se encontraban, al este del palacio, era conocida como la de los Reyes. Recibía esta denominación por la pintura que decoraba su techo, en la que podían verse a diez personajes que se identificaban con cada uno de los monarcas que había tenido el reino granadino desde que fuese fundado por Alhamar hasta el reinado de Muhammad el quinto. Las salas adyacentes disponían también de pinturas similares, aunque lo representado en ellas se limitaba a escenas cinegéticas, de música, bélicas y de entretenimiento. Las pinturas habían sido encargadas hacía años a pintores florentinos, pues los artistas granadinos no estaban acostumbrados a la representación de personas y animales, aunque el Corán sólo prohíbe la grafía de *anzas* o ídolos. Los pintores italianos habían realizado su obra sobre piel de cordero y se habían esmerado en protegerlas fijándolas a un armazón de madera con engrudo y clavos de bambú, en lugar de con clavos de hierro, para evitar que el metal las estropease con el paso del tiempo. Pero la humedad que se filtraba por el tejado había deteriorado su conservación, por lo que en las últimas semanas se estaba procediendo a su reparación. Éste era el motivo por el que Abdul y Jamal estaban dando instrucciones a los operarios cuando Hamet y Mufairry llegaron al palacio.

Escuchando las explicaciones de su antiguo compañero de estudios, Hamet apenas se percató de que Nasim y Faiz habían llegado hasta allí por requerimiento de Abdul y se dirigían hacia donde heredero y *arráez* se encontraban.

6

Nasim y Faiz accedieron al patio por una entrada diferente a la utilizada por Mufairry y Hamet. Caminaban por el centro del mismo hacia donde estaban Mufairry y Abdul, cuando éste hizo un gesto con su mano para que Hamet y Jamal se aproximaran a ellos.

—¿Cómo se encuentra mi padre? —preguntó Abdul mirando fijamente a Nasim mientras éste realizaba una suave reverencia hacia el futuro monarca y llevaba su mano derecha al pecho, labios y frente en señal de saludo y respeto.

—Apenas ha variado su estado. Esta mañana he pasado por casa de tu hermana Fátima para verlo. Se consume lentamente. Continuaba con fiebre, aunque, siguiendo tus instrucciones, no lo he vuelto a sangrar.

La mirada de Nasim se dirigió entonces a Hamet con cierto desprecio. Sabía que había sido el médico del Maristán, alegando que lo único que se lograría con las sangrías era debilitar más aún el estado del moribundo, quien las había contraindicado.

—Anoche —continuó el médico real— lavamos las heridas con agua de rosas y aplicamos una pasta de badana en las úlceras más profundas, tal y como recomendó Hamet, y parece que ha descansado algo mejor.

Hamet disimuló una cierta satisfacción al comprobar que su visita nocturna a la casa de Fátima no fue inútil. Acababa de comprobar que se habían seguido sus instrucciones y que el enfermo pudo, al menos, descansar. De todas formas, sabía que el tratamiento era totalmente ineficaz y que el monarca, tarde o temprano, acabaría muriendo.

—En el Maristán hay un cadáver con idénticas lesiones que las de mi padre. El hombre fue encontrado anoche moribundo en el arrabal de *Al-Marad* y llevado al hospital. ¿Qué es lo que sabéis de ello? —preguntó Abdul tanto a Nasim como a Faiz.

El comentario y la pregunta realizada por Abdul hizo mella en Nasim. Su rostro palideció, parpadeó en un par de ocasiones y miró sucesivamente al heredero, a Mufairry y a Hamet. Comenzó a sudar y se limpió la frente con la bocamanga del albornoz que vestía. Sus ojos buscaron la ayuda de Faiz, que se mantenía impasible a su lado, mientras pasaron unos segundos en los que debió meditar su respuesta.

—Cuando aparecieron las úlceras en el cuerpo de tu padre después de vestirse la *aljuba* de seda, empezamos a sospechar que la vestimenta le había envenenado. Pero necesitábamos comprobarlo con certeza, ya que la prenda era un regalo del sultán de Fez. No podíamos interrogar a los embajadores, dado el carácter diplomático de su misión, sin estar seguros de que el vestido era el arma homicida. Por tal motivo, se decidió probar la *aljuba* en otra persona para confirmarlo.

Nasim, que hablaba con tono sosegado, se volvió hacia Faiz en espera de que confirmase con algún gesto su relato. Mientras, Abdul y Mufairry permanecían pensativos. Hamet se había quedado estupefacto.

—No fui consultado para ello.

—Lo sé, señor. Pero sí consulté con el *hayyib*, el jefe del gobierno de tu padre, así como con algunos visires y con el consejo asesor del reino. Les pareció bien, pues si demostrábamos que la *aljuba* estaba envenenada, podíamos interrogar a los embajadores. De la misma opinión fueron tu madrastra, la mujer del rey, y el imán de la Mezquita Mayor.

Hamet recordó que la reina de Granada no era la madre de Abdul. El rey Yusuf, siendo príncipe heredero, se había casado con Moraima, que en unos meses quedó embarazada de Fátima. Un segundo embarazo, en busca de un varón, dio como fruto un feto hembra que nació muerto. Tras esta segunda gestación frustrada, Moraima tardaba en quedar embarazada. Entonces Yusuf decidió tomar una segunda esposa, pues el derecho islámico lo permitía. Eligió a Alwa, hija de una de las familias ilustres del reino. En pocos meses quedaron embarazadas ambas mujeres, pariendo primero Moraima a Abdul. Sin embargo, la mujer no soportó el parto y falleció a las pocas horas. Alwa dio a luz tres meses después del nacimiento de Abdul a otro varón, Nubahi Muhammad. El príncipe heredero Yusuf disponía así de dos hijos varones que podían continuar la sucesión en el trono.

—Desconocíamos cuál sería tu criterio —continuó Nasim—, pero pensamos que lo aprobarías. Te aseguro que era necesario actuar como lo hemos hecho para poder iniciar la investigación sobre el asesinato de tu padre.

—Aún no ha muerto. Hasta ahora es sólo un intento de asesinato —Abdul había interrumpido el relato de Nasim con tono seco y áspero—. Y te equivocas sobre mi aprobación. No creo que fuera necesario utilizar ese método para confirmar las sospechas que se tenían. La *shurta* podría haber utilizado otros medios para corroborar las dudas, y se habría evitado la muerte de una persona inocente.

—Te aseguro, señor, —esta vez fue Faiz quien intervino ante la alusión de Abdul hacia la policía— que no teníamos otra forma de actuar. Era absolutamente necesario comprobar que la prenda era la causante de las heridas en el monarca.

Faiz era un hombre corpulento, entrado en carnes y de rostro desagradable, picado por las cicatrices de una viruela infantil, que sudaba copiosamente a pesar de que la temperatura del día no era excesiva.

—Y ¿por qué Shirhane? —interrumpió Hamet, aunque no había recibido permiso para hablar.

Nunca le había gustado Nasim. Conocía su carácter despótico hacia los demás. Sabía que su ambición le impulsaba a acaparar cada vez más poder, pero no había supuesto que fuera capaz del asesinato de un inocente.

—Pensamos primero en someter a la prueba a alguno de los condenados que se pudren en la prisión de la ciudad, pero el demente nos vino a pelo. Los guardias se lo encontraron por casualidad. Fue fácil llevarlo a las dependencias de la *shurta* y convencerlo para que se probase la rica vestimenta. Supongo que, en su precaria lucidez, se imaginó ser alguien importante mientras la vestía, y pareció feliz hasta que empezaron a aparecerle las heridas que provocaron su muerte. No tenía familia, vivía solo, y pensamos que nadie le echaría en falta. Digamos que estaba en el lugar equivocado en un momento inoportuno.

Hamet no había conocido a Faiz hasta ese momento, pero lo despreció al instante. Le pareció inverosímil la naturalidad con la que el policía explicaba la muerte de Shirhane sin mostrar el menor atisbo de remordimiento o culpa en el tono de sus palabras. Evocó el carácter alegre, servicial, infantil e inofensivo del demente, y se le acentuó la idea de que su muerte había sido inútil e injusta.

—¿Y por qué apareció en la leprosería? —quiso saber Hamet.

—No queríamos que el desgraciado muriese en manos de la policía. Por eso, antes de fallecer, se ordenó a unos guardias que lo llevasen al barrio del *Marad* y lo abandonasen allí. Creí que, por sus lesiones, la gente pensaría que el infeliz había fallecido de lepra. En el *Marad* su cadáver pasaría desapercibido. El hecho de que no muriese antes y que fuese trasladado al Maristán por los que de él se apiadaron ha sido un accidente.

Abdul se apartó ligeramente del grupo y, pensativo, comenzó a dar lentos pasos. Mientras, los demás hombres permanecían callados esperando instrucciones. Tras unos instantes, que se hicieron largos, se dirigió hacia Faiz.

—¿Han avanzado algo las investigaciones?

—No, señor. Hemos interrogado a algunos confidentes de la *shurta* que trabajan como criados en las casas de varios poderosos de la ciudad, aquellos que son más críticos con el gobierno de tu padre, pero aún no hemos aclarado nada. La pista sigue perdiéndose en Málaga, en donde vivía el criado que introdujo la *aljuba* entre los regalos de la misión diplomática de Fez. Se ha detenido e interrogado a su familia, pero los correos que han llegado esta mañana me han informado de que no se ha logrado averiguar nada sobre el mercader que pagó al malagueño por su encargo. La mujer y los dos hijos del criado no parecen saber nada.

Un escalofrío recorrió la espalda de Hamet al imaginar el interrogatorio que la *shurta* habría realizado con los familiares del criado. Si no había habido piedad para utilizar a Shirhane probando la vestimenta en un inocente y demente, la policía no se habría detenido en nada para interrogar a la familia de uno de los directamente involucrados.

—Bien, mantenedme informado y volved a vuestras ocupaciones.

Las palabras de Abdul dirigidas a Nasim y Faiz daban por terminada la entrevista, por lo que ambos se retiraron, no sin antes realizar un par de reverencias que a Hamet le parecieron exageradas y excesivamente aduladoras.

—¿Conocías a ese infeliz? —Abdul preguntó directamente a Hamet.

—Sí. Era una buena persona. Solía rondar el Maristán, en donde se había ganado el aprecio de todos los que allí trabajamos. Los vecinos del barrio le socorrían con frecuencia, dándole de comer o regalándole ropa vieja con la que se vestía. El hombre no hacía daño a nadie y, aunque torpe desde su nacimiento, nunca se metía en conflictos ni se mostraba agresivo.

—Lo siento de veras, Hamet. Si hubiese tenido conocimiento del plan de Nasim y de los consejeros de mi padre, ten por seguro que me habría opuesto, y quizás habría logrado evitarlo. Pero ya es inútil lo que te diga. Y ahora, discúlpame. He de seguir atendiendo mis obligaciones como regente del reino.

Abdul se despidió con un gesto de Hamet y de Jamal y se dirigió, a paso rápido, acompañado de Mufairry, hacia las dependencias del patio, opuestas al lugar en el que se encontraban, abandonando el Palacio de los Leones.

—¿Qué opinas? —intervino Jamal cuando ambos hombres se habían quedado solos.

—No estoy seguro. Abdul parece sincero, y es evidente que Mufairry desconocía lo que Nasim y Faiz han relatado. El médico real no es de fiar. Sería capaz de cualquier cosa con tal de conseguir más poder. Es su carácter y siempre ha sido así. A Faiz no lo he conocido hasta ahora, por lo que no sé si es un buen servidor del reino que ha cumplido con lo que otros le han encomendado o, por el contrario, tiene sus propias ideas y aspiraciones de poder.

—Coincido contigo en la opinión que tienes sobre Abdul. Es buena persona y está capacitado para coger las riendas del trono. Su abuelo Muhammad el quinto se encargó de que recibiese una esmerada educación. Pero el problema no es él, sino los que le rodean.

—¿Qué insinúas? ¡Es el heredero! Su padre no tardará en morir, y tendrá que ser proclamado rey de Granada.

—No estés tan seguro, Hamet. Según la ley, el propio rey es el encargado de designar a su sucesor dentro de la familia real. No creo que Yusuf, que sólo lleva dos años en el trono, lo haya hecho. Además, en los últimos días se han producido algunos movimientos, digamos extraños, entre los miembros de la corte. Me temo que tu colega Nasim tiene bastante que ver con ello. No creo que Alwa, la mujer de Yusuf, sea ajena. Piensa en el poder que esta mujer ha tenido, primero como esposa del heredero y, en los dos últimos años, como reina. La muerte del rey le aleja de ese poder. No sería ni siquiera la madre del nuevo sultán de Granada.

—Pero Abdul es el primogénito, y si no hay designado sucesor, por ley natural es el que debe de ocupar el trono.

—Mira, Hamet, no todo es tan fácil como el pueblo llano cree, y la realidad no siempre lo que parece. Contempla este palacio que te ha cautivado al entrar. Te lo has imaginado rico y esplendoroso. Es posible que lo sea, pero piensa cómo han cambiado las cosas desde que los musulmanes nos instalamos en la Península. Los califas de Córdoba construían con piedra, costosa pero duradera. Los gobernadores almohades utilizaron el ladrillo. Nosotros, los granadinos, somos más pobres. No podemos derrochar las pocas pertenencias que nos quedan. Lo que aquí ves está decorado con menos mármol del que crees. Utilizamos el estuco, que es más económico, aunque parezca que nuestros edificios son ricos. Guardamos las formas. Pues igual ocurre en la política. Es cierto que Abdul parece haber tomado las riendas del poder. Es él quien se está encargando de los asuntos de Estado que no pueden ser demorados aunque el rey se esté muriendo. Pero me da la impresión de que los que ansían el poder sólo están guardando las formas hasta que Yusuf fallezca. ¿En verdad crees que el sultán de Fez tiene algo que ver con el envenenamiento del rey de Granada? ¡Eso es sólo una tapadera! Los que desean la muerte del monarca viven en la ciudad y están muy cerca del poder.

—Yusuf era un déspota. Desde su juventud, cuando era príncipe, ha llevado una vida disoluta de juerga en juerga, ha dejado deudas de juego, maridos engañados y enemistades en todas partes.

—Es cierto, pero esos son enemigos menores. No me imagino a ningún tahúr, cornudo o usurero ideando la trama que ha llevado a Yusuf adonde está en este momento. Esto es un plan bien urdido y, por ahora, mejor llevado. La *shurta* no tiene ni idea de quién lo ha podido tejer, y la guardia palatina está totalmente desorientada. Aunque todos los ministros del rey parecen acatar la autoridad de Abdul, ninguno se atreve a manifestar públicamente sus intenciones. El reino funciona en estos días por inercia, aunque ha habido decisiones que demorar. No sé si sabes que el *al-muwaqqit*, el astrólogo real, ha predicho que no será un rey el que fallezca, sino dos.

—No creo en la astrología, Jamal.

—Ni yo tampoco, pero no todos opinan lo que tú y yo. Por eso, la mayoría de la corte se encuentra a la espera de nuevos acontecimientos, sin atreverse nadie a dar un paso en falso.

—¿Y qué hago yo?

—Nada. La fama de tu buen hacer profesional y la desesperación de Fátima, la hija del rey, deseando encontrar alivio para su padre, son las causas por las que te has visto involucrado en este asunto. Considera que anoche, después de ser llamado a consulta y dar tu opinión, finalizó tu relación con él. Mantente al margen, o al menos, inténtalo. El hallazgo del cuerpo de ese desdichado considéralo accidental. Sigue dedicado a tus ocupaciones en el Maristán y olvídate de lo que en este palacio has oído. Así es posible que te veas libre de este asunto. Deja pasar algún tiempo, y cuando el mes que viene se hayan apaciguado los ánimos, nos volvemos a ver. Me gustaría reanudar nuestra antigua camaradería.

7

La espera para ser recibidos por el imán de la Mezquita se le estaba haciendo eterna a fray Pedro. La hilera de los que solicitaban audiencia había avanzado bastante desde que los tres religiosos llegaron por la mañana, pero no lo suficiente en opinión del joven franciscano, que ya había perdido la paciencia en un par de ocasiones.

Al principio se distraía contemplando a los fieles que entraban en el templo a rezar. Habían finalizado los cultos del mediodía y los de la tarde, y contemplar la entrada y salida de los creyentes, así como analizar el ritual que todos realizaban de la misma manera, terminó por aburrirle.

Se entretuvo después un rato en escudriñar los aspavientos de los mercaderes del zoco situado en la plazoleta de la Mezquita. Pretendían convencer a sus parroquianos de la bondad de los productos que vendían y por los que pedían cantidades astronómicas. La oferta de su mercancía era seguida de un prolongado regateo entre vendedor y cliente. Fray Pedro había pedido a su superior, fray Juan Lorenzo, que le tradujera ese tira y afloja que ambos personajes mantenían, ya que él desconocía el árabe. Fray Juan había traducido pacientemente algunas conversaciones entre tenderos y clientes, aunque le hizo ver a su subordinado que, tal vez, su interpretación no fuese del todo correcta. Aprendió el árabe, durante su infancia, en Cetina y Alhama de Aragón y lo había perfeccionado en el Monte Miral de Cartagena. Sin embargo, los granadinos hablaban de forma diferente a como lo hacían los mudéjares aragoneses y murcianos. Utilizaban un dialecto coloquial, la *imala*, prolongando las vocales, lo que dificultaba a fray Juan Lorenzo el seguir perfectamente la conversación entre los clientes y mercaderes del zoco.

Seguir las conversaciones entre marchantes y clientes, aunque le entretuvo durante un largo rato, terminó por aburrir también a fray Pedro.

Poco después de que hubiese finalizado la oración de la tarde, disminuyó la actividad del mercado. Bastantes comerciantes habían recogido sus productos, y el número de compradores se redujo ostensiblemente. Fray Juan, que comenzaba a sentir una necesidad imperiosa de vaciar su vejiga, pero que se resistía a abandonar su puesto en la fila de espera, en la que ya sólo quedaban dos personas por delante, hizo notar a fray Pedro la presencia en medio de la plaza de un personaje que le llamó la atención. Entre los tenderetes del mercado que aún quedaban, y con caminar algo apresurado, un hombre de baja estatura y delgado se dirigía hacia una de las escribanías que se encontraban cerca del edificio de la Mezquita. Por la vestimenta, fray Pedro intuyó que era judío, pues su cabeza aparecía cubierta con un pequeño bonete o *kipá* de color amarillo. En el lado derecho de la esclavina que cubría sus hombros colgaban unas borlas del mismo color y una pequeña campañilla pendía de su cuello. Le acompañaba una joven, que ambos monjes supusieron que sería su hija, cubierta con velo, y en la que destacaba una pequeña estrella de David, también de color amarillo, en su hombro derecho. Como el hombre, también ella portaba una campanilla en la pequeña escarcela que llevaba sujeta a la cintura, y que sonaba a cada paso que la muchacha daba.

Al igual que en los reinos cristianos de Castilla y de Aragón, los judíos de Granada estaban obligados a mostrar públicamente su religión, llevando algún distintivo amarillo entre sus vestimentas. El joven franciscano supuso que, asimismo, tendrían prohibido vestir ropas lujosas y montar a caballo y que, además, estarían obligados a residir en algún barrio específico de la ciudad, como ocurría en las tierras cristianas.

Cuando el hombre y la joven estaban cerca de la escribanía a la que parecían dirigirse, al pasar junto a uno de los tenderetes del zoco dedicado a la venta de especies, el propietario del mismo descargó un fuerte puñetazo sobre la espalda del anciano. Al tiempo que exclamaba «¡Perro judío!», en su rostro se reflejaba una expresión que era mezcla de odio y satisfacción. El hombre no eludió el golpe, aunque a fray Pedro le dio la impresión de que podría haberlo hecho. No cayó al suelo al lograr apoyarse sobre la pared de la casa de la escribanía. La muchacha le ayudó a incorporarse. Ninguno de los dos devolvió la mirada al agresor. Alcanzaron la puerta del gabinete del amanuense y entraron en él.

Fray Pedro quedó extrañado contemplando la escena. Sabía que los cristianos odiaban a los judíos hasta el punto de perseguirlos en algunas ocasiones. La ciudad cordobesa de Lucena, cercana a su Bujalance natal, albergaba una importante comunidad judía que era asaltada a menudo por los propios lucentinos y cristianos de poblaciones cercanas. En la propia ciudad de Córdoba no era infrecuente que se golpease a los hebreos, y de ello el franciscano había tenido noticias muchas veces. Lo que le había extrañado era que en territorio musulmán también se agrediera a los descendientes de Moisés. Siempre había pensado que los judíos, obligados a huir de tierras cristianas, se refugiaban en el reino nazarita porque allí no eran mal acogidos. De nuevo, requirió la ayuda de fray Juan Lorenzo, quien enseguida se dispuso a hacer alarde de sus conocimientos históricos.

El aragonés inició su relato explicando que, según los historiadores romanos Estrabón y Flavio Josefo, los judíos abundaron en la Península Ibérica desde antes del tiempo de Cristo, procedentes de colonias griegas del norte de África. El mayor contingente de hebreos arribó a las costas de la Hispania romana después de la destrucción del templo de Jerusalén por el emperador Tito y la Diáspora judía fuera de Palestina, en donde formaron importantes comunidades tanto en Lucena como en Granada, Sevilla, Córdoba, Ampurias, Zaragoza y Toledo.

—¿A esa tierra fue a la que llamaron Sefarad? —interpeló fray Pedro.

—Así es. La consideraron su segunda patria. Se integraron de tal forma en la Hispania romana que el concilio de Elvira, celebrado en tierras granadinas a principios del siglo IV, dictó normas para evitar la mezcla de comunidades cristianas y hebreas. En la época visigoda, los judíos fueron medio esclavizados y sometidos. Nada tiene, pues, de extraño que durante la conquista musulmana, colaboraran estrechamente con los invasores para verse libres de la opresión visigoda. Bien aceptados por los agarenos, convivieron de forma pacífica durante los largos años que duró el emirato y califato de Córdoba, en donde los hebreos ocuparon altos cargos de responsabilidad en la administración pública.

—El mismo nombre de Granada —interrumpió fray Antonio— derivaba de la denominación que los hebreos habían dado a la población que fundaron en la margen izquierda del río Darro, *Garnata al-yahud*.

—Tras la caída del califato cordobés —prosiguió Juan Lorenzo—, cuando Al-Ándalus se fraccionó en reinos de taifas, el reino zirí de Granada contó con ellos. La familia Nagrela ocupó, durante gran parte de este reinado, los principales cargos de gobierno. Samuel Nagrela, muy apreciado por los granadinos, fue varios años visir del rey Badis. A su muerte, le sucedió su hijo José. El talante del hijo no era como el del padre. Su nepotismo e impericia colmaron a la población, que se volvió contra los judíos. La noche del treinta y uno de diciembre del año de Nuestro Señor de 1066 se produjo uno de los más sangrientos *progroms* que pueda recordarse. Más de la mitad de la población hebrea de Granada fue asesinada, entre ellos José Nagrela. Los judíos hubieron de abandonar sus cargos en la administración del Estado, aunque pudieron seguir viviendo en la ciudad.

—¿Vivieron pacíficamente? —volvió a interrumpir fray Pedro.

—Sí, al menos durante los pocos años que aún subsistió el reino zirí de Granada, hasta el año 1090. Pero los problemas contra la población hebrea rebrotaron con la invasión norteafricana de los almorávides. Los integristas musulmanes que llegaron del desierto africano establecieron la unidad religiosa en todo el territorio de Al-Ándalus. Otro tanto harían los posteriores invasores, los almohades, que procedían de las montañas norteafricanas. Los judíos, al igual que los mozárabes, los cristianos que vivían bajo el dominio musulmán, debieron emigrar a otros territorios, sobre todo, a los reinos de Castilla, Portugal y Aragón. Ni almorávides ni almohades permitieron otra religión que no fuese la islámica. Muchos judíos se vieron obligados a exiliarse a tierras más lejanas, como Egipto y Palestina. Con la derrota de los almohades en la batalla de la Navas de Tolosa y la formación del reino granadino nazarita, las aguas volvieron a su cauce. Los judíos fueron de nuevo tolerados por los musulmanes del reino de Granada. Era una comunidad no muy numerosa que se solía dedicar a negocios bancarios y a actividades artísticas, y que había convivido pacíficamente con los musulmanes en los últimos ciento cincuenta años.

—Y ¿por qué el vendedor ha golpeado a ese hombre?

—En las últimas décadas, los problemas han vuelto a resurgir. Las persecuciones contra los israelitas llevadas a cabo por el monarca aragonés Pedro IV *el Ceremonioso* y el castellano Enrique II de Trastamara en sus respectivos reinos, provocaron una huida masiva de judíos desde los territorios cristianos hacia el reino granadino buscando refugio. Los gobernantes de Granada consideraron el éxodo como una fuente de ingresos para el erario público, pues los nuevos pobladores contribuían con sus actividades e impuestos al desarrollo del reino. Pero el pueblo ve hoy peligrar sus trabajos y ocupaciones con esta llegada masiva. Ocupan puestos de consejeros, intendentes, intérpretes y adivinos, y el hecho de que las actividades bancarias y los préstamos estén en sus manos no favorece la relación entre ambas comunidades. Bastantes musulmanes se han endeudado con judíos, y el odio ha hecho de nuevo aparición. Su situación en el reino granadino es similar a la que viven en otros territorios musulmanes. No son víctimas de persecuciones sanguinarias como en tierras cristianas, pero sí sufren abundantes vejaciones, y acabamos de contemplar una.

Fray Antonio, el mercedario, intervino en ese momento para confirmar el relato de fray Juan Lorenzo. Explicó a ambos franciscanos que los judíos en Granada habitaban la antigua judería, en el este de la ciudad, en el arrabal del *Mauror*, el barrio de los aguadores. Esta zona de la ciudad se extendía desde las Torres Bermejas, muy cerca de la Colina de la Alhambra, hasta el cauce del río Darro por un lado, y por otro, hacia el barrio del Realejo. En su interior habitaban cerca de quince mil judíos.

No había acabado fray Antonio sus explicaciones a fray Pedro sobre la judería de la ciudad, cuando el individuo que les precedía en la fila entró en las dependencias administrativas de la Mezquita. Esto dio ánimos al joven fraile, que veía que la larga espera finalizaba. Pero su sorpresa, así como la de sus dos compañeros, fue que el criado encargado de la custodia de la dependencia volvió a salir.

—Es tarde ya. Las audiencias se dan por finalizadas. Seguiremos mañana.

Los dos franciscanos quedaron estupefactos. Sin embargo, fray Antonio, mientras explicaba al criado que llevaban desde la mañana esperando para ser recibidos y que el asunto que les traía era urgente, puso con discreción unas cuantas monedas en las manos del servidor. Éste se dejó convencer por el soborno. Se apartó a un lado y les permitió pasar a la antesala de la secretaría de la Mezquita para que aguardaran allí el último turno. Luego, sin ningún miramiento, despidió a los que aún quedaban y cerró la puerta.

Quien recibió a los tres monjes fue uno de los secretarios del imán, al cual fray Antonio conocía, pues tuvo que relacionarse con él en varias ocasiones durante el tiempo en el trabajó como *alfaqueque* liberando cautivos. Este secretario, ataviado con albornoz de color verde, que indicaba su condición de religioso, cubría su cabeza con turbante del mismo color. El turbante entre los varones granadinos era una prenda que había dejado de estar de moda hacía años. Aunque la seguían utilizando muy pocos, no era difícil verla en los religiosos, así como en profesores y en algún que otro funcionario real. Sentado junto a dos escribientes, el secretario dirigió, sin decir palabra, una mirada interrogante a los tres monjes.

—*Sayidi* —comenzó respetuosamente fray Antonio—. Mis dos hermanos de religión llegaron hace unos días a Granada con la caritativa misión de confortar a nuestros hermanos de fe que habitan esta bella ciudad, regida por el gran rey Yusuf y confortada espiritualmente por tu imán.

—Al grano —interrumpió el secretario, al que no parecieron influir las adulaciones del cristiano.

—Hemos aguardado todo el día esta audiencia para solicitar de tu superior la autorización para confortar y aliviar a nuestros hermanos en la fe que padecen cautiverio en tu ciudad.

—¿Y por qué habríamos de autorizarlo?

—Al igual que a nosotros, vuestra religión os hace ser hombres piadosos y caritativos. El hecho de que los prisioneros sean confortados espiritualmente no minorará los trabajos que les tenéis encomendados. Es más, puede que cumplan mejor con sus obligaciones si han recibido alguna satisfacción que alegre su espíritu, aunque no podamos hacer nada por aliviar sus cuerpos. Hubo un tiempo en que cristianos y musulmanes convivimos pacíficamente, y a cada hombre se le permitía adorar a su Dios sin importunarle.

—Ese tiempo pasó —interrumpió el secretario— y no por culpa nuestra. Desde hace siglos venís conquistando las tierras que fueron de nuestros antepasados, sometéis a nuestros correligionarios y los expulsáis de sus lugares de origen o les obligáis a convertirse. Para colmo, nos hacéis pagar unas *parias* para seguir viviendo en paz, que nos asfixian económicamente y nos empobrecen cada día más.

—*Sayidi*, no somos muy diferentes los que creemos en Alá o en Cristo. Nuestra misión es espiritual, no material.

Sabes que no deseamos entrar en asuntos políticos, que debemos dejar a nuestros gobernantes civiles.

Fray Antonio, que deseaba desviar el rumbo de la conversación, había utilizado un tono conciliador para replicar a su interlocutor. No se atrevió a recordar al secretario del imán que las tierras a las que había hecho referencia, antes que musulmanas, habían sido cristianas, y que ambas religiones consideraban a la otra como enemiga. Temió que el musulmán le replicase mencionando el influjo que tenía la iglesia cristiana en los asuntos civiles, y que era el clero el que instigaba a los gobernantes cristianos a conquistar los territorios de los infieles.

—¡No me vengas con mentiras! ¡Tu religión y la mía tienen poco que ver! Nosotros tenemos un solo Dios. Vosotros tenéis tres, aunque os hayáis ideado eso de que son tres personas. Alardeáis de que Cristo, vuestro profeta y al mismo tiempo Dios, hacía milagros. Necesitáis varios libros, que denomináis Evangelios, para recoger vuestras enseñanzas. No sabéis reconocer que el único libro verdadero es el Corán, y si queréis milagros, ahí tenéis uno. El Libro es inimitable. Sólo puede existir un Dios, pues si hay más, el segundo no sería dios. Adoráis a las tres personas de vuestro dios sin purificaros. Os presentáis ante él sin ni siquiera haberos lavado, con cuerpos sucios, malolientes y desaliñados. Coméis alimentos impuros y os atrevéis a mezclarlos con lo que llamáis comunión, en la que aseguráis que coméis y bebéis la sangre y el cuerpo de vuestro dios. ¡Dais asco! En nuestra religión no existen sacerdotes ni frailes como en la vuestra. Nuestra relación con Alá es personal y directa, sin necesidad de intermediarios.

—No hemos venido aquí para discutir de teología. Sólo pedimos autorización para ayudar a unos desgraciados. Ni tú ni nosotros somos culpables de lo que hacen nuestros superiores —fray Juan Lorenzo intervino intentando variar definitivamente el rumbo que estaba tomando la entrevista.

—Veo que conoces nuestro idioma.

—Sí. Lo aprendí en los morabitos que abundan en las tierras de Murcia, en San Ginés de la Jara. Allí habité con cristianos y musulmanes que conviven en paz, buscando cada uno fuerza espiritual en su religión.

El secretario miró al rostro de fray Juan Lorenzo intentando escudriñar sus pensamientos. La mirada franca y limpia del franciscano debió convencerlo.

—Aguardad un momento —comentó mientras se levantaba y abandonaba la estancia para consultar con uno de sus superiores.

Al poco rato, regresó.

—Tenéis permiso para realizar vuestra misión, aunque con condiciones. El imán de la Mezquita os autoriza a predicar entre vuestros hermanos, pero no interrumpiréis el trabajo de los cautivos. Podréis visitarlos al final de cada jornada, cuando hayan acabado sus obligaciones. Durante el día sólo contactaréis con los que, por enfermedad, estén exentos de trabajar. Únicamente visitaréis a los prisioneros del *Ahabul*, y no podéis predicar en ningún otro sitio. Tenéis prohibido hablar a los *muladíes*; no estáis autorizados a contactar con ningún antiguo cristiano. Estaréis vigilados, y si alguno de vosotros se acerca a cualquiera de nuestros hermanos que han renegado de vuestra fe, seréis castigados. ¿Estáis de acuerdo?

El asentimiento de fray Juan hizo que el secretario ordenara a uno de los escribientes que redactara un salvoconducto con las cláusulas que acababa de dictar, que fue entregado a los monjes.

## 8

Cuando Hamet regresó al hospital, intentó localizar a Manssur. Le debía una explicación sobre su ausencia del Maristán durante tanto tiempo, aunque no sabía muy bien qué decirle. No deseaba entrar en detalles que hiciesen peligrar la seguridad de su amigo, ni quería que su compañero de estudios y trabajo le acompañara en las tribulaciones en las que él se encontraba desde la visita al enfermo real la noche anterior. Jalib, el criado, le informó que Manssur había atendido las consultas de ambos médicos durante toda la mañana y que, aunque se vio agobiado por el aumento inesperado de trabajo, eso no supuso ningún problema. A la hora de la comida Manssur salió a visitar a un paciente a su domicilio, ya que el estado del enfermo le imposibilitaba acudir al hospital.

Hamet se percató de lo avanzado de la jornada cuando comenzó a notar un apetito que, hasta ese momento, no había sentido. Se dio cuenta entonces de que no había probado bocado desde el desayuno. Al comentárselo a Jalib, el criado se apresuró a acudir a la cocina del Maristán con la idea de conseguir algo que calmase el hambre del médico.

Después de tomar lo que Jalib había traído, Hamet se dispuso a reanudar la consulta, en la que supuso estaría ocupado lo que quedara de la tarde.

El primer enfermo que el criado hizo pasar era un anciano. Éste le indicó con gestos la pérdida de visión que padecía. Se ayudaba de una cachava que sostenía en su mano derecha, mientras apoyaba su brazo izquierdo sobre la mujer que le acompañaba. En su cara podía apreciarse una extensa cicatriz producida por una quemadura que abarcaba frente y ambas sienes, y que deformaba la parte superior de su rostro.

—*Tabib* —fue la mujer quien inició las explicaciones—, venimos de lejos con la esperanza de que puedas ayudarnos. Vivimos en Adra, en la costa de Almería, y mi padre, al que hace tiempo que por su edad le flaquean las piernas, lleva meses sin poder ver bien.

Mientras ayudaba al anciano a sentarse en el pequeño taburete situado en el centro de la consulta, donde se sentaban los pacientes para su interrogatorio, continuó:

—Hace años que le lloran y le escuecen los ojos. Se ha estado quejando de tener una sensación extraña en ellos, como si siempre los tuviese llenos de tierra. Le molesta la luz, la del sol y la de las velas, y, de forma progresiva, su visión ha disminuido, tanto para los objetos cercanos como para los lejanos. En los últimos meses, sus molestias se han acentuado, hasta el punto de que, prácticamente, ha quedado ciego. El picor de los ojos y el lagrimeo continuo se ha extendido a su cabeza, que le duele a diario y no le deja dormir por las noches.

Hamet se acercó al enfermo y se situó junto a él. El hombre alzó la mano derecha buscando a tientas al médico, que sabía lo que el paciente quería. Con su mano izquierda cogió la alzada del hombre y se la llevó a su rostro. Los dedos del anciano recorrieron el pelo, las sienes, los pómulos y las mejillas del médico, dibujando en su mente el rostro de Hamet con su tacto.

El *tabib* encendió una vela y la acercó al enfermo, que inmediatamente, y con gesto de dolor, retiró su rostro para que la escasa luz que producía el pabilo de la candelilla no le diese directamente en los ojos. Los párpados estaban engrosados, enrojecidos en sus bordes y retraídos, plagados de múltiples y pequeñas cicatrices. Las pocas pestañas que aún quedaban estaban invertidas, rozando las córneas. Una secreción, de pequeña cuantía, de color blanquecino y de consistencia pastosa, ocupaba ambas carúnculas, taponando los conductos lacrimales.

—Tu padre, mujer, tiene tracoma.

—Eso nos dijo el médico al que acudimos hace algunos meses.

La enfermedad, conocida también como *ceguera del desierto* por haber sido descrita en el país y en tiempo de los faraones, era bastante frecuente en el litoral del reino granadino. Resultaba, además, muy contagiosa, pues apenas alguien la había contraído, probablemente no tardaría en transmitirla a los de su familia. Algunos médicos pensaban que su origen estaba en un humor que, bajando del cerebro, dañaba la vista del enfermo, provocando la ceguera, que venía acompañada de dolores en los ojos, molestias por la luz y disminución progresiva de la visión. La sensación de tener tierra en los párpados era muy desagradable, así como el lagrimeo continuo.

Hamet supuso cuál era la causa de las cicatrices de quemadura que deformaban el rostro del paciente, pero esperó a que la mujer se lo explicara.

—El médico que nos atendió en Almería afirmó que debía cauterizar la frente y las sienes de su cara para impedir que un humor que desciende desde sus sesos produjese la ceguera total. Quemó, hace ya cinco o seis meses, la piel de su frente y desde la mejilla hasta el entrecejo. Pero no han cesado las secreciones que cubren sus párpados, ni se ha detenido su ceguera, que progresa cada día más.

—Ni se detendrá —sentenció Hamet ante la mirada angustiada de la mujer—. Poco puede hacerse ya. La enfermedad está muy avanzada. Quizás te consuele saber que tampoco se habría logrado mucho, aunque hubieras acudido antes. No sabemos con certeza cuál es el origen de esta enfermedad. Parece que las arenas del desierto y del litoral, así como el aire marino, tienen algo que ver con ella, pero los médicos no estamos seguros. Es correcto el diagnóstico que hizo el médico de Almería que te atendió. Aplicar el cauterio como lo ha hecho ha sido un tratamiento que algunos médicos recomiendan, aunque, en mi opinión, es inútil, pues sólo se consigue hacer sufrir más al paciente.

—Y ¿no puedes hacer nada por él?

—Lo siento. Tan sólo te recomiendo que laves sus ojos a menudo con agua fría, que aliviará la sensación de picazón. Debes recortar con suavidad las pestañas que aún crecen en el borde de sus párpados para que no rocen en sus córneas y no produzcan más daño. Hazlo con cuidado. Lávate bien las manos después de cada cura, porque esta enfermedad es contagiosa. Para sus dolores de cabeza y de ojos, el *agiri* del Maristán te enseñará a preparar unas cataplasmas de mandrágora, que puedes aplicar en su frente. Pero no lo hagas ni al atardecer ni durante la noche, pues la mandrágora, al avivar los sentidos, acentuaría su insomnio.

Hamet se lavó las manos en la pileta mientras el anciano y la mujer abandonaban la consulta y Jalib hacía pasar al siguiente paciente.

Era una mujer joven y de buena presencia. Al médico le llamó la atención la elegancia y distinción con la que se desenvolvía. No era sólo el lujo de sus vestidos, la riqueza de las joyas que lucía o la belleza que reflejaba su rostro. Una fina diadema de plata sujetaba su pelo; un velo de bayadera, de color rojo intenso, le cubría el rostro; un collar de perlas diminutas y nacaradas, al final del cual colgaba una esmeralda del tamaño de un huevo de codorniz, resaltaba aún más el escote de su vestido. Calzaba unas servillas, delicadas chancletas de cuero y colores vivos, bordadas de plata y forradas de seda. La manera de moverse y delicadeza de sus gestos despertaron la curiosidad de Hamet. No era el tipo de paciente habitual del Maristán.

—¿En qué puedo ayudarte? —Hamet intentó dar a sus palabras el tono más normal que pudo, pues se notó azorado ante la presencia de la joven.

La mujer miró al criado y se dirigió a Hamet.

—Preciso hablar a solas contigo.

Un gesto de Hamet a su sirviente Jalib hizo que éste abandonase la habitación.

—Mi nombre es Salima. Preciso que me atiendas de unas molestias que me aquejan desde hace unas semanas en mis intimidades. He consultado antes con dos parteras, y ambas me han recomendado que acudiese a ti.

—¿Has consultado a parteras porque tus molestias están motivadas por el coito?

—Sí. Soy una *jaraiyya* —confesó la mujer sin mostrar en sus ojos pudor ni vergüenza.

La prostitución femenina abundaba en la ciudad. Se ejercía en lugares concretos, habitualmente en casas cercanas a las alhóndigas por las que pululaban los comerciantes, muchos de los cuales eran sus clientes. Las prostitutas pagaban una contribución al fisco por ejercer su oficio, el *al-jaray*. Por ello, los burdeles eran conocidos como *dar-al-jaray*, y a las rodonas por *jaraiyyas*, u obligadas al tributo.

Por los modales de la mujer, Hamet supuso que no era una simple ramera. Las explicaciones que siguió dando le confirmaron su impresión.

—Soy una *jaraiyya* de lujo. Mis clientes habituales son ricos mercaderes y altos dignatarios de la ciudad, que abonan sumas elevadas por mis servicios, que no se limitan a la unión carnal. Les oferto lo que no encuentran en sus domicilios y sus mujeres no saben, no quieren o no se atreven a darles. Recibo buenos beneficios por mi trabajo. De ahí que esté dispuesta a pagar bien tus servicios si logras curarme.

Hamet, con un leve gesto de cabeza, pidió a la mujer que continuase.

—Hace unas dos o tres semanas comencé a notar molestias al orinar. El caño me escocía al principio y al final de la micción. Sentía dolor en mi bajo vientre, y debía acudir a orinar a menudo, pues las ganas eran imperiosas. Pero sólo lograba expulsar unas gotas, aunque me quedaban ganas de expeler más orina. Al día siguiente, por mis partes, comenzó a derramarse un flujo espeso, de color blanquecino, turbio y algo maloliente. En los días siguientes los dolores desaparecieron al orinar, pero han continuado las molestias en el bajo vientre y el flujo genital, que algunos días es más amarillento.

—¿Has orinado sangre en alguno de estos días?

—No. Las molestias aparecieron cuatro días después de haber yacido con un oficial de la guarnición al que desconocía. Supongo que su sueldo de un mes no habría bastado para abonar mis servicios. Pero apareció en mi casa con una considerable cantidad de dinero, y accedí a sus deseos. En los últimos días, algunos de mis clientes se han quejado de picor en sus falos y afirman que expulsan pus al orinar. Me han acusado de haberles contagiado. He mantenido en secreto mis molestias, pero no puedo permitir que me den mala fama. Mi negocio depende de mi predicamento, y mis clientes deben tener la certeza de que estoy limpia para que sigan visitándome.

—Para conocer con exactitud tu dolencia, preciso explorarte, y no puedo hacerlo solo, pues la ley me lo prohíbe. Las normas referentes a qué varones pueden ver a una mujer y hasta dónde, son muy estrictas. Sólo tengo permitido contemplar tu cuerpo si he sido autorizado por tu padre, marido o hermano mayor, y por supuesto, tengo vetado contemplar tus intimidades. Por ello, no te exploraré yo, sino que lo hará una comadrona, que seguirá mis instrucciones y me informará. Deberá estar presente una segunda mujer, que será testigo de que has autorizado dicha exploración. Si no lo hago así, cometería un delito de impudicia. ¿Estás de acuerdo?

—Lo estoy.

Hamet avisó a Jalib para que fuese a llamar a una de las comadronas que ejercía su oficio en el barrio, y que tenía su domicilio cerca del Maristán. Especificó que acudiese acompañada de su hermana.

Cuando ambas mujeres llegaron, Hamet explicó lo que deseaba. La matrona dispuso que Salima se reclinase en el diván de la consulta y se colocó, sentada en el suelo, entre las piernas de la *jaraiyya*. Hamet se puso a la cabecera del diván y a una prudente distancia para asegurar que no podía contemplar las partes más íntimas de la mujer. Con suavidad, la comadrona separó las piernas de la mujer y esperó instrucciones de Hamet.

—Separa con tus manos los labios de la vulva y describe si encuentras alguna úlcera en su cara interna.

—No la hay —comentó la matrona.

—Comprueba si mana flujo de la vagina, o si el meato urinario produce alguna secreción. Introduce después tus dedos en el interior y palpa despacio las paredes internas.

—No aprecio ningún chancro en el exterior ni en el la cara interna de los labios vulvares. Tampoco encuentro ninguna úlcera dentro de los genitales, no hay secreción en el cuello de la matriz y sólo se ve un pequeño punto blanquecino en el orificio de la uretra, que se ha desecho con facilidad en el momento en que lo he tocado.

—Bien. ¿Te llama la atención algo en el interior de los genitales?

—No. Sólo que el color de las paredes vaginales es algo más nacarado del que estoy acostumbrada a ver en las parturientas.

Situado a la cabecera de Salima, Hamet percibió un fino sudor que cubría la frente de la mujer, notó la inquietud que su rostro reflejaba y olió el perfume que su cuerpo exhalaba. Era un olor agradable, dulzón y suave, y que identificó como una mezcla de limón y pera, que le resultó familiar. ¿Dónde había olido antes esa fragancia? Intentó concentrarse en las instrucciones que daba a la matrona y en analizar los datos que ésta le transmitía.

—De acuerdo —continuó—. Por último, palpa en las zonas de las ingles y comprueba si hay alguna buba.

¿Qué le recordaba el aroma?

—En ambos lados hay unas pequeñas bubas que son indoloras al tacto y parecen flotar en la carne que las rodea.

Hamet dio por terminada la exploración de Salima. Esperó a que ésta se vistiese mientras las otras dos mujeres salieron de la habitación y, siguiendo las instrucciones del médico, aguardaron en el patio del hospital.

—Por lo que has referido de tus síntomas y por los datos de la exploración realizada, deduzco que padeces una *blenorragia*, a la que el griego Hipócrates denominaba *stranguria* y el romano Galeno *gonorrea*. Maimónides, el judío cordobés, afirma que su origen está motivado por haber tenido contacto carnal con un hombre inmundo con semen putrefacto.

—¿Estás seguro? ¿No es algo más grave?

—Estoy seguro. Y no es más grave. Tienes miedo a padecer el *mal de Venus*, enfermedad incurable que los médicos no sabemos tratar. De ella se asegura que el que la padece, sea hombre o mujer, termina su vida lamentando su pérdida de vigor, y que sus semillas y sus bienes son malditos. Pero no lo tienes. No hay evidencias de chancros ni de bubones venéreos.

—¿Tiene tratamiento mi dolencia? —preguntó la mujer algo más aliviada.

—Lo tiene. Durante dos semanas seguirás una dieta de carne y verduras, pero sólo te alimentarás de la carne con plumas y evitarás la de cuadrúpedo. Lavarás dos veces diarias tus genitales con un electuario que ordenaré preparar al *agiri*. Habrás de guardar abstinencia sexual hasta que no hayas tenido dos menstruaciones después de iniciar el tratamiento. La sangre impura de tu cuerpo arrastrará la enfermedad al exterior y permitirá que después puedas seguir con tu oficio. Volverás a mi consulta diez días después de finalizar la tercera menstruación. Según lo que me cuentes, podré asegurarte si has quedado o no limpia.

—Así lo haré. Seguiré tus instrucciones y regresaré cuando me has indicado. ¿Qué te debo?

—Por ahora, nada. Sin embargo, debes pagar a la comadrona el trabajo que ha realizado y a la mujer que ha servido de testigo, que te aguardan en el patio. Pero antes de marcharte, me gustaría que me informaras de una cosa.

—Pregunta lo que quieras, *tabib*.

—¿Qué perfume utilizas?

La pregunta sorprendió a la mujer, que intuyó que no tenía nada que ver con la consulta médica que había realizado.

—¿Te ha gustado?

—Me ha llamado la atención.

—Es un perfume que me prepara Arudi, perfumista de la Alcaicería. Por su elevado coste, pocas mujeres de Granada lo utilizamos. Que yo sepa, sólo algunas de las favoritas de los dignatarios de la corte y alguna que otra mujer de los ricos comerciantes pueden adquirirlo. Por su olor dulzón, más de alguno de mis clientes ha perdido el sentido. Si lo deseas, puedo hacerte llegar, como presente, un tarro de él.

—Te lo agradezco, pero no es necesario. Te repito que sólo me ha llamado la atención.

Mientras la mujer abandonaba la consulta de Hamet, llegó Manssur.

—Me han dicho que andabas buscándome.

—Quería agradecerte que te hayas hecho cargo de mis ocupaciones esta mañana.

—¿Has averiguado algo de la muerte de Shirhane?

—No —mintió Hamet para seguir protegiendo a su compañero y amigo—. Me gustaría…, me gustaría que se le diese un entierro digno.

—No eres el único. Jalib ha hecho una colecta entre los trabajadores del hospital y ha recaudado suficiente dinero para que ese desdichado no sea enterrado en la fosa común de los indigentes que fallecen en el Maristán. Tendrá un entierro discreto, pero digno.

—Manssur, necesito de nuevo tu favor. Mañana tengo que acudir a media mañana a la Madraza. Hace días que fui convocado para el examen de uno de los estudiantes que he tenido como alumno en el hospital. Además, tengo que realizar unas gestiones en la Alcaicería.

—No te preocupes. Al igual que hoy, realizaré tu trabajo durante tu ausencia.

Hamet había decidido indagar sobre el perfume de la *jaraiyya*. No sabía por qué, pero algo le decía que debía hacerlo. Madraza y Alcaicería estaban próximas, y quiso buscar al perfumista antes del examen en la escuela de la ciudad.

Anochecía cuando Hamet regresaba a su casa. Deseaba que Jadicha hubiese preparado una buena cena. La luz titilante de *al-Zuhara*, la Venus de los griegos, el lucero más luminoso del atardecer y amanecer, brillaba en el cielo junto a una luna en cuarto creciente, casi llena, propia de la mitad del mes musulmán de Dulcada. De pronto se percató. Recordó el olor que había sentido en el depósito de cadáveres del hospital esa misma mañana al examinar la ropa de Shirhane. Era la vestimenta de *el oriental,* que había atraído su atención por ser impropia de un indigente, la que olía igual que el perfume de la *jaraiyya.*

## DÉCIMO SEXTO DÍA DEL MES
## DE DULCADA DEL AÑO 794
### (Tercer día de octubre del año 1392)

### 1

Abdul se había acostado hacía escasamente una hora, pero no logró conciliar el sueño. Hasta muy avanzada la madrugada, y en compañía de algunos de los secretarios de su padre, estuvo intentando resolver asuntos de Estado que no podían esperar. En los últimos días se vio obligado a estudiar numerosas cuestiones en las que tuvo que tomar importantes decisiones para que el gobierno siguiese su andadura. En algunos casos se había visto desbordado, pues desconocía en profundidad el asunto a resolver, y en más de una oportunidad dudó de si la decisión tomada era la más apropiada.

En la semana siguiente llegarían los embajadores del reino de Castilla para tratar la renovación de las *parias* que el reino nazarita abonaba anualmente al castellano. Desde que Alhamar se declarase vasallo de Fernando III, los musulmanes habían tenido que abonar tributos muy gravosos si querían verse libres del asedio continuo de los castellanos. En verdad, las treguas eran un pretexto de ambos reinos para recobrar fuerzas y rehacerse militar y económicamente. En cuanto uno de los bandos se recuperaba, lanzaba sus tropas contra el otro e imponía nuevas condiciones a cumplir. En los últimos años, las buenas relaciones entre el rey castellano Pedro *el Cruel* y Muhammad V habían determinado una paz estable y no excesivamente gravosa para las arcas del reino nazarita. La ayuda de los granadinos a los castellanos en su enfrentamiento con el reino de Aragón en la *guerra de los Pedros*, entre Pedro de Castilla y Pedro *el Ceremonioso* de Aragón, había determinado una disminución en la cuantía de las parias que los musulmanes abonaban. Pero la muerte del castellano a manos de su hermanastro Enrique y el ascenso de los Trastamara al trono de Castilla reabrieron el conflicto castellano-granadino, y los nazaritas volvieron a tener que abonar elevadas sumas para mantener la paz. Las negociaciones de los acuerdos entre ambos reinos no iban a ser fáciles, y era necesario evitar dar la imagen de debilidad ante la enfermedad del rey. Abdul fue informado por el secretario de hacienda de que las pretensiones castellanas habían ascendido de las once mil doblas de oro anuales de años anteriores a las trece mil que exigían para el próximo. La cuantía suponía la quinta parte de los ingresos fiscales del país, y la única forma de conseguir lo exigido por los cristianos sería aumentar la ya elevada presión fiscal sobre el pueblo.

Se esperaba también la llegada del embajador de Túnez, con el que se estaba negociando un nuevo tratado que afectaba a la industria de la seda, por la que el reino obtenía cuantiosos beneficios. ¿Qué hacer en cada caso? ¿Cómo actuar? Abdul había sido educado para tomar las riendas del poder, pero, en esos momentos, la teoría y la realidad se parecían poco. No deseaba que los ayudantes de su padre en el gobierno pudiesen vislumbrar el más mínimo atisbo de duda en sus decisiones. Jamás llegó a pensar que la carga del poder cayera en sus hombros de esa forma. La sensación de soledad que siempre experimentó se acentuó en los últimos días. Desde su infancia, había estado rodeado de gente, pero siempre se sintió solo. La muerte de su madre tras su nacimiento determinó que fuese criado en el *harem* de su abuelo, el rey. Recordaba su infancia en el Palacio de los Leones, las dependencias privadas del monarca, rodeado de concubinas, criadas y amas de cría. Pero ninguna de ellas estableció con él una relación más estrecha que la determinada por la propia crianza. Las relaciones con su hermana mayor, Fátima, y con su hermanastro Nubahi habían sido escasas y superficiales, ya que fueron criados en lugares distintos: Fátima y Nubahi bajo la tutela de su padre, y Abdul con su abuelo.

Cuando tenía cinco años, y por deseo expreso del gran Muhammad, Abdul fue trasladado a las dependencias del Palacio de las Damas, donde estaban instaladas las oficinas administrativas del reino. Su abuelo lo rodeó de preceptores que lo educaron en todas las ramas del saber, pero con ellos no tuvo relación más allá que las meramente educativas y formativas. Fue siempre un discípulo dispuesto a aprender, y ninguno de sus maestros le brindó relaciones de amistad. Sólo recordaba con cariño a dos de sus preceptores. A su maestro de armas, que le mostró la variedad de las mismas y su empleo, el procedimiento para elegirlas y sacarles provecho, así como el método para conducir a los soldados. Sus enseñanzas le hicieron un experto en el manejo de alfanjes, cimitarras, gumías, dagas, puñales y espadas. Aprendió la

utilidad de las lanzas, las mazas, ballestas, venablos y arcos.
Y le enseñó también a defenderse con adargas de piel y de
madera, a utilizar correctamente las cotas de malla y jaceri-
nas, coseletes, lorigas, cascos y yelmos. El segundo precep-
tor que recordaba con afecto era uno de los secretarios de su
abuelo, hombre sabio y agudo, que le mostró los entresijos
de la política y le inculcó el valor y la abnegación que debe
mostrar un príncipe, llegando incluso hasta sacrificar la vida
en defensa del reino. Con él aprendió a mostrar sus conocimientos y a ocultar su ignorancia, a ganarse el respeto de los
súbditos, y a vencer la timidez, la imprudencia y la petulan-
cia. Le inculcó, asimismo, la sagacidad para elegir el mal menor e, incluso, convencer a los subordinados de que cualquier resolución es un hecho consumado. Su largo encierro
en el Palacio de las Damas durante su formación sólo se veía
interrumpido por alguna salida esporádica acompañando a
su abuelo por los edificios públicos de la ciudad, o por su
asistencia, dos veces en semana, a la Mezquita Mayor para
completar su instrucción religiosa.

Cuando su abuelo consideró que la educación del muchacho había finalizado, lo mantuvo a su lado para que apren-
diese las obligaciones y los recursos que debía desarrollar
cuando llegara a ser rey. Las pocas relaciones que con su padre había mantenido hasta entonces se deterioraron por este
motivo. En la corte circulaba el rumor de que el gran
Muhammad desconfiaba de la vida disoluta de su hijo Yusuf, y que no deseaba nombrarle como heredero del reino.
Por esta razón, se volcó en la educación de su nieto mayor.
La relación de Abdul con su padre había sido distante, y en
numerosas ocasiones, hasta peligrosa. Abdul sentía cierta

pesadumbre por el concepto que tenía de su progenitor, pero los hechos eran evidentes. Yusuf había tenido un comportamiento impropio de un príncipe heredero, y sus acciones no podían ser obviadas. Por Granada corrían rumores sobre las muertes extrañas de los hermanos de Yusuf, e incluso se le acusaba de ser el inductor de ellas para no tener competidores en la sucesión del trono. Abdul temió en alguna ocasión por su vida, al ser notorio que el gran Muhammad prefería dejar el reino en manos de su nieto que en las de su hijo. Sabía que su padre lo despreciaba por tal motivo.

Las relaciones que mantuvo con su hermanastro fueron siempre escasas. De la misma edad, pues había nacido tres meses después, nunca convivieron juntos. De eso se había ocupado la segunda mujer de su padre, Alwa, que deseó una infancia diferente para su hijo. Envidiosa de las atenciones que el rey Muhammad tenía con su nieto mayor, convenció a su marido para que volcase su entusiasmo en el segundo hijo varón. Yusuf se había ocupado personalmente de la educación de Nubahi, el segundo de sus hijos, y Alwa rodeó a su vástago de una vida de lujo y comodidad que Abdul, más de una vez, envidió.

Abdul no encontró tampoco consuelo a su soledad en su matrimonio. Por conveniencia de Estado, cuando tenía veinte años, su abuelo negoció su matrimonio con Rawda, sobrina del sultán de Marrakus. Interesaba al reino de Granada mejorar las relaciones con el reino norteafricano, por lo que se concertó un matrimonio entre dos de los miembros de las familias reales. Habían pasado ya los años. Rawda le había dado dos hijos, los dos varones; pero Abdul quería a su mujer, no la amaba. Las ocupaciones que su abuelo le encargaba le dejaban poco tiempo para atender sus asuntos personales. Tras la muerte de Muhammad y el acceso al trono de su padre, se vio algo más liberado de sus actividades palaciegas, pues su padre le retiró bastantes funciones de las que anteriormente realizaba. En los últimos dos años había dispuesto de mayor tiempo para atender a sus deberes conyugales y familiares, pero seguía sin sentir amor por su mujer, aunque la apreciara cada día más.

Intentaba conciliar el sueño buscando el descanso reparador que necesitaba, cuando los golpes dados por uno de sus criados en la puerta de su habitación le hicieron levantarse.

—*Sayidi*, el *zabazoque* de la *shurta* reclama tu atención.

Abdul se dirigió a una de las jofainas que se encontraban en la habitación y se echó agua en la cara para espabilarse. Supuso que si el jefe de la policía solicitaba verle en plena madrugada sería para informarle de algún avance en la investigación sobre el envenenamiento de su padre. Salió de su aposento y atendió a Faiz.

—Señor, siento despertarte a estas horas de la madrugada, pero el *hayib* de tu padre te reclama en el Generalife.

El *hayib* era el gran visir del reino, el hombre de confianza del monarca, quien, en realidad, regía el destino del país. El poder ejecutivo, judicial y diplomático recaía en sus manos. Transmitía y hacía cumplir las órdenes del emir, organizaba la administración del Estado, redactaba los decretos y la correspondencia oficial. Era, además, el jefe de la diplomacia y el encargado de nombrar a los administradores de la justicia. Únicamente no ejercía poder en los asuntos hacendísticos, religiosos y militares. El emir se reservaba el cargo de jefe supremo del ejército, delegaba los asuntos religiosos en el imán de la Mezquita Mayor y confiaba las cuestiones monetarias en el secretario de hacienda, si bien el *hayib* manejaba gran parte del erario público. El poder del *hayib* era omnímodo, aunque dependía de las relaciones que mantuviese con el monarca.

—¿Es referente al envenenamiento de mi padre?

—Creo que no.

—¿Has avanzado algo en las investigaciones?

—No ha habido novedades después de la información que te he dado esta mañana en el Palacio de los Leones, en presencia de Mufairry, Nasim, el *alarife* y el médico del Maristán.

—¿Qué es lo que quiere el *hayib* a estas horas?

—No lo sé, señor. Pero me ha encomendado que te dijera que son asuntos importantes y graves los que hacen necesaria tu presencia.

Abdul miró al policía intentando obtener más información. No le gustaba ese individuo y siempre había desconfiado de él. No era una hora normal para requerirle, y se extrañaba de que el requerimiento se hiciese a través de la policía en lugar de realizarlo por medio de un criado o por alguno de los secretarios de la corte. Se volvió hacia su sirviente y le indicó:

—Localiza a Mufairry y dile que venga.

—Lo siento, señor —intervino Faiz—. Mis órdenes son que te acompañe a ti solo, y sin demora, a presencia del *hayib*.

Por encima del hombro de Faiz, Abdul entrevió a seis policías que antes no había notado. Aquello no le agradó, y temió por su seguridad. Estuvo a punto de hacer notar al *za-*

*bazoque* que era el primogénito real, pero desechó la idea, pues le pareció inútil. Hizo un leve gesto a su criado para que siguiese sus instrucciones de localizar a Mufairry cuando él hubiese abandonado la estancia, y se dispuso a acompañar a Faiz.

El policía tenía dispuestas unas monturas en la entrada del Palacio de las Damas, aunque la distancia hasta el Generalife era muy corta. Descendieron paralelamente al adarve de la muralla buscando la Torre de los Picos, frente a la que se encontraba el camino ascendente que conducía al palacio que la familia real y la corte utilizaban durante el caluroso verano granadino, y del que aún no habían regresado a pesar de haber entrado ya el otoño.

El Generalife se asentaba sobre las pendientes del Cerro del Sol, el monte que continuaba al terreno que ocupaba la Alhambra, y desde el que se dominaba el valle del río Darro. En ese otero se alzaban varios palacetes, siendo el más lujoso el de *Dar al Arusa*, que normalmente eran ocupados por miembros de la familia real o altos dignatarios de la corte durante el estío. El Palacio del Generalife era conocido por los granadinos como la «Huerta del Rey». Su edificación pobre y su aspecto exterior austero contrastaban con el interior, considerado un refugio de paz y frescor. Lo importante del palacio eran sus jardines, que, organizados a lo largo de una corriente de agua axial central, la acequia, brindaban una imagen idílica que permitía el descanso de quien allí se alojara. Huertos y jardines, con flores, plantas aromáticas y árboles frutales, abundaban en el lugar. Dada la situación elevada del palacio con respecto a la Alhambra, había sido preciso construir varias obras hidráulicas, como el *albercón del negro* y el *aljibe de la lluvia,* para que el agua que los regaba, procedente de la *acequia real,* llegase hasta el lugar. Setos de arrayanes, rosales, jazmines, naranjos y cipreses formaban un conjunto de aroma y belleza inigualable, que parecían jugar con los *mayazib,* los surtidores de agua de la alberca central. El olor y el colorido de flores y árboles jugaban con el ruido del agua. El agua era venerada por los granadinos. «Es curioso —pensó Abdul cuando pasó junto a la acequia central del patio—, los cristianos sólo utilizan el agua para beber. Nosotros la admiramos y nos extasiamos viéndola correr en surtidores y fuentes, nos encanta ver nuestra imagen reflejada en el verde de las albercas, la usamos para purificar nuestro cuerpo y nuestro espíritu, e incluso la imaginamos en el olor de las flores y en el sabor de los frutos que nos da la tierra que riega».

Abdul fue conducido hasta una de las dependencias del palacio, de cuyas ventanas se reflejaba la luz de su interior. Tras acceder a la amplia sala, comprobó que, sentados sobre cómodos almohadones de brocado, alrededor de una de las mesas situadas junto a una de las paredes, un grupo de personas mantenía una conversación distendida. Una neblina cubría la estancia por el humo de los narguiles, las pipas de agua, que dejaban escapar un olor dulzón, ligeramente mentolado. Presidiendo la mesa, sobre la que aún quedaban restos de una cena reciente, a pesar de lo avanzado de la madrugada, Nubahi, el hermanastro de Abdul, dejaba escapar una risotada en el momento en que éste penetró en la estancia. Tras percatarse de la llegada de Abdul, los sentados alrededor de la mesa callaron, y Nubahi dejó de reír. Le acompañaban Zuhair, el *hayib* del reino; Muslim, el *zabal-*

*medina*, responsable del orden interno y jefe del ejército del país; Saad, el imán de la Mezquita Mayor de la ciudad; Alwa, la segunda mujer del rey y madre de Nubahi; y Rashid, el *cadí al yamma*, el juez supremo de la ciudad.

«¡Todo el poder del reino reunido a altas horas de la madrugada!» —pensó Abdul.

Zuhair, el *hayib*, se levantó al entrar Abdul, después de aspirar una bocanada y pasar la boquilla del narguile a Nubahi. De unos sesenta años de edad, rasgos abiertos, ojos de color del dátil y brillantes de inteligencia, aspecto afable y poseedor de una cierta nobleza, había sido un estrecho colaborador en el gobierno de su abuelo, primero como secretario, y después como ministro. Su gran sentido de la diplomacia y el saber acercarse con tacto a todos los asuntos de Estado que se le encomendaban le habían permitido obtener el respeto y la fidelidad de sus colaboradores, hasta llegar al visirato. Parecía saber leer con agudeza el corazón de los que le rodeaban, demostrando una clarividencia por la que podía ser tenido por visionario. Tras la muerte del gran Muhammad, Yusuf le había elevado al máximo cargo al que podía aspirar. Era el *hayib*, el hombre de más poder en el reino, después del rey.

—Por favor, Abdul, siéntate.

—¿Qué ocurre, Zuhair?

—Tu padre agoniza, y es necesario tomar decisiones que no pueden ser demoradas por más tiempo. Quienes aquí estamos pensamos que es necesario que Granada cuente con un nuevo rey, pues poco podemos hacer ya por nuestro amado Yusuf.

El tono empleado por Zuhair sonó a falso. Nadie en todo el reino salvo, quizás, su hija Fátima, amaba a Yusuf.

—No conviene —continuó— a un reino rodeado de enemigos mostrar signos de debilidad. Es necesario nombrar un sucesor que se haga cargo del trono y tome las riendas del poder.

—¿Y?

—Tu padre, que sepamos, no ha nombrado sucesor. De acuerdo con las leyes del reino, el nombramiento del emir en tal caso corresponde al Consejo de Gobierno. Tú eres el primogénito, y quizás pienses que debes ser el elegido. Pero el Consejo ha decidido nombrar rey a tu hermano Nubahi, si tu padre, como esperamos aunque no deseamos, fallece.

Abdul miró a su hermano, cuyo rostro reflejaba satisfacción.

—Lo siento, Abdul —continuó Zuhair —. El reino necesita un hombre fuerte que pueda enderezar los asuntos que durante los dos años del reinado de tu padre no han marchado como debían. Una persona a la que no le tiemble el pulso para acometer las reformas y la empresas necesarias que devuelvan a Granada el esplendor que nunca debió perder. Y, sencillamente, no creemos que tú seas el hombre apropiado.

—¿Y consideráis que mi hermano es el idóneo?

—Así lo hemos decidido.

—Y tú —preguntó Abdul mirando a Nubahi—, ¿qué tienes que decir?

—Nada. Es una decisión del Consejo de Gobierno. Me satisface, y como comprenderás, estoy totalmente de acuerdo con ella.

Abdul meditó unos instantes que parecieron eternos. Miró uno a uno a los presentes intentando escudriñar sus corazones.

—¿Qué será de mí y de mi familia? —preguntó dirigiéndose a todo el grupo.

—No deseamos que te ocurra nada malo, Abdul. —Fue Muslim, el *zabalmedina*, la autoridad militar del reino, quien acababa de intervenir—. Siempre has sido disciplinado y sensato. Si aceptas nuestra decisión, sólo serás confinado en el castillo de Salobreña durante el tiempo necesario hasta que Nubahi se consolide en el trono y sea reconocido como rey de Granada por el pueblo. En unas semanas o, a lo sumo, en un par de meses, la generosidad de tu hermano permitirá que puedas residir en la ciudad del reino que desees, en donde ejercerás el señorío de la comarca, por supuesto, bajo la autoridad del nuevo rey. Si no deseas permanecer en el reino, se te permitirá emigrar a Marrakus, de donde es natural tu esposa y donde su tío sigue siendo el sultán. Estamos seguros de que allí serás bien recibido y podrás llevar una vida acorde con tu categoría de príncipe granadino. Es más, creemos que sería la decisión más acertada, en lugar de permanecer en Granada.

—Compruebo, por tus palabras, que lo tenéis todo bien estudiado. ¿Y si me niego?

—No puedes negarte. Conviene a tu seguridad y a la de tu familia que aceptes la decisión del Consejo de Gobierno.

Abdul intuyó que poco podía hacer. Las últimas palabras pronunciadas por su hermanastro, mientras el *hayib* miraba al suelo avergonzado, desvelaban una clara amenaza que no podía obviar. Su vida y la de sus familiares más directos estaban en peligro. No esperaba la actitud de Zuhair. Recordó que su abuelo, en una ocasión, le había advertido que los servidores del reino eran volubles y disimulados.

«Mientras les hacemos bien y necesitan de nosotros —decía— nos ofrecen sangre, hacienda, vida e hijos. Pero se rebelan cuando ya no les hacemos falta. Las amistades que se obtienen, no con la nobleza y la grandeza del espíritu, sino con el dinero, no son de provecho en tiempos difíciles y penosos, por mucho que se les haya merecido. Los hombres se atreven más a ofender al que se hace amar que al que se hacer temer». Abdul comenzó a pensar que eso era lo que estaba ocurriendo con Zuhair. Durante el reinado de Yusuf, sus relaciones con el *hayib* habían sido amistosas. Es más, sin que mediara ninguna indicación de Zuhair, Abdul se había hecho cargo de las atribuciones de su padre, al caer éste enfermo, con su apoyo y beneplácito. No le extrañaba la actitud de Nubahi. Nunca había tenido una buena relación con él. La presencia de Alwa demostraba que la segunda mujer de su padre tenía bastante que ver con la situación en la que se hallaba inmerso. Deseaba el poder más que nada, y podría mantenerlo si su hijo era nombrado rey de Granada, pero lo perdería todo si el elegido era su hijastro.

En sus meditaciones, Abdul no contempló el gesto que Nubahi hizo a Faiz, tras el que el *zabazoque* de la *shurta* hizo pasar a seis guardias en la estancia.

—Esta misma noche serás conducido a Salobreña —continuó Nubahi—. No necesitas recoger ninguna de tus pertenencias, pues el gobernador de la ciudad te ofertará lo que necesites. Tu mujer y tus hijos acudirán mañana a tu encuentro. Por tu seguridad y la de los tuyos, te recomiendo que no intentes nada que pueda parecer un acto de rebeldía a la decisión que hemos tomado. En unas semanas, tendrás noticias de lo que el nuevo gobierno del reino ha decidido sobre tu persona.

La guardia rodeó a Abdul, que miró uno a uno a los allí presentes. Cuando su mirada se cruzó con la de Zuhair, el *hayib* no pudo mantenerla, e inclinó su rostro hacia el suelo. Abdul salió de la habitación sin decir palabra.

## 2

La escasa luz que brindaba la luna en cuarto creciente impedía identificar la silueta de dos personas que, por la alameda de *Muamil*, descendían desde el *Ahabul* del *Neched* hacia el barrio del *Albunest*. Era difícil, aun estando próximos, apreciar el color marrón y la tela basta de lana del sayal franciscano que esos dos hombres vestían.

Ambos monjes habían ascendido, al anochecer, hasta el *Ahabul* con el fin de tomar un primer contacto con los prisioneros cristianos que allí estaban recluidos. Según las condiciones impuestas por el secretario del imán de la Mezquita Mayor, podían atender a sus hermanos en la fe, pero con la condición de no entorpecer las tareas que los cautivos debían desempeñar. Los dos franciscanos decidieron empezar su misión nada más recibir el salvoconducto. Tras dejar a fray Antonio y agradecerle la ayuda que les había prestado, los franciscanos se dirigieron al *corral de los cautivos* para iniciar su cometido ya en la primera noche.

El campo del *Ahabul* era la cumbre de un pequeño altozano, situado al sur de la Colina de la Alhambra, de la que estaba separada por el barranco de la *Sabika* o valle de la plata, así denominado por la coloración brillante de sus tierras. El primer rey de la dinastía nazarí, Alhamar, había cavado en el cerro, hacía ya casi doscientos años, unos silos subterráneos que fueron utilizados durante mucho tiempo como alholíes para almacenar cereales, pues el grano se conservaba muy bien en su interior.

Los pozos perforados en la tierra roja pudinga del cerro granadino habían dejado de ser utilizadas como graneros y, desde hacía años, se utilizaban como *matmurras* para encerrar a los cautivos cristianos. Tenían forma de embudo invertido, con una boca en su superficie de unos cinco o seis codos de diámetro. Con una profundidad de cuatro o cinco brazas, el espacio se ensanchaba hasta las siete que medía su fondo. La excavación estaba recalzada con muretes de ladrillos adosados a la lastra, revestidos de yeso y blanqueados. Los zonotes eran utilizados para alojar durante la noche a los prisioneros. El descenso y la subida de éstos se efectuaba mediante gruesas sogas a las que se agarraban los presos, que introducían sus pies, para ascender o bajar, en los mechinales del tamaño de covachuelas de palomas que se habían horadado en las paredes. El suelo de la excavación disponía de unas orzas de barro medio enterradas para agua potable, y otras para verter las necesidades corporales. Hediondas, inmundas, con poca luz y escaso aire, en estas *matmurras* descansaban y dormían los cautivos. Durante el día eran sacados de allí para ser utilizados en labores agrícolas o de construcción. Varios torreones situados en las proximidades del lugar, con pocos guardias y algunos perros, bastaban para mantener la vigilancia de los confinados. Fray Juan comprobó la existencia de unas catorce o quince bocas de zonotes.

Uno de los presos le indicó que en cada excavación podían pernoctar unos ochenta o noventa cautivos. En total, unos mil doscientos o mil trescientos hombres dormían allí todas las noches.

La imagen que ambos franciscanos habían contemplado les impresionó. Los prisioneros, aherrojados con cepos y grillos en los pies y cadenas en la garganta, mostraban un aspecto lamentable. Trabajaban de sol a sol, sin día de descanso, con frío o calor, lloviese o escampase, para buscar al anochecer descanso en esos silos inmundos. Las duras condiciones de trabajo, el alojamiento viciado y la alimentación escasa, reducida a una libra y media de pan de avena y a una ración de cereal, cebada, mijo o centeno, eran la causa de que esos hombres presentasen un aspecto famélico. Una vez por semana, y no todas, recibían una ración de «guiso para esclavos», aderezado con un poco de carne cortada en trozos y mucha cantidad de despojos y tripas camufladas al cocinarlas largo tiempo en un caldero con cebolla, hinojo, cilantro y sal. Se servía cuando la carne estaba deshecha, añadiéndole ajo y pimienta. La enfermedad campeaba a sus anchas entre estos desdichados sucios, harapientos y demacrados. Fray Pedro intuyó que ninguno de ellos estaba sano. Era difícil soportar durante mucho tiempo las condiciones de vida a las que estaban sometidos.

Los dos franciscanos habían hablado con varios de los cautivos allí encerrados, y pudieron conocer sus condiciones de vida y lo penoso de su situación. Fray Pedro sintió desde entonces una doble desazón en su interior. Por un lado, comprobó la dificultad para sobrevivir de sus hermanos en religión allí encerrados. Por otro, sentía de nuevo su incapacidad para llevar a cabo la misión de confortarlos, y temía que su fe disminuyese. ¡Qué diferente era la teoría de la práctica! Siendo pequeño escuchó la vida del santo de Asís, sus milagros, fervores y su espiritualidad amable y austera. Eso le entusiasmó, y quiso imitarle en su forma de vida. Ingresó como novicio en el convento, no importándole el trabajo duro ni las frecuentes penitencias ni los ayunos a los que se sometió para fortalecer su alma. Su labor acompañando a uno de los frailes limosneros por las calles y casas de su Bujalance natal, le hicieron comprender que ni las riquezas, lujos o comodidades consiguen la felicidad del alma. La oración continua, la humildad y la obediencia le habían satisfecho interiormente. Se sintió capaz de abandonar la vida regular del convento y salir al exterior a ejercer la predicación entre sus semejantes para servirles de guía y ayudarles a alcanzar el reino de Dios.

Pero la situación de los cautivos le había impresionado. No esperaba hallar las condiciones de vida que encontró, y consideraba difícil llevar el Evangelio a los penados. Se ajustó el cíngulo de cuerda que llevaba a la cintura y palpó los tres nudos que llevaba el cordón y que simbolizaban los tres votos que había profesado: castidad, pobreza y obediencia. Pero siguió pensando que no era fácil hablar de fe, caridad o justicia a unos hombres sometidos a las penalidades que había comprobado.

Summe, gloriose Deus
Ilumina tenebras cordis mei
Et da mihi fidem rectam,
Spem certam et caritatem perfectam,

Sensum et cognitionem, Domine,
Ut faciam
Tuum sanctum et verax mandantum

Le vinieron a la mente las palabras que Francisco de Asís pronunció ante el crucificado de la iglesia de San Damián: «Sumo, glorioso Dios/ ilumina las tinieblas de mi corazón/ y dame fe recta,/ esperanza cierta y caridad perfecta,/ sentido y conocimiento, Señor,/ para que cumpla/ tu santo y verdadero mandamiento». Fray Pedro necesitaba la luz de Dios que disipara sus tinieblas, y pidió que las virtudes y frutos del Espíritu Santo le permitieran conocer la voluntad del Señor. Recordó el Evangelio de Mateo: «Mirad que yo os envío como ovejas en medio de los lobos, por tanto, habéis de ser prudentes como serpientes y sencillos como palomas». Miró a fray Juan y sintió que su superior irradiaba una paz que él no sentía. Evocó entonces las palabras de San Lucas: «Buscad primero el reino de Dios y su justicia, que todo lo demás se os dará por añadidura».

Uno de los cautivos, natural de las tierras de Martos, había tenido un accidente cuando descendía al zonote. Asido con las manos a la gruesa cuerda, resbaló al no poder introducir adecuadamente el pie en uno de los mechinales de la pared. Cayó al suelo y se lesionó el tobillo derecho. Tenía muy hinchada la articulación, aunque no parecía que se hubiese fracturado ningún hueso de la pierna, pero le resultaba imposible apoyarla sin que le produjese dolor. La situación era grave, pues si no podía trabajar en los días sucesivos, no recibiría la ración de comida y agua a la que tenía derecho por su trabajo.

Los prisioneros informaron a los monjes de que en el barrio del *al-Fajjarin*, el de los alfareros, cercano al *Albunest*, residía un médico genovés, cristiano que fue en otro tiempo. Cuando vino a Granada acompañando a una embajada comercial, se enamoró de una musulmana. Tomó entonces la decisión de residir en la ciudad, convertirse al Islam y casarse con la granadina. En ocasiones, el médico acudía al *Ahabul* a asistir a algún cautivo enfermo. De ahí que, una vez que los prisioneros hubieron descendido a los zonotes buscando descanso y los frailes habían finalizado su cometido por esa noche, en lugar de dirigirse a la pensión en la que se alojaban, caminaban por la alameda de *Muamil* buscando, a pesar de lo avanzado de la madrugada, el domicilio del genovés. Habían pensado localizar la vivienda, aguardar al amanecer y requerir la ayuda del italiano para que, lo más pronto posible, atendiese al cautivo accidentado.

Una vez que dieron con la vivienda que los prisioneros les habían indicado, los dos hombres se sentaron en su proximidad y aguardaron algún atisbo de actividad en el interior de la casa para abordar al genovés.

Después de un par de horas de espera, y antes de que amaneciese, fray Pedro, que no había podido descansar, aunque lo había intentado, comprobó movimiento en el interior del hogar. Despertó a fray Juan Lorenzo, que dormitaba apoyando su espalda en un tapial, y ambos se atrevieron a llamar a la puerta de la casa.

Abrió un hombre corpulento, pelirrojo, de tez clara y ojos azules, en cuyo rostro se reflejaban aún signos de reciente despertar. Sorprendido por sus inesperados visitantes a hora tan temprana como inoportuna, su voz ronca sonó tosca y con desagrado.

—¿Qué queréis?

—Hermano —intentó apaciguar fray Juan— buscamos a un médico de origen genovés que nos han dicho que vive aquí.

—¿Para qué?

—Precisamos sus servicios para que atienda a un lesionado en el *Ahabul*.

—¿Un prisionero?

—Así es.

—¿Quiénes sois vosotros?

—Como puedes comprobar por nuestras vestimentas, somos dos frailes que hemos sido autorizados a confortar a nuestros hermanos en la fe de Cristo, prisioneros de esta ciudad. Ayer, uno de ellos cayó desde cierta altura y se ha lesionado un tobillo. No parece que el hueso esté fracturado, pero precisa atención médica. Por esta razón hemos venido hasta aquí. ¿Eres tú el médico genovés a quien buscamos?

—¿Y si lo fuera?

—Te rogaríamos que atendieses al lesionado. Pero ¿por qué recelas de nosotros? Sólo buscamos ayuda, que estamos dispuestos a pagar dentro de nuestras posibilidades. ¿Eres quién creemos?

El hombre miró por encima de los dos frailes e inspeccionó la calle. Cuando comprobó que estaba desierta, habló con menor tosquedad.

—Soy el que buscáis, pero ya no soy cristiano. Soy un musulmán convencido. «La ilaha illa Allad, Muhammad rasul Allah. No hay más Dios que Alá, y Mahoma es su enviado». ¡Y tampoco soy ya médico! Soy un hortelano que cultiva las tierras que por matrimonio poseo.

—Pero ¿puedes ayudarnos? —insistió fray Juan.

—Mira, fraile. No es fácil para un antiguo cristiano vivir en tierras musulmanas, aunque hayan pasado años desde mi conversión. Recité el credo musulmán y expresé mi voluntad de ser islámico, no ante dos testigos como manda la ley, sino ante veinte. Me siguen considerando un converso, a pesar de cumplir con los preceptos coránicos como el mejor de los creyentes. En más de una ocasión se me ha tachado de *dhimmi*. No quiero problemas, y te recomiendo que busques ayuda en otro sitio.

*Dhimmi* era el término vejatorio con el que los musulmanes designaban a cristianos y judíos, creyentes de las otras religiones del *Libro*, a los que se les permitía residir en territorio islámico.

Fray Juan no se amilanó.

—No sé si eres un buen musulmán y nunca sabré si fuiste un buen cristiano. Pero, si alguna vez creíste en Cristo, recuerda que la caridad es una virtud fundamental. Por ello, apelo a la tuya para socorrer a un desgraciado que si no recibe tu ayuda, morirá. Los cautivos del *Ahabul* me han asegurado que en otras ocasiones has acudido a ayudarlos y que los has atendido como médico. ¿No puedes hacerlo ahora?

—No estoy autorizado a ejercer la medicina en este reino. No he obtenido, pues no lo he deseado, la *ichazza* que me permitiría hacerlo. Prefiero dedicarme al cultivo de las tierras de mi esposa. Si en otras ocasiones los he atendido, ha sido por asuntos banales que cualquier sanador podría aplicar.

—Yo siempre seré sacerdote, aunque abandonase mis hábitos. Tú siempre serás médico, aunque no ejerzas tu profesión. ¡Por favor, ayúdanos!

El genovés quedó pensativo.

—¡Está bien, maldita sea! Te ayudaré. Subiré al corral de los cautivos esta misma mañana.

—¡Gracias! —comentó fray Juan al tiempo que el converso cerraba la puerta de la casa.

3

Hamet había madrugado, pues debía gestionar algunos asuntos que, desde el final de la tarde anterior, le tenían en ascuas. Fue a la cocina y él mismo se preparó algo para comer sin esperar a que Jadicha se levantase. La vieja criada le miró extrañada cuando le sorprendió acabando el desayuno. Comenzó con una retahíla de preguntas, intentando averiguar las prisas de su amo. El médico eludió como pudo la curiosidad de la mujer. Alegó que esa mañana formaba parte del tribunal que en la Madraza debía juzgar los conocimientos de los aspirantes a la obtención del titulo de médico y que, por tal motivo, había madrugado más de lo habitual.

En cuanto pudo zafarse del interrogatorio, abandonó la casa y, por la calle que corría paralela al cauce del río Darro, se dirigió hacia el centro de la medina de la ciudad, en busca de la Alcaicería.

Al llegar a la altura del Puente del *al-Hattabin* o de los Leñadores, por el que se entraba en el arrabal de los Gomeles, dobló hacia su derecha para acceder a la calle del Zacatín y desde allí encaminarse a la Alcaicería. El Zacatín, que se extendía en dirección este-oeste, formaba con la calle Elvira, en dirección norte-sur, los dos ejes longitudinales del centro de la ciudad de Granada. Dicha calle corría paralela a la ribera del río Darro, de la que estaba separada por estrechas callejuelas en donde había tenerías, esparterías, curtidurías y tintorerías. Se alargaba desde la Puerta de la Rambla, la *Bib-Rambla*, hasta el arrabal de *el-Hayyamin*, el barrio de los barberos. Era ésta la calle más comercial de la medina. En ella se habían establecido, desde hacía años, los sastres, zapateros, plateros, lenceros, merceros, calceteros, jubeteros y talabarteros en minúsculos comercios que se sucedían unos a otros a lo largo de la calle. A pesar de lo temprano del día, era intensa la actividad de los comerciantes de la zona, que ya tenían dispuestas sus mercancías para los numerosos clientes que se habían acercado.

Hamet caminó por esa calle y, antes de llegar al ensanche de la Rambla, buscó la Puerta de *al-marqatan*, llamada así por venderse en sus inmediaciones marlotas y almayzares, que era una de las tres entradas que desde el Zacatín permitían acceder a la Alcaicería. La *Al-qaysariyya* era una institución comercial y, a la vez, el conjunto de edificios que la albergaba. De propiedad real, a diferencia de las alhóndigas y de los zocos, que podían ser de propiedad particular, la gobernaba un *alcaide* que residía en el recinto velando por su mantenimiento y vigilancia. El cargo era nombrado directamente por el emir de Granada entre los nobles y ricos de la ciudad.

El lugar que ocupaba se extendía, de este a oeste, desde la plaza de la Rambla hasta la calle de los tintoreros o *Darbal-*

*cata*, y, de norte a sur, entre la Mezquita Mayor y el Zacatín, conformando una pequeña ciudadela en el interior de la medina. Disponía de diez puertas de acceso bien vigiladas durante el día y atravesadas por cadenas sujetas en poyos de piedra para impedir la entrada de caballerías. Por la noche quedaban cerradas con rejas, permaneciendo en su interior una nutrida guardia de celadores acompañados por perros para evitar la presencia de extraños. Su calle principal, la de los Sederos, más ancha que las demás, iba desde la plazuela de la Mezquita Mayor al Zacatín, y fuera ya de la Alcaicería, se prolongaba hasta el Puente Nuevo, el *al-qantara al-yadida*, para llegar a la *Fondac* Nueva o Corral del Carbón, en donde se alojaban los comerciantes foráneos más poderosos e influyentes, que acudían a negociar con la seda del reino granadino. A esta calle principal confluían numerosas callejuelas, estrechas y largas, trazadas a escuadra, configurando un espacio muy distinto al de otros barrios granadinos.

Ocupaban el interior de la Alcaicería más de doscientas tiendas de poco fondo, cerradas sus espaldas por tabiques medianeros sin patio alguno. Casi todas estaban dedicadas al comercio de la seda, aunque también se vendían los mejores paños de lana, algodón, lino y pelo de cabra, sin excluir los comercios dedicados a otras actividades.

Sólo en las alcaicerías de Granada, Málaga y Almería podía comprarse la seda en madejas, marcarlas con el marchamo y pagar los aranceles con los que estaba gravada. Se comerciaba con seda en bruto para exportarla a Italia, Aragón y Castilla, y se mercadeaba con bellos tejidos de colores y dibujos variados. Los campesinos plantaban en las sierras grandes extensiones de morales, criaban gusanos y almacenaban capullos. La seda de mayor calidad procedía de las tierras de Málaga, Comares y Bentomín. La más abundante se producía en las Alpujarras, donde la mayoría de sus habitantes se dedicaban a la industria sedera. En los meses de verano se recibía la mayor parte del producto. Los *gelices* eran los funcionarios que se encargaban de comprobar el peso y la calidad, así como de cobrar el pago de los impuestos de las madejas vendidas en subasta. Otros funcionarios reales, los *hafices*, vigilaban las operaciones de compraventa. Dependiendo de la calidad, la seda se clasificaba en tres tipos: la *mercadante*, la más valiosa, se reservaba para la exportación; la *raerzo*, típica de las sierras de Ronda y Gaucín, era la de menor calidad; y la seda *cardazo*, producida por gusanos alimentados por hojas de moral en lugar de moreras, se destinaba para el comercio interior. En talleres dispersos por todo el reino (los de Jubiles, Nerja y el de la Alhambra tenían fama), la seda era manufacturada y con ella se fabricaban magníficos tejidos decorados con motivos vegetales que luego se vendían por todo el reino granadino. Los más apreciados eran los velos de gasa o *almayzares*, y el *tiraz*. La industria sedera estaba sometida a diferentes impuestos que nutrían las arcas del reino. Se gravaban las hojas de moreras y morales destinadas a la alimentación de los gusanos, los capullos producidos, y hasta los hornos utilizados para el hilado. La seda vendida en la Alcaicería tributaba el diezmo y el tartil. Por la venta posterior se abonaba la alcabala y, si se exportaba fuera del reino, el almojarifazgo.

En el interior de la Alcaicería, Hamet buscó la calle de los *Gelices*, en donde se ubicaban la aduana y las oficinas administrativas. Había previsto localizar a uno de los *alamines*, funcionario de la institución y encargado de la vigilancia de las pesas y medidas, así como de la cobranza diaria de los impuestos con los que estaba gravado el comercio de la seda. El *alamín* y su familia habían sido atendidos en varias ocasiones por Hamet, por lo que el médico esperaba obtener de él la información necesaria para localizar al perfumista que buscaba. Dio con el funcionario en las oficinas de la aduana. Tras los saludos y preguntas de cortesía sobre su salud y la de sus familiares, obtuvo las explicaciones necesarias para localizar al droguero.

Hamet partió hacia la dirección indicada. Callejeando por varias correderas, no tardó en dar con la tienda que buscaba. El hombre se encontraba sentado en el interior de una pequeña dependencia, en cuyas paredes, pintadas de almagre, se elevaban hasta el techo numerosas estanterías ocupadas por frascos de perfumes de todos los tamaños y colores. El negocio disponía de una sola puerta que se abría a la calle. La parte superior, girando en torno al dintel por unos fuertes tornapuntas, y sujetas por unos pescantes de hierro, formaba un guardapolvo inclinado que protegía al comerciante y comprador de los rayos del sol o de la lluvia. La parte inferior de la puerta servía de mostrador mientras la superior permaneciese abierta.

—¿Es tu nombre Arudi y te dedicas a elaborar fragancias? —preguntó Hamet.

—¡Sí y no! —respondió el hombre en tono jocoso y comercial—. Mi nombre, como bien dices, es Arudi, pero mi trabajo no sólo consiste en preparar fragancias o esencias. Recomiendo también el mejor perfume que puede ir en consonancia con una persona. No es igual preparar perfume para un hombre que para una mujer. Es distinto si tu estado de ánimo es alegre o triste, si eres joven o anciano. Su olor y tono variará si tu talante es temperamental o sosegado, emprendedor o apasionado. ¡Ése es mi trabajo! Encontrar el mejor perfume que se adecue a una persona.

Hamet dejó al comerciante hablar. Intuyó que lo había tomado por un nuevo cliente, y el perfumista alababa su trabajo para vender bien su mercancía.

—¿Qué perfume me recomendarías para una mujer?

El hombre le miró pensativo durante unos instantes, en los que pareció estudiar a su nuevo cliente.

—Imagino, por tu edad y por la forma con que me has preguntado, que la mujer no es tu esposa y que has pensando conquistarla con un buen presente. Los jóvenes huyen de los aromas densos y dulzones; prefieren las fragancias de tono cálido y olor asilvestrado. Las personas de tu edad gustan de tonos rojizos apasionados, con ligero matiz ambarino propio de espíritus emprendedores. Aquí tengo uno —continuó mientras se levantaba y cogía un pequeño frasco de una de las estanterías— que puede venirte bien. Está hecho con aceite de sésamo y alazor, y con hojas de yerbaluisa, eneldos y lirios. Es algo caro, pues su precio es de diez dirham, pero creo que la ocasión lo merece.

Hamet dudó entre seguir el juego de la compra-venta y adquirir el perfume, o por el contrario, entrar directamente en las indagaciones por las que había buscado al perfumista. Temió herir la sensibilidad del comerciante, y decidió comprar el producto. Inició un regateo, que, de no haberse producido, habría ofendido al vendedor. Adquirió el perfume recomendado en seis dirham y continuó conversando con Arudi.

—Mi nombre es Hamet y soy médico del Maristán. El verdadero motivo por el que vengo aquí es que necesito información sobre un perfume que elaboras para una mujer que ayer requirió mis servicios como médico. Su nombre es Salima. Se trata de una *jaraiyya*.

—Salima es una buena clienta. Desde hace tiempo utiliza un perfume muy caro y apropiado para su profesión. Pocas mujeres de Granada lo usan, y sólo yo sé prepararlo. ¿Por qué necesitas esa información?

—Padece unas dolencias, y creo —mintió el médico— que pueden estar en relación con el perfume que utiliza.

—¿Dolencias en relación con el perfume? ¡No lo creo! ¿Qué molestias son?

—Lo siento, Arudi, pero el secreto que debo guardar como médico me impide darte más detalles.

—¡Pues yo también lo siento! Pero debo mantener también en secreto el método que utilizo para elaborar mis perfumes.

Hamet sintió una cierta desazón. No había imaginado que el perfumista se negase a darle la información que buscaba. Pero no se achantó. Acostumbrado por su profesión a buscar recursos de todo tipo, decidió arriesgarse.

—Creo que las molestias de Salima pueden estar relacionadas con el perfume que le preparas. No deseo que me reveles el secreto de su elaboración, ni creo que tengas tú la culpa de su indisposición. Sólo te pido que me informes de algunos detalles que me orienten en el tratamiento que la mujer necesita. Puedes informarme por las buenas o aguardar a mi regreso en compañía del *alamín* de la aduana y el *muhtasib* de la Alcaicería, a los que puedo convencer para que te obliguen a darme los datos que necesito. ¡Tú decides!

Hamet se la había jugado. El farol lanzado le parecía excesivo, y pensó que no tenía derecho a hablar así al hombre, pero la amenaza pareció surtir efecto. Arudi se asomó a las dos tiendas aledañas a su negocio y, cuando se cercioró de que no sería escuchado, comentó en voz baja:

—¿Qué quieres saber?

Hamet desconocía qué era lo que tenía que averiguar. No sabía por qué las ropas del fallecido Shirhane *el oriental* olían igual que el perfume de la *jaraiyya*, y no sabía por dónde empezar.

—¿Qué tiene de especial el perfume? —aventuró.

—Es un perfume muy elaborado y, por tanto, muy costoso. Me lo enseñó a preparar mi difunto padre, que se atrevió a denominarlo *Perfume del paraíso*. Las flores y semillas que lo componen se envuelven en una tela porosa para ser primero exprimidas y, posteriormente, maceradas en agua caliente que no debe hervir. Utilizo diferentes flores aromáticas como aspalato, lirio, cardamomo y espliego. De la maceración obtengo un líquido especial, al que le doy forma con pequeñas cantidades de aceite de moringa, almendra, alazor y oliva verde. Lleva, además, una pequeña cantidad de incienso etíope, que le da el color que deseo. Es una fragancia ideal para enamorar a los hombres. Cuando se usa, desprende al principio un olor amaderado que se desvanece en poco tiempo, pero que se sigue de un aroma chispeante y ligero que puede mantenerse durante uno o dos días.

—Y el olor a pera limonada que mantiene, ¿a qué se debe?

—Se lo da la esencia de bergamota que tengo que utilizar para dar al perfume forma, consistencia y estabilidad.

—¿Esencia de bergamota?

—Así es. Es la parte más delicada de la preparación. El bergamoto es un árbol originario de Persia, aunque la fruta de la que me abastezco procede de Italia y Marruecos, en donde también se cultiva. Su fruto, la bergamota, de aspecto incoloro con ciertos tonos verdosos, es muy aromático, con fragancia dulce y frutal, mezcla de pera y limón. Preciso una gran cantidad de frutas, unas diez arrobas, para conseguir una libra de aceite, que obtengo por presión. El manejo del aceite es muy delicado, pues no puede ser expuesto a la luz del sol. Debo esperar varios días hasta que sus propiedades urentes desaparezcan por sí solas con el paso del tiempo. Pero merece la pena, porque, añadido en pequeñas cantidades al perfume, confiere esa fragancia fresca y dulzona que agrada a las mujeres, las refresca, relaja y eleva su ánimo.

Hamet escuchaba atónito las explicaciones del perfumista.

—¿Dices que es urente?

—En efecto. Abrasa la piel al exponerlo a la luz. En más de una ocasión me he quemado los dedos al utilizarlo. Tengo que manejarlo por la noche, con la escasa luz que brinda una vela, alejada a una cierta distancia.

—¿Y si empapas una tela con la esencia, sigue siendo abrasivo?

—Lo es durante varias horas. Pero la tela no sufre ningún daño. Queda indemne. Debes tener cuidado al tocar el tejido, pues, expuesto al sol, te quemará las manos.

—¿Sabes si la bergamota tiene otros usos?

—¡Pues, la verdad, no lo sé! Tengo entendido que en Persia el fruto maduro lo emplean para comer, pero aquí no se da esa costumbre. La esencia, que yo sepa, sólo se utiliza en perfumería. En Málaga, donde arriban los barcos que la traen de Marruecos e Italia, hay algunos perfumistas que la usan en la preparación de sus productos, pero estoy convencido de que soy el único que la maneja en Granada.

—Has comentado que muy pocas mujeres te encargan el perfume.

—Así es. Una de las criadas de la corte adquiere todos los meses uno o dos frascos para su señora. También, y desde hace algún tiempo, la esposa de uno de tus colegas, un médico de la Alhambra, se ha aficionado a él. Lo que no sé es cómo voy a servir a mis clientes en los próximos meses, pues me han informado que, antes de arribar a puerto, los dos últimos barcos que han llegado a Málaga ya tenían vendida toda la carga de bergamotas que transportaban. No he podido comprar la fruta que necesito para elaborar el *Perfume del paraíso*.

4

Hamet atravesó el arco de herradura de mármol blanco, decorado con ricos grabados e inscripciones coránicas, que servía de entrada a la Madraza.

La escuela de estudios superiores del reino había sido fundada por el emir Abul Hachaf hacía unos cincuenta años, aunque la iniciativa de la construcción fue del primer ministro Ridwan. Curioso personaje Ridwan, pensó Hamet. De origen cristiano, nació en las tierras de Calatrava. Apresado en su infancia, fue llevado como cautivo a Granada, donde recibió formación musulmana mientras trabajaba de paje en la corte de la Alhambra. Su intelecto despierto, su buena disposición y otras cualidades le permitieron adquirir una esmerada educación que le permitió ingresar en la secretaría de la corte. Llegó a ser ministro de tres sultanes granadinos: Muhammad Faray, Abul Hachaf y Muhammad *el quinto*, contribuyendo de manera activa en el esplendor que el reino nazarita había alcanzado en los últimos cien años. Él fue el artífice y promotor de la fundación de la Madraza, en donde se impartían materias de carácter jurídico-religioso, así como de derecho islámico, jurisprudencia y teología. También se estudiaba medicina, cálculo, álgebra, geometría, mecánica y astronomía.

Hamet había estudiado medicina en la Madraza. Allí adquirió gran parte de los conocimientos relacionados con su profesión, que completó con la práctica en el hospital. Madraza y Maristán, teoría y práctica. Buen binomio para aprender medicina.

Esa mañana Hamet formaría parte del tribunal que debía juzgar y conceder la licencia o *ichazza* para ejercer como médico a uno de los estudiantes. Éste sería examinado por cinco médicos, uno de los cuales podía ser elegido por el candidato. Hamet había sido tutor del estudiante en el Maristán, que lo había elegido como *valedor* ante el tribunal. El presidente del mismo sería Omar, antiguo maestro de Hamet y, en ese momento, del aspirante. Omar veía con muy buenos ojos la elección de su antiguo discípulo como valedor del actual.

Después de la conversación que mantuvo con el perfumista de la Alcaicería, Hamet pensó acudir a la biblioteca de la Madraza antes de que se iniciase el examen. Quería consultar algunos tratados de botánica y obtener más información sobre la bergamota. Por prudencia, no siguió interrogando a Arudi para completar la teoría que se estaba fraguando entre sus ideas, y decidió continuar su investigación averiguando en algunos documentos que, sobre plantas y frutos, estaba seguro de hallar en la biblioteca. Pero se dio cuenta de que el tiempo se le había echado encima y que la consulta a las estanterías tendría que dejarla para después del examen.

Se dirigió al aula en la que estaba convocado y allí saludó a los otros miembros del tribunal examinador. Recibió un fuerte abrazo de su antiguo maestro. Luego los examinadores se acomodaron en el lugar que tenían reservado. Con la solemnidad que el acto requería, se hizo pasar al estudiante. Algunos amigos y familiares suyos, así como varios alumnos de la Madraza, se distribuyeron por la estancia para seguir las incidencias del ejercicio, que tenía carácter público.

Era la primera vez que el joven se enfrentaba al examen final, y era probable que fuese rechazada su solicitud de ingreso en el estamento médico. Se le notaba inexperto y algo inquieto. Hamet, con un gesto de sus manos, intentó infundirle tranquilidad y ánimo. Omar leyó las normas que el reino granadino tenía establecidas para la obtención de la *ichazza* de médico y dio por iniciado el examen. Una tras otra, fueron surgiendo cuestiones a las que el estudiante comenzó a responder con voz trémula y cierto temor. Pero el joven fue adquiriendo confianza y pasó a contestar con tono seguro y natural. Su saber carecía de la pedantería que otros examinados mostraban para impresionar al tribunal. Algo sudoroso, respondió acertadamente a las preguntas que se le hicieron sobre las ciento catorce *suras* del Corán y a las cuestiones filosóficas recogidas en el *Organon* de Aristóteles y en la *Guía de perplejos* de Maimónides. Demostró sus conocimientos astronómicos reflejados en el *Almagesto* de Ptolomeo y respondió con claridad a las preguntas sobre lógica y matemáticas. Supo responder a cuanto se le preguntó sobre la descripción de las *Epidemias* realizada por Hipócrates y justificó haber estudiado los cincuenta escritos que formaban el *Corpus Hipoccraticum*. Sus buenos conocimientos sobre la *Materia médica* de Dioscórides de Anabarza le permitieron contestar con acierto a las preguntas que sobre medicamentos y plantas se le formularon. Explicó bien los conocimientos enseñados por El-Razi sobre las características organolépticas de la orina en diferentes enfermedades, y con verdadera maestría respondió al interrogatorio sobre la exploración del pulso. Sus amplios conocimientos acerca del *Kitab-al-qanun*, el *Canon* de Avicena, le permitieron disertar sobre los cinco volúmenes que conformaban esta obra escrita por el sabio Ibn Sina, en Persia, hacía ya trescientos años. Fue magistral cuando expuso el tratamiento de las fracturas óseas, las amputaciones y las ligaduras de arterias, acreditando un amplio conocimiento de la cirugía descrita en el *Tesrif* por el cordobés Abulcasis.

Durante dos horas permaneció el joven candidato dando respuestas siempre acertadas a preguntas que no parecían acabar nunca. Pasado ese tiempo, Omar dio por finalizado el primer ejercicio del examen, el teórico, y concedió un descanso.

La segunda parte de la prueba sería más dinámica. El presidente del tribunal elegía un caso clínico que era propuesto al aspirante. Éste debería llegar, tras el interrogatorio y el examen del paciente, al diagnóstico de la enfermedad y a proponer un tratamiento. Una vez que hubo finalizado el descanso, cuando la sala estuvo de nuevo ocupada por el tribunal, el estudiante y el público asistente, Omar dio orden para que entrase el enfermo seleccionado.

Un hombre de edad aún joven, de mal aspecto y con dificultad para andar, penetró en la estancia ayudado por uno de los criados. Con las manos unidas bajo el vientre parecía querer sujetar su abdomen. Se sentó con dificultad en los almohadones que, para tal efecto, estaban preparados. El estudiante, al igual en el inicio del examen teórico, parecía nervioso. Se acercó al hombre y, tras indagar su edad, nombre, domicilio y oficio, le preguntó:

—¿Qué es lo que te pasa y desde cuando?

—Hace cinco días sentí un fuerte dolor en el lado derecho de la espalda que me impidió trabajar. En menos de un día se alivió, pero desde ayer no puedo orinar. Me duele intensamente el bajo vientre, y parece que mi barriga va a estallar.

—¿Ese dolor de hace unos días, era continuo, o aumentaba y disminuía? ¿Quedaba fijo en tu espalda o se extendía hacia otra parte de tu cuerpo? ¿Se acompañaba de alguna otra molestia?

—El dolor aparecía, duraba un momento y disminuía sin llegar a desaparecer. Se desplazaba hacia mis partes íntimas y, cuando tenía ganas de orinar, la micción quemaba mi pene y apenas lograba expulsar unas gotas. Mi cuerpo se movía desesperadamente, y estuve todo el día intranquilo.

No podía permanecer tumbado en mi estera, pues el dolor me lo impedía; me agitaba constantemente buscando un alivio que no llegaba. Las náuseas ascendieron hasta mi boca, y vomité lo que había desayunado y creo que parte de la cena de la noche anterior. Al cabo de varias horas, y sin hacer nada, el dolor, que desde la espalda se había localizado en mi flanco derecho, desapareció como por arte de magia. Estuve bien un par de días, y pude trabajar de nuevo. Pero ayer volví a sentir dolor en mis partes, aunque ya no me dolía la espalda. Tuve unas ganas enormes de orinar y, por más que lo intentaba y apretaba con todas mis fuerzas, sólo lograba expulsar unas gotas de orina que me producían escozor. No he dormido en toda la noche, porque el dolor, que ahora no se atenúa como hace cinco días, no me lo ha permitido. He acudido esta mañana al domicilio de Omar en busca de ayuda y le he relatado lo mismo que a ti. Me ha indicado que no me preocupase, que viniese con él a la Madraza, y me ha asegurado que aquí se aliviarían mis dolores.

El estudiante, más tranquilo y con aspecto de saber qué es lo que debía hacer, procedió a explorar el pulso del enfermo en su muñeca y en el cuello. Lo encontró acelerado, tal y como suponía, e indicó al enfermo que se tumbase en la esterilla que se encontraba a su lado y que arremangase sus ropas para explorar el abdomen. El paciente no se quejó mientras le exploró la parte superior de su vientre, pero lanzó un grito de dolor cuando el estudiante palpó su hipogastrio.

Con rostro tranquilo, el joven aspirante se volvió hacia el tribunal, y con tono seguro manifestó:

—Este hombre presenta una retención urinaria. Encuentro en su bajo vientre una masa que corresponde a su vejiga repleta de orina por no poder evacuar. Si fuese de más edad, consideraría que lo que llamamos la *glándula anterior*, en donde se encuentra la fuerza de su virilidad, ha aumentado de tamaño con el paso del tiempo y ha estrechado el conducto evacuante de orina. Pero, por su edad, así como por el dolor que presentó hace unos días, pienso que es un cálculo producido en el riñón, que ha descendido hasta la vejiga; al querer ser expulsado de forma natural con la micción, ha obstruido la uretra impidiéndole, en consecuencia, evacuar la vejiga. Su pulso es acelerado por tal motivo. Si dispusiera de alguna muestra de su orina, ésta sería seguramente hemática y espesa.

Acabada su justificación diagnóstica, esperó el consentimiento del tribunal. Omar asintió con la cabeza manifestando estar de acuerdo con las conclusiones a que el joven había llegado.

—¿Cuál consideras que debe ser su tratamiento?

—Si el paciente me autoriza, y el tribunal también, procederé a extraer el cálculo con un perforador. Antes debo administrarle un electuario de adormidera para atenuar el dolor que, sin duda alguna, le ocasionaré.

Omar le entregó entonces un frasco que tenía preparado con adormidera y beleño. El estudiante sacó de su zurrón un pequeño perforador de hierro, de extremo puntiagudo, sostenido en un mango de madera. Aplicó al paciente unas gotas de la adormidera con el fin de amortiguarle el dolor, le levantó la verga y la anudó con una pequeña correa. Apretó el glande con sus dedos pulgar e índice izquierdos para abrir el meato urinario. Introdujo con cuidado el perforador en la uretra hasta que notó una resistencia. Giró con suavidad varias veces el instrumento a derecha e izquierda, mientras vigilaba el rostro del enfermo para asegurarse de que no le producía dolor. Cuando comprobó que la resistencia había desaparecido, retiró lentamente el perforador. Por el meato urinario salieron unas gotas de orina manchadas de sangre. El estudiante desabrochó muy despacio la correa que anudaba el pene del enfermo. La orina manó con un chorro regular y poderoso, y en la cara del paciente se reflejó un gran alivio, denotando la desaparición del dolor.

En el preciso momento en que el hombre vaciaba su vejiga, uno de los criados de la Madraza entró apresuradamente en la sala y se acercó a Omar, susurrándole algo al oído. Cuando el presidente del tribunal se dirigió a todos los presentes, en su rostro se reflejaba preocupación.

—Graves sucesos obligan a finalizar este examen. Creo que es opinión unánime de este tribunal —Omar miró a todos los miembros y recibió su asentimiento; después desvió la vista al examinado— que debemos felicitarte por el examen que has realizado. Antes de concederte el título de *tabib* nos gustaría que recordases siempre que la medicina no es un oficio ni una ocupación. Es el arte que más nos aproxima a Dios. Si eres hábil, las mujeres podrán traer más vida a este mundo, retrasarás el fallecimiento del anciano y los hombres podrán vivir su juventud perdida con un gozo que nadie pueda imaginar.

—Lo recordaré y tendré presente, *hakim*.

—Antes de concederte la *ichazza*, jura en nombre del Ser Supremo permanecer fiel a las leyes del honor y de la probidad en el ejercicio de la medicina. Jura que procurarás tus cuidados gratuitamente al indigente y que nunca exigirás un salario superior al de tu trabajo. Jura que, admitido en el interior de las casas, tus ojos no verán lo que en ellas ocurre, tu lengua callará los secretos que te hayan confiado y tus conocimientos no servirán para corromper las costumbres ni favorecer el crimen.

—¡Lo juro!

—Respetuoso y agradecido a tus maestros, devolverás a sus hijos la instrucción que has recibido de los padres. ¡Júralo!

—¡Lo juro!

—Que los hombres te concedan su estima si eres fiel a tus promesas, y que seas cubierto de oprobio y despreciado si faltas a éstas. Te concedemos la *ichazza* que te permite ejercer la medicina. Te acogemos como nuevo miembro en el estamento de nuestra profesión y estamos seguros de que serás un buen médico.

—¡Gracias, maestro!

—Debo comunicar a todos los presentes —continuó Omar dirigiéndose al público asistente—, pues así se me ha indicado ahora mismo, que el rey de Granada ha muerto. El *hayib* del gobierno ordena que, en señal de luto, se cierren todos los edificios públicos de la ciudad para lo que resta de día. Debemos abandonar estas dependencias a la mayor brevedad.

El público empezó a desalojar la sala. Mientras iban felicitando al nuevo médico y comentaban la noticia de la muerte del rey, Hamet se acercó a su antiguo profesor.

—Maestro, tu alumno ha realizado un examen brillante. ¡Enhorabuena!

—Durante un tiempo, también fue tu discípulo. ¡Y bien que ha sabido aprovechar tus enseñanzas en el hospital! Parte de su formación es también mérito tuyo. Sé de tu buen hacer profesional. Los alumnos de la Madraza que practican en el Maristán te admiran. Se comenta por aquí el buen resultado que obtienes en tus enfermos, lo que causa la envidia de más de uno de los profesores, incapaces de hacerse querer por muchos de sus pupilos.

—Sabes, maestro, que no es mi deseo despertar envidia ni recelo. Sólo pretendo ejercer mi trabajo de la mejor forma que sé.

—Afortunadamente para muchos de los envidiosos de esta ciudad, no ejerces la medicina privada. Si la ejercieras, habrías restado clientela a muchos de los profesores que tienen abierta consulta con la que obtienen pingües beneficios económicos y adquieren fama atendiendo problemas banales. Quizás sea mejor para ti, pues más de uno te vería como enemigo, y la envidia que sienten aún sería mayor.

—Omar, me gustaría consultarte algunos detalles sobre un paciente que estoy atendiendo y para el que creo que necesito de tu sabiduría. Había pensado acudir después de este examen a la biblioteca de la escuela, pero las circunstancias actuales lo impiden. Es posible que puedas aclararme algo de mis dudas. ¿Qué puedes decirme sobre la bergamota?

Omar se mantuvo pensativo durante unos segundos y respondió de forma franca.

—Muy poco. Sé que es una fruta y poco más.

—¿Has leído algo o tienes conocimiento de si puede usarse en medicina o si de ella se puede obtener algún veneno?

—¡Pues no lo sé! Pero me parece que no. De todas formas, en la biblioteca de la Madraza existen algunos ejemplares de botánica que puedes consultar. Quizás te ayuden. ¿Cuál es el caso de tu paciente?

Hamet dudó en explicar la asistencia que, dos noches antes, había realizado al moribundo rey granadino. No obstante, lo hizo, aunque ocultando detalles para que Omar no identificase al enfermo. Relató el posterior descubrimiento del cadáver de Shirhane con las mismas lesiones. Sin entrar en pormenores, describió el olor que las ropas del demente presentaban y las indagaciones que había realizado esa misma mañana en la Alcaicería con el perfumista. Omar lo escuchaba interesándose por el relato de Hamet. Cuando éste concluyó, sentenció:

—Ahora no hay tiempo. La Madraza permanecerá cerrada al público durante lo que resta de día. Puedo quedarme en su interior, dado que tengo asuntos académicos que resolver. Me has intrigado con tu relato, por lo que puedo realizar la consulta por ti, y podemos vernos al final de la tarde en los baños del Nogal, donde te informaré de lo que haya podido averiguar. ¿Te parece?

Los dos hombres habían llegado a la salida de la escuela, y antes de despedirse, Hamet agradeció el interés de su antiguo maestro.

## 5

Las calles de la ciudad, a pesar de ser mediodía, aparecían prácticamente desiertas. La noticia del fallecimiento del rey había circulado de boca en boca, y en poco tiempo llegó a todos los barrios y arrabales de la capital del reino. La nueva se acompañó del comentario de que la muerte no había sido natural. En pocos instantes se extendió el rumor de un regicidio, y la gente sintió miedo. La alarma se hizo general. A ello contribuyó la orden del cierre de todos los edificios públicos de la ciudad dada por el *hayib* del gobierno. Se cerraron la Madraza, la Alcaicería y la Fondac Nueva. Los alumnos de las escuelas de las mezquitas fueron remitidos a sus domicilios. Varios destacamentos militares tomaron posiciones en los puntos estratégicos y neurálgicos. Los accesos a la Colina de la Alhambra estaban controlados por centinelas bien armados. Las principales puertas exteriores de la ciudad, como la de Guadix, Elvira, la de la Rambla, Bibataubín y Monaita aparecían fuertemente custodiadas. La *shurta* se hizo cargo de la vigilancia en los mercados y zocos de los barrios. Los comerciantes del principal mercado de la medina, el situado en los alrededores de la Mezquita Mayor, decidieron desmantelar sus puestos ambulantes, retirar sus mercancías y regresar a sus domicilios. La llegada de los comerciantes del centro a sus arrabales determinó que muchos vendedores de los zocos y mercados más pequeños decidiesen imitarlos. De esta manera, disminuyó la actividad de las calles, y la gente fue encerrándose en sus casas, buscando seguridad.

Aunque el largo reinado de Muhammad V había hecho olvidar anteriores sucesos similares, los más longevos aún recordaban lo ocurrido tras el apuñalamiento de Abul Hachaf y la degollación de Ismail II, anteriores reyes de Granada. La muerte del rey Abu Said *el Bermejo* no había causado pánico por haber ocurrido en Sevilla, fuera del reino y a manos del rey castellano Pedro *el Cruel*. Pero el de sus dos antecesores provocó el miedo entre los ciudadanos, originando desmanes de todo tipo por la ciudad.

La noticia del asesinato del rey fue tomando cuerpo, aunque nadie sabía a ciencia cierta cómo se había producido. El *hayib* del reino, tras comprobar que la orden de cierre de los edificios públicos había sido un error, ya que contribuía a acrecentar el miedo de la ciudadanía, intentó paliar la situación mandando pregoneros por las principales calles recomendando tranquilidad.

La gente no se confió y, a medio día, las calles seguían desiertas.

Dos horas después, otro grupo de voceros recorrió la ciudad avisando que los funerales del rey se celebrarían esa misma tarde. Habría también una manifestación de duelo en la explanada de la *xarea*. Este segundo intento por parte de las autoridades consiguió infundir la calma. En efecto, poco después del mediodía, al no producirse noticias preocupantes, algunos curiosos comenzaron a salir de sus domicilios. Ocuparon de nuevo las calles y se dirigieron hacia lo más alto de la Colina del Albaicín con el deseo de conocer detalles sobre la muerte del rey Yusuf. Allí se celebrarían los actos mortuorios.

La *xarea* del Albaicín, situada al norte de la Alcazaba Cadima, la zona más antigua de la ciudad, y también la más elevada, era una amplia explanada que se utilizaba como oratorio o *musalla* al aire libre. La Mezquita Mayor, con capacidad para acoger a muchos de fieles, resultaba insuficiente para albergar grandes concentraciones. Era necesario un sitio llano, en campo abierto, libre, amplio y despejado que permitiese la celebración de reuniones multitudinarias. El lugar disponía de un muro en el que se había excavado el nicho del *mihrab* para indicar la dirección de oriente, a la que los fieles dirigían sus plegarias. En las dos fechas más importantes del calendario musulmán, el primer día de cada una de las dos pascuas, es decir, el *aid al fitr*, el primer día del mes de sawwal o día de la ruptura del ayuno del mes de ramadán, y el décimo día del mes de dulcada, el *aid al adha* o fiesta del cordero o del sacrificio, el pueblo de Granada, ataviado con sus mejores galas, se congregaba en ese lugar, antes de la salida del sol, para realizar la oración en común, *la salat*. El día de la ruptura se desayunaba allí, dando por finalizado el mes de ayuno musulmán. El día de la fiesta del cordero los varones, orando en común, iniciaban en ese sitio la festividad. Después marchaban a sus casas para sacrificar un cordero en memoria del profeta Abraham.

Una tercera fiesta canónica se había sumado últimamente al calendario musulmán: el *mawlid*, la conmemoración del nacimiento del Profeta, fijada por tradición en la noche del duodécimo día del mes de *rabí*. Si bien en Granada se celebraba desde hacía unos cincuenta años, esta festividad se instituyó doscientos años atrás, quizás para contrarrestar la celebración cristiana de la navidad. Para muchos ortodoxos, reticentes a admitir un culto personal, el *mawlid* era considerado una innovación con la que no estaban de acuerdo. Por ello, su celebración se producía en la intimidad familiar, y no había congregación en la *xarea*.

Además de las reuniones ordinarias de las dos festividades, o la extraordinaria de esta ocasión, la *musalla* del Albaicín era también utilizada para realizar las *istisqa*, las rogativas pidiendo lluvia en épocas de sequía. Cuando las sementeras se agostaban bajo un sol implacable y un cielo sin nubes que trajera lluvia, los labradores y muchos de los habitantes de la ciudad se reunían allí ante el temor de una hambruna que diezmase la ciudad. La sequía era considerada como un castigo divino por los pecados humanos, por lo que era necesario arrepentirse, pedir perdón y prometer enmienda. Se pretendía así aplacar la cólera divina y obtener el riego de los campos con el fin de que granaran las espigas.

Impresionaba contemplar en esas asambleas las invocaciones y genuflexiones realizadas al unísono por el gentío congregado.

A media tarde, momento en que darían inicio los funerales regios, el lugar aparecía repleto de personas, llegadas por la *Alhacaba* y por la cuesta del camino de Guadix. Habían perdido el miedo sentido por la mañana, aunque en la mayoría de ellas se reflejaba más curiosidad que respeto. Yusuf siempre fue considerado un déspota. De ahí que el pueblo acudiera ahora más en busca de información sobre los rumores de un regicidio que en señal de duelo por la muerte del monarca. Hacía escasamente seis días que se había celebrado la fiesta del cordero, y para conmemorarla, se congregaron allí miles de personas. Los granadinos se reunían de nuevo en la *xarea*, pero en esta ocasión, como manifestación de duelo.

Sobre una extensa tarima elevada se dispuso un túmulo en el que quedaría expuesto el cadáver del rey. El catafalco, situado en el centro de dicha plataforma, había sido adornado con lujosas telas blancas en señal de luto. Al son de timbales y chirimías, los restos de Yusuf fueron trasladados en unas parihuelas desde la mezquita cercana, la *jima xarea,* donde se había depositado el cadáver esa misma mañana apenas se anunció su fallecimiento.

El cortejo lo iniciaban Nubahi, el segundo hijo del difunto, y Saad, el imán de la Mezquita Mayor. Les seguía Alwa, su viuda, y más atrás, Fátima, la hija mayor del rey, que caminaba apesadumbrada del brazo de Zuhair, el *hayib* del reino. Fátima iba ataviada con un *yasmak* de algodón de dos piezas, una que le ocultaba la cara, excepto los ojos, y la otra que tapaba la cabeza y que, cubriendo los hombros, llegaba a media espalda. La viuda escondía su rostro con un simple *shawdar* de muselina fría, poco tupida y de color celeste, llevando su pelo alheñado suelto sobre los hombros. Ambas mujeres vestían un *ferayé* de color blanco, larga túnica de mangas rectas, que llegaba a los tobillos. Varios mandatarios del gobierno de la ciudad, ataviados con el *tiraz*, la toga de seda que los distinguía como funcionarios reales, seguían a Fátima y a Zuhair. Tras el gobierno podían verse a algunos miembros de la familia real nazarí, familiares del difunto. Numerosos servidores llevaban en equilibrio, sobre sus cabezas, grandes bandejas con las ofrendas fúnebres que, por la salvación del difunto, se distribuirían entre los indigentes. Cuatro soldados a cada lado custodiaban las parihuelas, formando una guardia de honores. Detrás del cadáver del rey, pero a cierta distancia para mantener la tradición de no caminar tras las andas que trasladan los restos de un creyente, una *banderola*, compañía del ejército granadino, formada por cuarenta hombres, cerraba el cortejo fúnebre.

El cadáver había sido purificado por los lavanderos, que bañaron el cuerpo del monarca tres veces, taparon todas sus aberturas y lo amortajaron, como manda la tradición, con tres telas de algodón blanco puro, sin que ninguna de ellas fuese camisa larga o turbante.

Una vez que fueron colocadas las angarillas sobre el túmulo, Nubahi, Alwa y Fátima ocuparon los sitios de honor. Tras ellos se acomodaron el *hayib* y los mandatarios del gobierno presentes. En un pequeño espacio, entre la tarima y el resto de público asistente, se había reservado un lugar destinado a los *ulemas*, los imanes de las principales mezquitas, y los *tuyyar*, los principales comerciantes del reino.

Entre el público hubo comentarios de todo tipo. Algunos alabaron la riqueza de los atuendos lucidos por la familia real. Otros hicieron notar el aspecto cansado de Fátima, cuyo rostro agotado se adivinaba a través de su *yasmak*. La mayoría se extrañó de la ausencia de Abdul, el primogénito del rey, que era quien debía presidir el funeral en lugar de Nubahi, pero los comentarios no pasaron a más.

Cuando cesó el sonido de los tambores y trompetas, se escucharon los gritos desgarrados de las numerosas plañideras que ocupaban un lugar cercano al catafalco y que habían sido contratadas para llorar la muerte del monarca. Desde el minarete de la *jima xarea* se oyó la voz del almuédano llamando a la oración. Entonces se extendió por la explanada un silencio sobrecogedor. Saad, el imán de la Mezquita Mayor, se adelantó sobre la tarima elevada y proclamó:

—¡Salvación a todos! ¡Misericordia divina! A los que obrasen mal por ignorancia y después se arrepientan, Allah les perdonará en su gran misericordia. A Allah pertenecemos y a Él regresamos.

Todos los allí congregados rezaron juntos y se postraron en el suelo.

—¡Implorad el perdón de nuestro Señor, pues está siempre dispuesto a concederlo! ¡Oh Allah!, perdónale y ten misericordia de él, y reúnelo contigo en la compañía más elevada.

Los fieles volvieron a postrarse.

—¡Oh Allah!, él es tu siervo, hijo de tu siervo y de tu sierva. Daba testimonio a diario de que no hay más Dios que Allah y de que Mahoma es tu mensajero. ¡Oh Allah!, si obró bien, auméntale su buena acción, y si actuó erróneamente, no tengas en cuenta sus acciones equivocadas. Dale protección contra el castigo de la tumba.

Y por tercera vez, los fieles rezaron.

Terminada la oración, una parada militar dio honores al difunto. Una *bandera*, unos cinco mil soldados al mando de un *amir*, general del ejército, desfiló ante el cadáver del rey. Primero lo hizo un *estandarte* de caballería de *cenetes*, formado por unos doscientos mercenarios africanos de las tribus de meriníes, ziyaníes y tiganiya, que servían en el ejército granadino. Marcharon ataviados con sus uniformes de gala, armados *a la guisa* con casco sin dorar, armadura completa, lanzas largas y escudos colgados en las sillas de montar, que disponían de largos fustes traseros. Los acompañaban sus correspondientes escuderos, que sujetaban de sus riendas una segunda montura de repuesto para cada caballero. A continuación, desfiló una *pequeña bandera*, unos mil hombres del ejército de caballería regular al mando de su *caíd*, y ataviados *a la jineta*, con cascos dorados, corazas cortas, escudos de piel, venablos y espadas, cabalgando sobre sillas árabes y luciendo sus caballos lujosos paramentos. Tras la caballería, *dos pequeñas banderas* de infantes, que mar-

charon con uniformes de campaña, armados con dardos, aza-
gayas y ballestas y que colgaban sobre sus espaldas precio-
sas adargas labradas con ataujías de oro y plata. El desfile
militar finalizó con dos banderolas de músicos militares que
hacían sonar añafiles y trompetas la primera, y atabales y
timbales la segunda.

Al acabar el desfile, el pueblo aguardó respetuosamente a
que se iniciase de nuevo el cortejo que conduciría los restos
de Yusuf hasta la *Rawda* de la Alhambra, el cementerio real,
para ser enterrados sin ataúd alguno, tendido sobre el flanco derecho y orientado hacia La Meca.

## 6

A diferencia de los demás organismos públicos, el Maristán
no había cerrado sus puertas por la muerte del rey. La labor
asistencial que ejercía no permitía interrumpir la atención a
los enfermos ingresados. Sin embargo, quedaron suspendi-
das las consultas externas, lo que permitió a Hamet acudir a
la biblioteca del hospital para documentarse sobre la bergamota.

La consulta de libros era una de sus ocupaciones favoritas.
Comenzó a buscar entre las estanterías repletas, que desde el
suelo subían hasta el techo, en el habitáculo situado en el piso
superior del Maristán y orientado hacia el sur para aprovechar mejor las horas de luz natural. Consideraba que cada
uno de esos libros tenía un alma, mezcla del espíritu del au-
tor, del traductor y de los copistas que permitían su difusión.
Hamet opinaba que cada vez que alguien leía un libro, su áni-

ma se enriquecía con la de los que habían permitido su creación.

Tenía la impresión de que la fruta que Arudi, el perfumista, utilizaba en la preparación de la esencia conocida como *Perfume del paraíso*, jugaba un importante papel en la muerte de Shirhane, y seguramente también en la de Yusuf. El olor de las ropas del vagabundo, el hecho de que su esencia fuese abrasiva y las lesiones cutáneas que ambos cuerpos presentaban, parecidas a las quemaduras, así parecían indicarlo.

Pero la búsqueda de información en los anaqueles de la biblioteca del hospital resultó inútil. Los libros que, uno tras otro, fue ojeando no le despejaron las dudas. Su primera intención fue consultar la *Materia médica* de Dioscórides, libro escrito por el médico de Anabarza. En los cinco voluminosos tomos de este tratado estaban recopiladas, con detalles, las propiedades, usos y peligros de más de una treintena de medicamentos de origen animal, un centenar de origen mineral y casi mil remedios vegetales. Pero no pudo consultarlo. No encontró ninguno de los cinco tomos de la obra. El lugar que debía ocupar en los estantes estaba vacío. Intentó localizar al archivero del Maristán para que le informase sobre su paradero, pero le dijeron que el funcionario se había marchado a los funerales del rey y que, con toda seguridad, ya no regresaría hasta el día siguiente.

Hamet se contentó con consultar el *Libro de los simples* de Galeno y *Sobre los medicamentos de los árboles* del cordobés Jalid ben Ruman. Echó un vistazo, asimismo, al quinto tomo del *Canon* de Avicena, dedicado a los medicamentos, pero en ninguno halló referencias a la bergamota.

Tampoco las encontró en el *Sarh Asma al Uqqa*, el libro de terapéutica escrito por Maimónides, ni en el *Kalam alá lagdiya* del almeriense Abu Bakr al-Arbuli. Por último lo intentó, aunque con escaso ánimo, en el *Kitab al istiqsa*, dedicado al tratamiento de heridas y tumores cutáneos de Al-Safra. Hamet recordaba que en este libro estaban descritas numerosas pomadas y ungüentos, aunque comprobó que existían pocos detalles sobre las plantas y frutas utilizadas en su preparación.

La búsqueda infructuosa no le desanimó. Pensó que, quizás, Omar tendría más suerte en la biblioteca de la Madraza. Estaba seguro de que la bergamota no tenía aplicaciones medicinales, motivo por lo que supuso que los libros del hospital no le habían brindado información sobre ella. En la biblioteca de la universidad granadina, además de libros de medicina, abundaban los tratados de botánica, y quizás, fuese más fácil encontrar en ellos la información.

Cercana la hora de su cita con Omar, se dirigió hacia los baños del Nogal, lugar de reunión previsto con su antiguo maestro.

Los baños del Nogal, *el haman al-Yawza*, pertenecían a la Mezquita de *al-Taibin* o de los conversos, a cuyo mantenimiento contribuía con su recaudación. Conocidos como *el bañuelo* por su reducido tamaño en relación a los restantes baños públicos de la ciudad, estaban muy próximos al Maristán, y situados junto a la Puerta de los Tableros o *Bib al difaf*, que permitía el acceso a la Colina de la Alhambra desde el Albaicín. Al igual que los demás baños públicos, no sólo eran utilizados para cumplir el precepto de la ablución antes de la oración, sino que tenían una importante función social, pues en ellos se reunían amigos y vecinos. Además de realizar el *alguado* o limpieza del cuerpo, se disfrutaba allí del placer corporal de la alternancia entre calor y frío, podía recibirse un masaje, o cuidar la piel con aplicaciones de aceites. Para mantener el decoro, los baños eran utilizados durante la mañana por las mujeres y por la tarde se reservaba a los hombres.

Hamet accedió al vestuario, donde dejó colgadas sus ropas. Uno de los mozos del baño, un *tayyab*, le ofertó toallas y unos zuecos de gruesa suela para protegerle los pies si entraba en la sala caliente. El suelo de esta sala, hueco y elevado sobre pilares de ladrillo, se calentaba por debajo directamente desde el horno del baño. Hamet rechazó recibir un masaje que le propuso uno de los *hakkak*, y tras comprobar que Omar no había llegado, decidió esperarlo en la sala templada. Con un movimiento de cabeza y una sonrisa algo forzada, rehusó los servicios de un efebo que, desnudo y dejándose seducir, se paseaba por el baño. La homosexualidad, prohibida por el Corán por deshonesta, estaba consentida por la sociedad granadina. Los baños era el mejor lugar para encontrarla.

El médico se sentó en uno de los bancos de la sala templada y apoyó su cabeza en la pared recubierta de estuco. Mientras aguardaba la llegada de su antiguo maestro, se entretuvo en analizar los atauriques que adornaban las albánegas de los arcos y la policromía que engalanaba la sala. Analizó las lucernas octogonales y estrelladas del techo, cuyos cristales transparentes aparecían entreabiertos para dejar salir el vapor que llegaba desde la sala caliente, manteniendo la temperatura adecuada en la estancia.

Omar entró en los baños de forma apresurada, pues era consciente de que llegaba tarde a su cita.

—Hamet, ¿qué es lo que te traes entre manos? —preguntó nada más entrar y tras comprobar que nadie podía escucharlos.

—¿A qué te refieres?

—¿Por qué andas investigando sobre la bergamota?

—Ya te he comentado esta mañana que trato de averiguar algunos datos sobre el fruto, pues sospecho que tiene algo que ver con un caso clínico que me ha ocupado en los últimos días.

—Mira, Hamet, o me equivoco, o algo extraño hay en este asunto. He consultado primero los libros sobre fármacos. En ninguno de ellos he encontrado datos sobre el fruto ni sobre el árbol. Me sorprendí cuando consulté la *Materia medica* de Dioscórides y comprobé que faltaban dos páginas, que sospecho, estén dedicadas a la bergamota. Como bien sabes, Dioscórides se entretuvo en redactar su obra en forma alfabética para hacer más fácil su consulta. Las páginas que han sido arrancadas en el libro corresponden a la que sigue a la descripción y uso medicinal de la berenjena y la que antecede al berro. No encontré información sobre la planta en ninguno de los libros de medicina consultados, salvo en uno, por lo que decidí mirar en los libros de botánica. Y ahí fue cuando mi asombro se acentuó. En el *Tratado de agricultura* de Ibn Wafid y en el *Libro de agricultura* de Ibn Awwan aparecen arrancadas, en cada uno de ellos, la página que puede corresponder a la descripción de la bergamota. Para colmo, he localizado el *Diwan al-filaha*, la colección de agricultura escrita por el toledano Ibn Bassal, después de un viaje a Arabia, Egipto y Sicilia. En este libro faltan ocho de las páginas que, me imagino, corresponden a una completa y detallada descripción del fruto. ¿Qué es lo que ocurre, Hamet?

Hamet miró a su maestro. Lo apreciaba bastante, y por un momento dudó en ser totalmente sincero con él. Temía ponerle en peligro.

—¿Has hablado con alguien de la búsqueda que has hecho en la biblioteca?— preguntó.

—Sí. Primero con el archivero de la Madraza, y después con uno de los profesores que enseña botánica y colabora con la Escuela de Medicina, donde explica la farmacopea de las plantas. Los dos se han extrañado de que los libros estén incompletos. Me ha dado la impresión de que el profesor de botánica sabe más de lo que me ha manifestado. Creo que oculta algo y no quiere, o no se atreve, a decirlo.

Hamet llegó a arrepentirse de haber consultado por la mañana con su antiguo maestro.

—No sé si he puesto en peligro tu vida. Creo que debes saber toda la verdad.

Con todo lujo de detalles, relató a Omar la visita nocturna que dos noches antes había realizado a casa de Fátima, el descubrimiento al día siguiente del cadáver de Shirhane y la conversación mantenida con Mufairry, Abdul, Nasim y el jefe de la *shurta* en el patio del Palacio de los Leones. Relató la similitud entre el olor de las ropas del demente y el perfume de la *jaraiyya*. Habló también de las indagaciones que había realizado con Arudi, el perfumista de la Alcaicería.

—Mi sospecha —finalizó— es que la bergamota ha sido utilizada para asesinar al rey Yusuf.

Omar miró atónito a Hamet.

—Lo que me estás contando es grave, y es posible que tu vida y la mía corran peligro.

—Eso me temo. Pero por más vueltas que le doy, no encuentro ninguna explicación. El más beneficiado con la muerte de Yusuf es Abdul. Y por lo que he podido intuir hasta ahora, parece totalmente al margen del asunto.

—¡En eso te equivocas, Hamet! Abdul ha sido desplazado en la sucesión del trono. Por tu cara veo que estás totalmente desinformado. Quien va a ser proclamado rey es el segundo hijo de Yusuf, Nubahi, el hermanastro de Abdul. Así lo ha decidido el Consejo de Gobierno del reino. La noticia no se ha hecho pública aún. Mañana se producirá su entronización. No lo sabías, ¿verdad?

—No. Abdul parecía haber tomado las riendas del poder en Granada mientras su padre agonizaba.

—Es posible. Pero Abdul, según mis informes, ha sido confinado en el castillo de Salobreña. Quien ostenta ya el poder es Nubahi. ¡Y otra cosa! Según afirmas, Nasim, el médico real, te informó que la muerte de Shirhane fue para confirmar el método de envenenamiento de Yususf mediante la aljuba de seda.

—Así es.

—Pues te mintió, porque no es posible. La única referencia que sobre la bergamota he encontrado en la Madraza ha sido en el *Kitab al wisad*, la *Colección de recetas para la curación de enfermedades de la cabeza a los pies* de Ibn Wafid. Es un pequeño tratado, prácticamente desconocido entre la profesión médica. En él, y muy brevemente, comenta que la bergamota no tiene uso medicinal, pero que su aceite es abrasivo cuando se expone a la luz. Sin embargo, esta propiedad desaparece en poco tiempo al darle los rayos del sol.

—Eso mismo me dijo Arudi, el perfumista.

—Pues no tiene lógica, Hamet. No sería posible utilizar la misma ropa que envenenó al rey con el demente. El aceite de bergamota impregnado en la *aljuba* habría dejado de ser abrasivo.

## 7

Desde la fundación del reino nazarí, los diferentes gobiernos se habían preocupado de establecer una auténtica línea de fortalezas en lugares de difícil acceso, bien dotadas de armamento y hombres, que permitiesen defender todas las fronteras del reino. En la zona más oriental, en las regiones desérticas almerienses, se habían levantado importantes castillos en las poblaciones de Vera, Mojácar, Níjar, Purchena, Oria y Vélez para reforzar la seguridad frente a los ataques que llegaban desde la frontera murciana. El flanco norte estaba defendido por castillos en Huéscar, Baza, Benamaurel, Zújar, Gorafe y Guadix. Los castillos de Locubin, Alcalá de Benzaide, Montefrío, Íllora y Montejícar evitaban las incursiones cristianas procedentes del reino de Jaén. Por el lado occidental, dominando la serranía de Ronda hasta alcanzar el estrecho de Gibraltar, las poblaciones de Vejer, Alcalá de los Gazules, Casares, Gaucín, Olvera, Zahara, Montejaque, Teba y Ronda evitaban la penetración desde tierras cordobesas o sevillanas.

La costa del sur requería una atención especial. Era necesario rechazar las incursiones piráticas, además de los posibles ataques cristianos de navíos procedentes de Cádiz o Cartagena, así como eludir posibles agresiones del territorio norteafricano. Éste era el cometido de grandes ciudades como Almería, Almuñécar, Málaga, Marbella, Algeciras y Gibraltar. Pero además, los sucesivos monarcas se habían ocupado de levantar a lo largo de la costa una tupida red de torres vigía o *atalayas* desde donde se podía alertar a las poblaciones próximas, mediante señales de fuego, tanto de día como de noche. En cada torre, un *atajador* debía otear el horizonte y dar la alarma a la población vecina en caso de que llegara algún bajel desconocido. Para que los *atajadores* cumpliesen adecuadamente su misión, unos *requeridores* visitaban las atalayas por sorpresa, dos noches y dos días por semana, comprobando el buen hacer de los vigías. La vigilancia marítima se completaba con una flota de fustas y galeotas que, a diario, surcaban las costas del reino. El número de barcos variaba dependiendo de la época del año, de tal forma que en los meses de primavera y verano era el doble que los que realizaban esta función durante el invierno.

Salobreña, la antigua Salubiniya fenicia, era una pequeña población marítima que formaba parte del decimoquinto *clima* o distrito nazarí. Situada sobre la desembocadura del *Wadi-l-fay*, el río Guadalfeo, contribuía a la defensa del sector occidental de la costa, junto con las cercanas ciudades de Almuñécar y Motril. Su clima templado y seco, y su fértil vega formada por tierras de aluvión del tormentoso río, permitían los cultivos hortofrutícolas, el de arroz y el de morales, platanares, encinas y castaños. Todo esto, unido a la actividad pesquera, constituía la principal riqueza de la zona. Una fortaleza, prácticamente inexpugnable por estar situada sobre un roquedo que caía sobre el mar, le daba valor estratégico a la población. Construida hacía unos cien años, disponía de dos conjuntos bien diferenciados. El exterior, puramente defensivo, con barbacanas y muros almenados con grandes y pequeños baluartes, y una fuerte coracha que descendía hasta el manantial del Gambullón, que lo abastecía de agua. El interior conformaba una fortaleza-prisión, con torres con habitaciones, patio de armas, silos y aljibes. Un solo acceso, situado en la fachada suroeste, con entrada en ángulo, y en cuyas cercanías confluían los caminos procedentes de Granada, Motril, Molvízar y Lobres, la hacían inexpugnable.

Las once leguas que separaban la ciudad costera de la capital del reino habían sido realizadas a marchas forzadas por el grupo que conducía a Abdul. Abandonaron la Alhambra antes del alba por la *bib Algodor*, la Puerta de los Pozos de la Torre de los Siete Suelos. Bajando el Caidero, salieron de la ciudad por la *bib Riha*, la Puerta del Molino, cerca del curso del río Genil. La oscuridad de la noche impidió que príncipe y soldados contemplasen los olivares de las tierras de Huétor y los cipreses y laureles de las de La Zubia. Buscaron los llanos de Armilla y vadearon el río Dílar antes de adentrarse en tierras de Alhendín. A dos leguas y media de Granada, cuando comenzaba a clarear, dejaron a la derecha el camino que conducía a las salinas de La Malahá y ascendieron las suaves lomas que conducían al *Portillo de la Divisoria de las aguas*, garganta entre la sierra del Manar, la última estribación del borde occidental de la Sierra Nevada, y los primeros montes de la Sierra de Albuñuelas. El paso montañoso permitía la salida por el sur desde la comarca de la ciudad para buscar la fosa de Padul y Dúrcal. En el otero del *Portillo*, Abdul aminoró el trote de su caballo y volvió su vista hacia atrás. Desde allí podía verse aún la capital del reino y sus alrededores. La incipiente luz del día le permitió distinguir, bajo el azul puro del cielo, el caserío blanco de la ciudad tendido sobre las Colinas de la Alhambra y del Albaicín al pie de unas incipientes laderas blanquecinas de Sierra Nevada, rodeado del color rojizo de las murallas y torres defensivas y del verdor de la vega. *Portillo de la Divisoria de las aguas*. Montañas al sur de Granada que hacen que las aguas de la ciudad y su comarca, las de los ríos Darro, Cubillas, Dílar, Beiro y Monachil, procedentes de la cara norte de Sierra Nevada, drenen, a través del río Genil, al Guadalquivir y vayan a morir al Atlántico. Y que las aguas que fertilizan las tierras que desde ese lugar quedan hasta la costa, las que tienen su origen en la vertiente sur de la Sierra, las de los ríos Viejo, de la Laguna, Izbor, Torrente y Tablate, afluentes del Guadalfeo, finalicen su curso en el mar Mediterráneo. Dos ríos granadinos, el Genil y el Guadalfeo. «¡Curioso! —pensó Abdul—. Dos ríos que nacen en los mismos montes, hijos, quizás, del mismo manantial subterráneo, que no vuelven a aproximarse nunca, recorren comarcas diferentes y cada uno va a morir a mares distintos». Y pensó en su hermano. Al igual que los dos ríos, hijos de un mismo padre, habían recibido distinta educación, y posiblemente, no volverían a encontrarse nunca más. Él, camino de un destierro incierto; su hermano, dueño de la Alhambra. ¡Y quien domina la Alhambra, el símbolo de la dinastía nazarí, es el rey de Granada! *Portillo de la divisoria*. Un paso más y desaparecería la vista de la ciudad. ¿Volvería a verla? ¡Probablemente no! Abdul suspiró con emoción. Picó los ijares de su caballo y giró las riendas hacia la izquierda para entrar en tierras de Padul.

En El Padul, la población que da entrada al valle de *Lecrín* o de la alegría, cambiaron postas y se dio un ligero descanso a los hombres. Faltaban ocho leguas aún de camino, y más de la mitad de ellas trascurriría por el valle de Lecrín, uno de los lugares más hermosos del reino. Abundante agua de arroyos y riachuelos procedentes de las montañas sureñas de la Sierra Nevada regaba sus tierras y las hacía un vergel. Numerosas y pequeñas alquerías, tapadas por un bosque de frutales dando cobijo a sus moradores, jalonaban el lugar y se sucedían entre naranjos y limoneros, que en primavera, cuando florece el azahar, daban al valle una fragancia impresionante. Dúrcal, Talará, Mondújar, Béznar, Melegis, Chite, Nigüelas, Restábal, poblaciones pequeñas, remansos de paz. Circundados de cerros de diversos colores y tonalidades, y cuajados de arboledas, praderas y riachuelos, entre los que se insertan profundos barrancos con abundante vegetación recogida en las tajeas cavadas por aguas torrenciales que proceden de la sierra.

A media legua de Dúrcal, vadearon el pequeño y tormentoso río Torrente. Más allá de Béznar, alcanzaron el Puente de Tablate. El Tablate, río torrencial e impetuoso, como casi todos los del valle, abre un hondo tajo vertical cruzado por un puente antiguo de un solo ojo, convertido por capricho de la naturaleza en un cruce de caminos: el procedente del norte, el de Granada; el que sigue hacia el sur buscando la costa mediterránea; el que, dirigiéndose hacia el oeste, da comunicación a diferentes alquerías del valle de Lecrín; y el camino, que abriéndose hacia el este por un sendero empinado y dificultoso, conduce a una legua de distancia a Lanjarón, el pueblo blanco acostado en la loma de la Bordaila, que da entrada a la Alpujarra. Abdul recordó con nostalgia el viaje que siendo adolescente realizó con su abuelo Muhammad para inspeccionar esta comarca, extendida hasta las tierras de Almería y aislada por las sierras de Lújar, Gádor, la Contraviesa, la costa mediterránea y la propia Sierra Nevada. Pueblos blancos y escalonados entre barrancos de difícil acceso, que trepan por las pendientes aterrazadas de las estribaciones de la cara sur de Sierra Nevada, rompiendo el salvaje equilibrio de una naturaleza intacta. Casas de piedra y madera, lajas de pizarra conformando sus techos cubiertos de launa gris que forma una capa compacta e impermeabilizante. Tierra de bancales y manantiales, de moreras centenarias y de vastos encinares y robledales, en donde chopos, nogales y castaños crecen en las zonas más húmedas buscando el agua de riachuelos para seguir creciendo. Lanjarón, Busquístar, Jubiles, Trevelez, Capileira, Pitres… Nombres antiguos de origen mozárabe demostrativos de su aislamiento durante años, en el que los hispano-godos resistieron la conquista musulmana de la región ayudados de su abrupto relieve. Territorio majestuoso y sorprendente, diverso y cambiante.

El grupo siguió cabalgando hacia el sur, buscando la población de Vélez de Benaudalla, el *val ben Allah*, el valle de los hijos de Alá. Por segunda vez en la jornada, cambiaron de nuevo de montura y realizaron otro breve descanso. Buscaron el cauce del río Guadalfeo, formado por todas las aguas que habían regado el valle de Lecrín y por las que proceden de las Alpujarras. Siguiendo su curso, recorrieron las tres leguas más que faltaban y llegaron a Salobreña.

Por la rapidez con que realizaron el trayecto, Abdul imaginó la prisa de su hermano Nubahi por confinarlo en el castillo costero.

Cuando llegaron a Salobreña, el grupo se dirigió, sin detenerse, hacia el castillo. El mando de la fortaleza y del regimiento de la ciudad lo detentaba Walad, *alcaide* de la población. Hombre inteligente, había comenzado sirviendo en el ejército granadino como *atajador* en la población malagueña de Torrox. En poco tiempo fue ascendido a *requeridor* en la zona de Almuñecar, y no mucho después, se le nombró capitán de una de las galeotas que recorrían la costa entre Adra y Marbella. Por sus buenos servicios, hacía varios años que ostentaba la alcaldía de Salobreña. Él fue quien recibió las órdenes que llegaron desde Granada sobre la prisión del ilustre huésped y quien lo acompañó a las dependencias destinadas a tal efecto.

El alojamiento preparado se encontraba en el primer piso de la Torre de la Coracha del castillo. Al igual que otras muchas edificaciones defensivas nazaritas, esta torre estaba habilitada como castillo-palacio. Su aspecto exterior defensivo no hacía imaginar que su interior estuviese ricamente decorado. Se penetraba en ella por un pasadizo acodado, al final del cual se hallaba un patio pequeño, ceñido en tres de sus lados por galerías de arcos peraltados sobre impostas de mocárabes, apoyados por pilares cúbicos ricamente labrados. Un arco doble al fondo del patio daba paso a la sala principal, que disponía de camarines abiertos en el espesor de los muros de sus tres frentes. Al fondo de los camarines, unos balcones permitían la entrada de luz y contemplar la vega de la población y el mar que bañaba sus costas. Los muros de la sala estaban cubiertos de una labor de escayola de magnífica traza, y de azulejos coloreados que formaban un agradable entrelazado geométrico. El mobiliario de la estancia era exquisito.

Cuando Walad y Abdul quedaron solos, el *alcaide* se dirigió al príncipe granadino con todo respeto:

—*Sayidi*, lamento la situación en la que te encuentras. Serví directamente a tu abuelo Muhammad, que en varias ocasiones se alojó en las mismas habitaciones en que lo vas a hacer tú, aunque él en calidad de visitante y no en la de prisionero. Gustaba pasar algunos días en esta ciudad, en donde se relajaba de los asuntos de Estado, visitando la atarazana, paseando por las murallas del castillo, o pescando tranquilamente en una cala cercana. Por las noches, y para conciliar el sueño, nos entreteníamos jugando los dos al ajedrez. Durante las partidas me hablaba de su nieto Abdul como la esperanza del reino. Confiaba en ti, y me atrevo a afirmar que te apreciaba más que a ninguno de los hijos con que Alá le benefició. Siempre he sido un buen servidor del reino. Por ello, te ruego que entiendas mi situación. Nunca había recibido hasta este momento una orden que me hubiese sido incómoda de cumplir.

—No te preocupes. No te hago responsable de mi situación y comprendo que tengas que cumplir las órdenes recibidas. Me sacaron de Granada de forma apresurada. ¿Sabes algo de mi familia?

—Uno de los correos que llegó esta mañana portaba instrucciones para alojarte a ti, a tu mujer y tus hijos. Según me informaba, ellos llegarían mañana. Puedo ofrecerte todo lo que precises para hacer cómoda tu estancia en esta fortaleza.

—Gracias Walad, pero lo único que ahora necesito es descansar, además de hallar a mi familia sana y salva.

El *alcaide* abandonó la estancia. Abdul se acercó entonces a uno de los balcones de la torre. Desde allí contempló el Mediterráneo como un estampado azul que se extendía a los pies del roquedo sobre el que se alzaba el castillo. Miró pensativo al horizonte mientras el sol se hundía lanzando sus últimos rayos del día otoñal con una tonalidad verdosa sobre el mar y malva rojiza sobre la cresta de los montes cercanos. Se hundía, como lo hacía su esperanza, y de nuevo se abatió sobre él la sensación de soledad que había sentido la noche anterior. De joven había oído una frase incomprensible que ahora se hacía realidad: «Los hijos pagan los pecados de los padres». ¿Estaría él satisfaciendo la deuda originada por los pecados de su progenitor?

Unas pequeñas embarcaciones arribaban a la costa. Los pescadores, remangados sus zaragüelles y descalzos, se echaron sobre la espumeante franja blanca del ligero oleaje para arrastrar las barcas hasta la arena de la playa. Abdul intuyó que los hombres habían pasado el día en los caladeros cercanos a la costa y regresaban al atardecer buscando un merecido descanso. Varias mujeres se acercaron a la orilla, y cuando las barcas estuvieron seguras en tierra, ayudaron a los hombres a descargar los capazos, que por los movimientos que todos realizaron Abdul supuso que estaban repletos de pescado. Varios carros de mulas aguardaban para recibir la carga, que sería distribuida por las poblaciones cercanas durante la noche para ser vendidas a la mañana siguiente. Abdul deseó para sí la vida pacífica que, supuso, tendrían los lugareños que contemplaba desde la Torre de la Coracha, aunque se preguntó cuáles serían sus aspiraciones, ilusiones y temores; qué problemas ocuparían sus vidas y qué harían, además de trabajar, a lo largo del día. ¡No lo sabía! Se dio cuenta de que había sido preparado para ser rey de unos súbditos a los que desconocía y de los que hasta esa noche no se había interrogado jamás sobre el tipo de vida que llevaban. Se preguntó si habría sido un buen rey, caso de no ser suplantado por su hermano, y dudó que así fuese.

## 8

El tiempo que fray Juan había dormido no había reparado el cansancio que sentía. Por eso, un par de horas después de la comida decidió reposar otro rato. El final de la tarde le sorprendió dormitando en la habitación de la pensión en la que se alojaba. Se despertó sobresaltado, sin saber dónde estaba ni la hora que era. Tardó unos instantes en ubicarse y le costó todavía más percatarse de lo que estaba sucediendo.

Por la mañana, tras haber pasado la noche entre el corral de cautivos y frente a la vivienda del médico genovés para rogarle que atendiese al lesionado en el *Ahabul*, no había podido descansar como hubiera sido su deseo. Al regresar a la pensión buscando descanso, fray Antonio, el mercedario, solicitó a los dos franciscanos que le ayudasen en unas gestiones que tenía que realizar en el barrio del *al-Hassarin*, o de los estereros, cerca de la Puerta de Elvira. Se trataba de negociar con uno de los comerciantes, el cual estaba dispuesto a liberar a un esclavo cristiano del que era propietario. El cautivo, natural de la tierras jienenses de Quesada, era un hombre de avanzada edad. Capturado en una de las incursiones musulmanas por la zona de Castril, lo adquirió el comerciante del *al-Hassarin* a muy bajo precio, teniendo en cuenta su edad, que le incapacitaba para el trabajo agrícola o de la construcción. Había sido utilizado por el comerciante como servidor doméstico durante unos ocho meses, actuando siempre a satisfacción de su amo. Pero en las últimas semanas había enfermado de una disentería crónica que le imposibilitaba trabajar. Su propietario decidió entonces deshacerse de él, pues le resultaba más gravoso su mantenimiento que el beneficio que le reportaba. Consideró que no era rentable venderlo de nuevo como esclavo, ya que el deterioro físico del hombre y sus muchos años sólo le permitirían recuperar la décima parte de lo que le había costado. El comerciante había contactado con fray Antonio hacía unas seis semanas, tras enterarse de que la familia del cautivo, aunque de recursos limitados, estaba dispuesta a realizar algún sacrificio económico con tal de conseguir su liberación. El mercedario, por medio de uno de sus ayudantes *alfaqueque*, transmitió a los parientes de este desdichado cautivo las condiciones del comerciante. El ayudante de fray Antonio había regresado a Granada la noche anterior con el beneplácito de los familiares de llegar a un acuerdo, siempre que se rebajasen algo las condiciones. El regateo estaba presente hasta en la trata de esclavos.

Fray Antonio estaba seguro de conseguir un acuerdo definitivo y satisfactorio, y no quería demorar el asunto. A pesar del cansancio que se reflejaba en los rostros de los franciscanos, les pidió que le acompañasen. Los tres hombres partieron entonces hacia el barrio de *al-Hassarin*. El comerciante les recibió en su establecimiento. Tras un tira y afloja, habilidad en la que el mahometano era todo un experto, aunque el mercedario no le iba a la zaga, se alcanzó un acuerdo satisfactorio para ambas partes, sobre todo para el comerciante. Éste consideró acertada la intuición de acudir al fraile, pues, de haberse dirigido al mercado de esclavos, habría logrado bastante menos dinero. La liberación sería inmediata, al precio de las tres cuartas partes de lo requerido inicialmente. Hizo subir a los tres religiosos a la *almacería*, la habitación que disponía la tienda en el piso alto y a la que se accedía por una empinada escalera con entrada junto a la puerta. Allí los convidó para sellar el trato a un refrigerio a base de té, sirope azucarado de violetas y a pastas de almendra y rosa melada. A los dos franciscanos la invitación les supo a gloria, aunque poco después fray Antonio comentase que el refrigerio, además de aplacarle la sed, le había aligerado deliciosamente el cuerpo.

Los tres religiosos dejaron el local del comerciante al finalizar la mañana. Fue en ese momento cuando se enteraron de la muerte del rey. Pudieron comprobar el despliegue de soldados en la cercana Puerta de Elvira, que aparecía fuertemente custodiada. Contagiado de la preocupación general que se había adueñado de la ciudad, fray Antonio propuso regresar a la pensión y aguardar allí acontecimientos. En el camino de vuelta tuvieron dificultad para comprar algunos alimentos con los que preparar la comida. Los comerciantes de los zocos de los dos barrios por el que pasaron, el *Bucaralfagin* o del boquerón, así llamado por las bocas de los cauchiles de las acequias, y el *Abacery* o de los abaceros, estaban recogiendo sus tenderetes; otro tanto habían hecho ya los mercaderes del centro de la ciudad. Fray Pedro se sorprendió de la rapidez con que las calles quedaban desiertas y se extrañó de que, en tan poco tiempo, desapareciese el bullicio, el ruido y la actividad que momentos antes mostraba la ciudad. Sólo quedaba el olor, mezcla de alimentos cocinados, especies y perfumes, que tan desagradable le había resultado el día anterior.

Cuando llegaron al barrio de *Abu-l-Assi*, la pensión parecía desierta. Los huéspedes se habían refugiado en sus habitaciones, que fue lo que hicieron también los tres religiosos. Comieron en silencio, y no fue hasta pasado el mediodía cuando los franciscanos pudieron descansar.

Pero el sueño que fray Juan había dormitado fue más bien un duermevela superficial y poco reparador para el aragonés. De ahí su sobresalto al despertar. De pronto se vio solo, pues ni fray Antonio ni fray Pedro estaban en la habitación. Se preguntó qué es lo que habría pasado en la ciudad tras la muerte del rey y si podrían continuar con la misión para la que habían ido a Granada. Por último, le asaltó la duda de si el médico genovés, cristiano renegado y musulmán convencido, según sus propias palabras, habría subido al *Ahabul* a auxiliar al lesionado. De la jofaina de la habitación se echó un poco de agua en la cara para terminar de despejarse y decidió indagar en el patio central de la pensión qué es lo que estaba ocurriendo.

Vio a su compañero en uno de los rincones del patio. Charlaba animadamente con un joven que por su aspecto, vestimenta y el ancho cinto negro que ceñía su cintura, parecía cristiano. Al igual que el judío que residía en territorio mahometano estaba obligado a portar una prenda visible de color amarillo, el cristiano debía llevar un cinturón negro, indicativo de su religión.

Fray Pedro de Dueñas presentó a su interlocutor cuando su superior se acercó.

—Fray Juan, este joven aragonés es compatriota tuyo. Se llama Martín. Es uno de los servidores de un comerciante catalán que, como nosotros, se hospeda en esta casa.

—La paz de nuestro Señor Jesucristo sea contigo, hermano — saludó con una sonrisa fray Juan Lorenzo—. Así que eres aragonés, ¿no?

—Así es, padre. Nací y me crié en Daroca. Allí viví hasta que entré al servicio de mi señor. Desde entonces no he parado de viajar por todos los reinos de la Península atendiendo las ocupaciones de mi amo.

Daroca era una población situada a unas veinte leguas al sur de Zaragoza, en la vega del río Jiloca, y punto de comunicación entre las tierras de Aragón, Valencia y Castilla. Se la conocía como la *puerta fuerte* de Aragón por su situación estratégica y el centenar de torres que formaban su muralla exterior. Varios reyes castellanos habían fracasado allí en su intento de conquistar el reino aragonés.

—¿Y a qué se dedica tu señor?

—Es comerciante. Negocia con todo lo que considere que pueda darle beneficio. Llegamos anoche a Granada procedentes del sur de Portugal, tras habernos detenido unos días en Sevilla y Córdoba. En Portugal y en Castilla hemos estado vendiendo cerámica valenciana de Paterna y Manises. Mi amo quería adquirir ahora seda granadina para distribuirla por la costa levantina, desde Murcia hasta Barcelona. Pensábamos estar en Granada tan sólo los días necesarios para conseguir esa mercancía, pero esta mañana nos ha sorprendido la muerte del rey. La Alcaicería ha cerrado sus puertas, y aunque suponemos que mañana será posible hacer las gestiones necesarias, no estamos seguros de poder mantener nuestros planes.

—¿Cómo está Aragón? Hace ya varios años que salí de allí, y no sé gran cosa de mi tierra.

—Por Zaragoza y Calatayud anduvimos hará ya unos seis meses, y la situación no era de las mejores que he conocido. Aunque hace años que terminó la *guerra de los Pedros*, entre Castilla y Aragón, las tierras no se han recuperado. Mientras que el anterior rey Pedro *el Ceremonioso* favorecía a los artesanos, el nuevo, Juan, actúa de espaldas al pueblo llano y defiende a ultranza el espíritu aristocrático y a la nobleza. Se ha casado en tres ocasiones, buscando un heredero. Ha tenido dificultades con los catalanes, anulando las decisiones del *Consell* de Barcelona. En las Islas Baleares, el conde de Armañac reclama la independencia y se considera sucesor de los reyes de Mallorca. En Valencia ha favorecido los negocios de los judíos, a los que ha hecho ricos y poderosos, ya que con ellos obtiene un buen beneficio que le permite mantener su ejército. Sus relaciones con Roma son pésimas, pues es partidario del Papa de Avignon. Se asegura que, dado que el Papa francés Clemente está enfermo, tiene ya dispuesto a un aragonés como su sucesor, el Cardenal de Aragón, Pedro Martínez de Luna. Para colmo, en los dos últimos años ha llovido muy poco, y las cosechas han sido muy pobres, lo que ha provocado el descontento de los campesinos y ganaderos. En Valencia se ha comenzado a perseguir a los judíos, a los que se les considera culpables de todos los males. Como ves, no andan muy bien nuestras tierras de Aragón.

Tras un rato de conversación, que fray Pedro siguió con interés y que a fray Juan Lorenzo relajó más que el sueño que durante la tarde había echado, los dos monjes se despidieron del criado aragonés y decidieron subir de nuevo al *Ahabul*.

Cuando llegaron al corral de cautivos, encontraron a la mayoría de los prisioneros descansando en los alrededores de las bocas de los pozos en los que pasaban la noche. Los monjes se dirigieron al zonote en el que dormía el lesionado y lo encontraron tumbado cerca de la entrada. El genovés renegado, cumpliendo su palabra, lo había visitado y atendido por la mañana. Descartó una fractura de los huesos de la pierna. Para disminuir la inflamación, había aplicado un ungüento sobre el tobillo dañado. Luego le vendó pie y pierna con apósitos limpios, recomendando al hombre que permaneciese un par de días sin apoyar la pierna. El lesionado, que había permanecido todo el día en el interior del zonote, había sido izado con cuerdas al atardecer hasta el exterior. Aquejado de un fuerte dolor de cabeza, debido, sin duda, a haber estado respirando durante horas el aire viciado de la fosa, se encontraba bastante mejorado cuando los dos monjes llegaron. Varios cautivos habían compartido con él la ración de alimento que les correspondía por su trabajo.

Fray Juan Lorenzo comprobó que mientras él se informaba de la situación, fray Pedro se había sentado junto a un grupo de cautivos para hablar con ellos.

—Recordad, hermanos, que toda la tarea del cristiano mientras se halla en este mundo es influenciarse de la vida de Cristo. Pensad que la situación de cautiverio en la que os encontráis puede ayudaros a pareceros a nuestro Señor. No olvidéis que nuestro Maestro proclamó que serían bienaventurados los pobres de espíritu y los mansos, porque de los primeros será el reino de los cielos y los segundos poseerán la tierra. Que si lloráis, seréis consolados, y si necesitáis justicia, seréis hartos. Sed misericordiosos y alcanzaréis la misericordia. Mantened puro vuestro corazón y sed pacíficos, pues así veréis a Dios y seréis considerados hijos suyos. Y no temáis por ser perseguidos, porque entonces conseguiréis el reino de los cielos. No os desaniméis si a causa de nuestra fe os acosan y os maldicen. Por el contrario, alegraos, pues más grande será entonces vuestra recompensa.

Fray Juan Lorenzo escuchó con satisfacción a su compañero. Intuyó que el desánimo que embargaba al joven religioso desde su llegada a la ciudad, por sentirse incompetente para cumplir el trabajo encomendado, estaba siendo superado. Su ánimo resurgía, y el aragonés se alegró de haberlo elegido como compañero de viaje.

Alrededor del religioso cordobés iban sentándose cada vez más prisioneros para escuchar sus palabras.

—Creed en Dios —continuó el joven— y en todas las verdades que, como cristianos, nos han sido reveladas. Vivid según nuestra profesión de fe y no os avergoncéis de ser cristianos. Acordaos de todas las persecuciones que nuestros hermanos han padecido y padecen, y pensad que, lejos de debilitar nuestras creencias, no han hecho más que robustecerlas. Elevad vuestro corazón a Dios. No penséis en actos viles, profanos o terrenos. Procurad que vuestro corazón habite en el cielo, donde está lleno el universo de la gloria y la magnificencia de Dios.

Los cautivos congregados seguían con atención las palabras que fray Pedro pronunciaba

—¡Y no temáis llorar, aunque seáis hombres enteros, si ello os reconforta! Recordad a Cristo cuando, abrumado bajo el peso de nuestros pecados y próximo a expiarlos con su sacrificio, bañado en sudor de sangre, se deshacía en lágrimas en el huerto de Getsemaní. Rezad el Padrenuestro y aseguraos que perdonáis de corazón a vuestros verdugos para que Dios os perdone de igual forma. Es el Cordero de Dios quien borra los pecados del mundo. Él os dará la paz que nadie puede daros. ¡Mantened la esperanza! Y esperad, a pesar de todos los obstáculos, como lo hizo la Virgen, su santa Madre, a los pies de la cruz. Hay hermanos nuestros, educados como nosotros en la fe de Dios, redimidos por su sangre divina y destinados, como nosotros, al reino eterno, que se obstinan en cerrar sus ojos a la luz de la verdad y en apartarse de su fe. Pidamos a nuestro Creador que rasgue las densas tinieblas en las que están envueltos. Y recemos también a Cristo, como Él lo hizo, para que aparte de nosotros el cáliz del cautiverio, pero que sea su voluntad la que se cumpla, y no la nuestra.

Cuando todos los presentes que escuchaban a fray Pedro comenzaron a ponerse de rodillas para rezar juntos, apareció un oficial de la *shurta* acompañado de dos policías y de un pelotón de soldados.

—¿Dónde están los frailes? —preguntó el oficial.

Fray Juan se levantó, se acercó al grupo y se identificó.

—¡Acompañadnos! ¡Estáis detenidos!

—¿Por qué? Estamos autorizados a estar aquí con nuestros hermanos en la fe —comentó fray Juan mientras sacaba de la faltriquera de su sayal el salvoconducto recibido el día anterior en la Mezquita Mayor.

El oficial miró despectivamente, primero, al franciscano, y luego, el documento.

—¡Mira *dihmmi*! Me importa un rábano tu autorización para estar aquí. Mis órdenes son que os detenga y os conduzca a presencia de mis superiores. ¡Puedes acompañarme por las buenas o por las malas! ¡Cómo quieras! Me han indicado que has incumplido las condiciones pactadas en tu salvoconducto.

—Eso no es cierto —intentó tranquilizar fray Juan—. Sólo hemos visitado a los prisioneros del *Ahabul* y lo hemos hecho fuera de su jornada de trabajo para no entorpecer sus obligaciones.

—¡Falso! Esta mañana habéis estado en el arrabal de *al-Fajjarin* y habéis conversado con un musulmán, antiguo cristiano. Seguramente habréis intentado retornarlo a vuestra fe. ¡Teníais prohibido contactar con muladíes!

—Es cierto que hemos buscado al genovés, pero ha sido como médico. Necesitábamos que atendiese a un herido. No creo que eso haya sido incumplir las normas del salvoconducto.

—¡Eso se lo cuentas a mis superiores!

# DÉCIMO SÉPTIMO DÍA DEL MES DE DULCADA DEL AÑO 794
## (Cuarto día de octubre del año 1392)

## 1

Si como Arudi, el perfumista, había comentado y Omar confirmado, el aceite de bergamota utilizado para el asesinato del rey dejaba de ser abrasivo al poco tiempo de estar impregnado en la *aljuba* y ser expuesto a la luz del sol, ¿cómo había muerto Shirhane? Nasim y Faiz aseguraron que utilizaron la *aljuba* de seda envenenada para confirmar que era el arma homicida y poder interrogar abiertamente a los embajadores de Fez.

Tras su conversación con Omar en los Baños del Nogal, Hamet había intentado localizar a Mufairry. La sospecha de que esos dos hombres habían sido asesinados con aceite de bergamota era lo suficientemente importante como para que el *arráez* de los pretorianos tuviese conocimiento de ello. Era conveniente comentar con el militar sobre la veracidad o no de lo referido por Nasim y Faiz junto al primogénito real en el Palacio de los Leones. En verdad, ¿mintieron o eran sólo las elucubraciones de Hamet las que así lo parecían? Preguntó por él en la *Bib al Difaf*, la Puerta de los Tableros, cercana a los baños, al igual que había hecho el día anterior. Pero el oficial que mandaba la vigilancia de la torre defensiva le aseguró que Mufairry no se encontraba en la Alhambra, que la última vez que había visto al *arráez* fue camino de la Xarea para los funerales reales y que, por la hora que era, posiblemente se encontrase en su domicilio.

Hamet encaminó sus pasos hacia el *rabad-Albaida* o barrio de la blanca, situado al este de la Colina del Albaicín, en el que Mufairry tenía su residencia. Localizó la vivienda, llamó a la puerta y aguardó. Pero nadie respondió. Lo intentó dos veces más, y al no contestar nadie, llamó a la casa colindante, de la que salió una mujer que no supo informarle de dónde podría estar su vecino. Afirmó que llevaba varias jornadas sin verlo y que en todo ese día no había escuchado ruido alguno dentro de la vivienda.

Hamet bajó la cuesta del camino de Guadix y cruzó el río Darro por el *cántara al-harratin*, el Puente de los Labradores o del Aljibillo. Luego ascendió de nuevo a la Colina de la Sabika por la cuesta del barranco, que separa la Alhambra del Generalife, buscando la Torre de los Picos, en la zona norte de la Alhambra. Pero allí tampoco recibió ninguna información acerca de dónde podría encontrarse el antiguo discípulo de su padre.

Desanimado ante lo infructuoso de su búsqueda, decidió regresar a su casa y, puesto que ya era tarde, disponerse a cenar. Quizás con el estómago lleno y saciada el hambre que comenzaba a sentir, se le aclarasen las ideas.

Jadicha lo esperaba eufórica. Su alegría contrastaba con la quietud y el silencio que el médico había percibido en su reciente deambular por las calles de la ciudad. La mujer había subido por la tarde a la *Xarea* a presenciar los actos fúnebres en honor del fallecido rey. Acompañada de varias amigas y vecinas, asistió a la oración y a la parada militar que se celebró. Disfrutó con el espectáculo y se sintió orgullosa, según comentó, de ser granadina y de que su país dispusiera de un ejército poderoso, marcial y disciplinado, capaz de defenderla de los enemigos cristianos. Pero lo que realmente la puso eufórica fueron los comentarios realizados con sus amigas. Alabaron y criticaron la vestimenta lucida por la familia real y por los integrantes del gobierno. Comentaron el aspecto decaído de Fátima y la elegancia de Alwa, aunque no encontraron apropiado el velo de color celeste que llevaba en los funerales de su marido. Sus conocidas le dieron la razón al afirmar que hubiese sido más oportuno utilizar para la ocasión el color blanco en señal de luto. Al igual que la mayoría de los allí congregados, se extrañó de la ausencia de Abdul. Entre la muchedumbre corrió el rumor del asesinato del rey. El hecho de que fuera Nubahi quien presidiese el funeral provocó el comentario de que el primogénito había sido saltado en la línea de sucesión al trono. Algunos de los presentes aseguraban que Abdul se encontraba en Guadix; otros afirmaban que había sido desterrado a Almería; y, los menos, llegaron a decir que lo que en verdad ocurría era que Abdul, deseoso del trono de su padre, estaba involucrado en el regicidio, pero que la firmeza del gobierno granadino le había hecho huir de la ciudad.

Todos estos detalles los iba relatando Jadicha, con la verborrea habitual, mientras preparaba la cena y servía la mesa. Hamet la escuchaba sin dar crédito a sus oídos, aunque maravillado del regocijo con que ella hablaba.

Llevada de su euforia, la mujer preparó una cena exquisita. Además de una ensalada de cebolla escaldada con orejones de pimientos y tomates, aliñada con abundante aceite y poca sal, aderezó unos pichones cocinados con miel, comino silvestre, canela y almendras espolvoreadas con cilantro, que supieron a gloria. De postre, un potaje de castañas, que la criada elaboraba de maravilla. Dejaba las castañas unos días secándose al sol, después las pelaba y las cocía con canela y azúcar. Una vez cocidas, les añadía unos granos de matalauva, sirviéndolas frías.

—Te noto muy contenta —comentó Hamet mientras comía de postre las primeras frutas otoñales que Jadicha le había acercado.

—Lo estoy, Hamet. Hoy se ha enterrado a un sinvergüenza que no merecía estar donde estaba. Es posible que la ciudad y el reino mejoren.

—¿Tú crees?

—¡Pues, sí! Yusuf no era un buen rey. Por no ser, no era ni una buena persona. Nunca debió ocupar el trono. Su propio padre pensaba lo mismo. A Muhammad tenía que haberle sucedido su nieto Abdul, aunque esta tarde en la *Xarea* había comentarios de todo tipo.

—No creo que Abdul esté involucrado en el asesinato de Yusuf —comentó Hamet aludiendo a los últimos rumores sobre el primogénito real.

—Ni nadie en su sano juicio lo cree. Pero ya sabes cómo circulan las habladurías en esta ciudad. ¡La maledicencia vuela en Granada! Basta que alguien haga un comentario de ese tipo, al día siguiente todo el mundo lo creerá. Nos gusta ver caído a quien admiramos. Y Granada admira a Abdul. El siguiente paso es verle derrotado. Pero si estoy contenta es porque el reinado de ese déspota, gracias a Alá, sólo ha durado dos años. Lo más probable es que, a partir de ahora, marchen mejor todos los asuntos que nos atañen.

El médico pensó discutir con Jadicha, pero desechó la idea. No había conocido más que los dos reinados previos, el del gran Muhammad y el de Yusuf. Durante el período en el que gobernaron Ismail y Abú Said, anteriores a los dos reinados, él era un niño pequeño, y no lo recordaba. Pero ni en el largo reinado de Muhammad, ni en el breve de su hijo, Hamet había notado grandes diferencias entre ambos. La gente afirmaba que un buen monarca mejora la vida de sus súbditos. Pero ¿era así en verdad? ¿Sabían los reyes rodearse de buenos gobernantes? Durante el largo reinado del gran Muhammad, el rey había tenido diferentes gobiernos dirigidos por distintos *hayib*, que eran quienes, en verdad, mandaban en la ciudad y en el país. Recordaba a Aljatib, hombre sabio y erudito, historiador, médico, polígrafo, nacido en la ciudad de Loja, y bien formado como político para ejercer el poder. Leal a su rey, lo había acompañado durante el destierro en Fez que Muhammad padeció tras ser derrocado por su hermanastro Ismail y en el reinado de Abu Said. Le ayudó en las gestiones que el depuesto rey realizó ante la corte castellana de Pedro I *el Justiciero* para recuperar el trono, y regresó con Muhammad a Granada cuando recobró la corona que, por derecho, le pertenecía. Aljatib fue un buen servidor real durante años. Pero cuando comenzó su declive político y perdió influencias en la corte, decidió abandonar el reino sin decir nada a nadie. Aprovechando un viaje de inspección por tierras malagueñas y gaditanas del reino granadino, se exilió a Tremecén y se refugió en la corte de los meriníes.

El rey Muhammad nombró entonces a Ibn Zamrak como *hayib* del reino. Buen gobernante y mejor poeta, sus *casidas, moaxajas y zéjeles* en honor de Alá, del rey y de la ciudad decoran los palacios de la Alhambra. Todo lo que el nuevo *hayib* sabía lo aprendió de su maestro Aljatib. Ejerció una buena labor como gobernante, sabiendo rodearse de buenos ministros. Pero quizás por envidia o por celos, o tal vez porque deseaba demostrar así su valía, se empeñó en perseguir a su antiguo maestro. No cedió hasta que, con sus habilidades políticas y negociadoras, consiguió que Aljatib fuese detenido por los meriníes en Fez, acusado de herejía y encarcelado en la prisión. Unos sicarios desconocidos, posiblemente contratados por el propio Ibn Zamrak, estrangularon a Aljatib en la misma cárcel. El poder de Ibn Zamrak se mantuvo durante gran parte del reinado de Muhammad, aunque en los últimos años su influencia en la corte disminuyó. Odiado por su mal carácter, orgullo e insolencia, el rey lo depuso, e incluso ordenó su detención e ingreso en prisión durante unos días. Cuando Yusuf ocupó el trono mantuvo durante unos meses a Ibn Zamrak como *hayib*. Pero cansado de su primer ministro, lo depuso igualmente. Pocos días después, su vivienda fue asaltada por unos desconocidos, y el cesado *hayib* sería asesinado junto a sus hijos en presencia de las mujeres de su casa, mientras leía el Corán. El poeta de la Alhambra tuvo un final similar al que él mismo procuró a su maestro Aljatib.

Durante el reinado de Yusuf, Zuhair ostentó el cargo de *hayib*. Había sido un buen secretario del gran Muhammad y un fiel ayudante de Yusuf. Por las circunstancias que fuesen, el leal servidor del reino dejó de serlo. O al menos, no era adepto a la persona que debía heredar el trono. Si Abdul había ido confinado en Salobreña, como le había comentado Omar en los baños del Nogal, Zuhair tendría que ver bastante en ello. ¿Qué papel había jugado Zuhair en el nombramiento de Nubahi como rey en lugar de Abdul? ¿Quién sería el *hayib* del nuevo rey? ¿Seguiría siéndolo Zuhair?

Era cierto que los sucesivos gobiernos de los últimos años engrandecieron la ciudad. Se habían realizado numerosas obras civiles, impulsado la industria de la seda y la de los tapices, fomentado la agricultura y la explotación de las minas. Mejoraron las artes y las ciencias, y la ciudad y el reino disfrutaban de un esplendor nunca antes visto. Pero el pueblo llano sólo recibía las migajas de tales mejoras. Unas cuantas familias, las de siempre, eran las grandes beneficiadas. Una elite de propietarios, diferenciada del resto por sus riquezas, ejercía el control del poder, la política, la economía, el comercio y la religión. Para ellos era cuestión de vida o muerte ocupar todos los espacios cercanos a la corona y al gobierno. Su avaricia y ambición derivaba en corrupción, y quien se oponía a sus intereses, o era sobornado o desaparecía. Las alianzas familiares y mercantiles se cerraban con todos los posibles candidatos a regir el reino. Por ello, siempre se mantenían en el poder. Los campesinos, los artesanos y los pequeños comerciantes trabajaban a diario de sol a sol. ¡Jamás conseguían aumentar sus bienes! Los poderosos se enriquecían a diario a costa de ellos. Daba lo mismo quién mandase, siempre eran unos pocos los beneficiados. Y cuando alguna calamidad caía sobre el reino, los más desfavorecidos eran siempre los mismos. En los pobres se cernía la desgracia, pues perdían lo poco que tenían. Los ricos y poderosos conseguían mantenerse a flote y en poco tiempo se recuperaban. En su ejercicio profesional, Hamet había comprobado que muchas de las dolencias que afectaban a los pudientes derivaban de los excesos en la comida, bebida o demás placeres de la vida. Los indigentes no tenían esa oportunidad.

## 2

En la penumbra del calabozo, fray Pedro de Dueñas miró a su superior y le dedicó una sonrisa. El aragonés se la devolvió y entornó los ojos. Juan Lorenzo notó el cariño que tenía a su joven compañero y sintió miedo por él. Recordó cómo lo conoció en el monasterio cordobés de San Francisco del Monte. La idea de predicar en tierras granadinas había contagiado al joven de tal forma que, desde el principio, solicitó ser elegido como compañero del viaje. El superior del monasterio alegó que la juventud de Pedro de Dueñas era un inconveniente para ejercer una misión tan peligrosa como predicar en un país sarraceno, aunque solicitasen permiso de las autoridades musulmanas y se limitaran a exhortar a los cautivos cristianos. Pero el joven no se amilanó. Con humildad reconoció sus limitaciones. Sin embargo, su entusiasmo era tal que Juan Lorenzo y el superior comenzaron a sopesar la petición. El muchacho, de mirada sosegada, cuyos ojos no reflejaban inquietud por el pasado ni angustias por el futuro, rezumaba un talante alegre, suelto y espontáneo. Difundía alegría a su alrededor y hacía felices a cuantos se relacionaban con él. Radiaba una familiaridad que facilitaba la relación con las demás personas, pues se mostraba libre del agobio que muestran los que soportan la existencia como una carga o como una lucha. La madurez de otros frailes de mayor edad, a los que el paso de los años había mermado su capacidad para diseñar proyectos de futuro, pues comenzaban a pensar que no merecía la pena hacer planes a largo plazo, contrastaba con la jovialidad de fray Pedro. Juan Lorenzo y el superior del monasterio quedaron convencidos ante los dones personales que Dios, en su infinita misericordia, había concedido al mozo. Por eso, le autorizaron a ser el compañero de viaje de Juan Lorenzo.

Pero ahora el aragonés comenzaba a arrepentirse de la elección. El aprecio que había sentido al conocer al joven se convertía en un afecto puro y desinteresado, fortalecido por el trato de las últimas semanas. La personalidad comunicativa y amable de fray Pedro, junto con su bondad, sinceridad y cordialidad, había aumentado la relación. Fray Juan Lorenzo comenzaba a sentir que entre ambos hombres, a pesar de la diferencia de edad, nacía una amistad verdadera que suponía recíproca. ¡Y tenía miedo, no por él, sino por la juventud de Pedro! Le embargaba un sentimiento de culpabilidad: temía que al joven franciscano pudiese ocurrirle algún mal por haberlo elegido como compañero.

Abrió los ojos, miró a fray Pedro y sonrió de nuevo.

—Me ha agradado tu comportamiento en el Corral de Cautivos. Has elegido un buen sermón con el que, estoy seguro, has fortalecido a nuestros hermanos prisioneros —comentó.

—No ha sido difícil. He recordado las palabras de Francisco de Asís, nuestro fundador. El bueno de Bernardone afirmaba que a un discípulo de Cristo no le está permitido poseer oro ni plata, ni llevar bolsa o alforja, ni siquiera un báculo para el camino, ni tener zapatos ni dos vestidos. El buen discípulo sólo debe glorificar el reino de Dios y practicar la penitencia. Los cautivos del *Ahabul*, además de carecer de libertad, no tienen ni la esperanza de ser redimidos.

—Es cierto. Pero ellos no se han desprendido de sus bienes de forma voluntaria.

—Es verdad. Su situación no es un acto de generosidad voluntaria. Pero si dedican su miseria a Dios, es posible que sean recompensados en la otra vida.

—Me gusta comprobar tu fortaleza de ánimo y la sabiduría de tus palabras a pesar de tu juventud. Me imagino que los temores sobre tu capacidad para cumplir la misión que nos ha traído a estas tierras han desaparecido.

Los muros de la mazmorra rezumaban humedad. Sentado en el suelo, con las rodillas dobladas ante su pecho y apoyando la espalda en la pared, fray Pedro contempló una cucaracha campando a sus anchas por la celda.

—Gracias por tus palabras. Temía no estar a la altura que se esperaba. Esta tarde me he sentido capaz, aunque lo único que he hecho ha sido expresar mis sentimientos. Es cierto que esos temores han desaparecido, pero han crecido otros. Me preocupa que hayamos sido detenidos.

Tras su detención en el *Ahabul*, los dos franciscanos fueron conducidos a las mazmorras del primer piso subterráneo de la torre oeste de la *Bib Algodor* o de los pozos, uno de los principales accesos a los palacios de la Alhambra. Antes de ser encerrados, a Juan Lorenzo le llamó la atención el numeroso contingente militar dispuesto en *la Tabla*, la amplia explanada que había cerca de la puerta. Allí se celebraban los alardes y revistas militares y las justas y torneos entre los caballeros nazaritas. Algunos soldados protegidos con broqueles o adargas se ejercitaban, a pesar de que era ya de noche, con bohordos, cañas de la longitud de las alabardas con el primer tramo relleno de arena o yeso para hacerlas pesadas, practicando para no temer las lanzas durante el combate.

La *Bib Algodor*, muy cerca de los silos del Corral de cautivos, era conocida por el vulgo como la Puerta de los Siete Suelos. Esta denominación tiene su origen en la creencia errónea de que disponía de siete pisos subterráneos cuando, en realidad, sólo contaba con dos. Tenía un baluarte circular que la defendía y por el que se entraba, flanqueado por dos torreones de unas doce brazas de altura. Tras pasar el arco exterior, se accedía a un pasadizo acodado. Por él fueron introducidos los religiosos, camino de los calabozos.

Llevaban allí varias horas, y nadie les había dado una explicación. La celda estaba ocupada, además, por un soldado que estaba durmiendo una buena borrachera cuando los frailes llegaron.

—Ya que has recordado a Francisco de Asís, ¿sabes que nuestro fundador intentó venir a predicar a estas tierras? —comentó Juan Lorenzo intentando tranquilizar a su compañero.

—¿A Granada?

—Bueno, exactamente a Granada, no. Él pretendía predicar entre los almohades, los integristas musulmanes que por entonces dominaban Marruecos y Al-Ándalus.

—¿Y no lo hizo?

—No pudo. Llegó a la Península Ibérica poco después de la batalla de las Navas de Tolosa, cuando los reyes de Castilla, Navarra y Aragón se coaligaron para la conquista de estas tierras. La victoria cristiana replegó al ejército musulmán al sur de Despeñaperros. La primera idea de nuestro hermano Francisco fue acudir a Jerusalén. Y llegó a embarcarse en Italia, rumbo a los Santos Lugares. Pero una tormenta hizo que el navío tuviese que dirigirse a Iliria. Ante la imposibilidad de viajar a Oriente, Francisco regresó a Italia. No se desanimó y partió hacia Iberia, pues mantenía la idea de predicar entre los sarracenos. Quiso primero visitar la tumba del apóstol Santiago y, camino de Galicia, sufrió una enfermedad que le obligó a abandonar su proyecto.

—¿De qué enfermó?

—Padeció una debilidad intensa y una afección estomacal. Los ayunos prolongados y las severas penitencias a que sometía su cuerpo pudieron ser el origen de su enfermedad. Cuando se repuso, tuvo que regresar a Italia.

—Y ¿crees que nosotros lograremos predicar en estas tierras?

—No lo sé. Pero por lo menos, hemos llegado. Cuando entramos en esta ciudad, me sentí satisfecho de haber logrado lo que nuestro fundador no consiguió. Ahora dudo que podamos continuar nuestra labor.

—¿Temes por nuestra seguridad?

—Pienso que si nos dejan explicarnos, no ocurrirá nada. Cualquiera con un poco de razón comprenderá que no hemos faltado a lo pactado con el secretario del imán de la Mezquita Mayor. Nuestra relación con el médico genovés, el cristiano convertido al Islam, se ha limitado a una petición de ayuda para asistir a un herido. Él mismo podrá confirmar nuestro alegato. No hemos pretendido retornarlo a la fe de Cristo, ni nada parecido.

—¿Crees que nos dejaran explicarlo?

—Por nuestro bien, espero que sí. Es posible que sólo permanezcamos encerrados esta noche y que mañana, al igual que ocurra con este borracho que, probablemente esté encerrado para dormir su embriaguez, seamos libres. A lo sumo, puede que revoquen nuestro salvoconducto y seamos expulsados del reino. Espero que la claridad del día ilumine también a nuestros carceleros.

—Dios te oiga, hermano —suspiró fray Pedro.

El sonido de pasos apresurados acercándose a la celda se confundió con los ronquidos del soldado ebrio.

Delante de las rejas y alumbrado por un par de antorchas, se asomó un grupo de soldados. Los frailes identificaron entre ellos al oficial que los había detenido en el *Ahabul*. El que parecía ejercer el mando era un hombre corpulento y obeso. Su rostro se mostraba enrojecido, sudoroso y desagradable por las huellas de las cicatrices de una viruela infantil.

—¿Son éstos los cristianos? —preguntó Faiz sin ocultar su satisfacción.

Se le había encargado encontrar culpables, y lo había conseguido. Estaba seguro de haber servido bien, una vez más, a sus superiores. En consecuencia, esperaba recibir una nueva recompensa en poco tiempo.

—Sí, señor. Son los que he detenido esta tarde en el *Ahabul* — replicó el oficial.

—¡Bien! ¡Conducidlos a la sala de interrogatorios del piso inferior! ¡Ejecutad al soldado en presencia de la guarnición que hay en la puerta!

Mientras uno de los soldados abría la reja del calabozo, fray Pedro se incorporó, y con voz asustada, preguntó:

—¿Qué es lo que ha hecho este hombre?

El bofetón que el rostro del joven recibió resonó como un trueno. Fray Pedro cerró los puños conteniendo su rabia. Pensó replicar al musulmán, pero decidió callar para no irritarlo más y evitar otro guantazo. El zumbido sordo que sintió en el oído golpeado le ocasionó la pérdida momentánea de audición, pues le costó entender las siguientes palabras de Faiz, a pesar de ser pronunciadas a gritos.

—¡No vuelvas a hablar, a no ser que se te dé permiso o se te pregunte algo! —gritó—. ¡Por si te interesa, la embriaguez durante una guardia está penada con la muerte!

## 3

La madrugada sorprendió a Hamet en la terraza de su vivienda. Se había acostado en dos ocasiones y otras dos veces se levantó al no conseguir dormirse. Intentó entonces avanzar en su manuscrito *El tratado sobre la pestilencia negra*, que llevaba tiempo redactando. Preparó papel, cálamo y tinta, pero no logró concentrarse, ni escribir una sola palabra.

Decidió contemplar las estrellas aprovechando la noche despejada que disfrutaba la ciudad, afición que hacía tiempo no realizaba, y subió a la azotea.

Agradeció que la luna creciente, a la que faltaban escasamente dos días para ser llena, hubiese brillado durante la tarde en el cielo y se hubiera puesto hacía algunas horas. Era el momento oportuno para admirar el firmamento, puesto que, por lo avanzado de la noche, apenas quedaba luz en la ciudad que enturbiase la visión. Localizó la estrella Polar y el carro de la Osa Menor. Propio del cielo de otoño, la Osa Mayor aparecía en el norte muy cerca del horizonte. Cercana al cenit, Casiopea, y más hacia el este, y con forma pentagonal, la constelación del Auriga, en donde buscó a Capella, la estrella más brillante. Entre Capella y Casiopea, y con forma de dos espirales en flecha, encontró la constelación de Perseo. Hacia el sur, y muy alto en el firmamento, reconoció el cuadrado de Pegaso, en uno de cuyos vértices, y favorecido por estar el cielo muy oscuro, adivinó la galaxia de Andrómeda. Al oeste, y cerca del horizonte, brillaba Altaír, de la constelación del Águila. Buscó hacia el sur la imagen del cazador de Orión y no se extrañó de no encontrarla al ser la constelación más brillante de un cielo invernal que aún no había llegado. Recordó con cariño su época de estudiante en la Madraza, cuando tuvo que aprender los conocimientos astronómicos de Ptolomeo, las observaciones zodiacales de Abenragel y el manejo del astrolabio recomendado por el cordobés Azarquiel, cuya obra, *Tablas Toledanas*, había sido traducida desde el árabe, al latín, hebreo y romance. Se preguntó si en verdad la Tierra estaba en el centro del universo, si los cielos eran esféricos y se movían circularmente en torno a un eje fijo, y si en verdad, como pretendían los astrólogos, el destino de un hombre dependía de la posición de los astros en el momento de su nacimiento. Identificó en el sureste el punto rojizo de Marte y perdió su mirada en los recovecos de la Vía Láctea. Evocó un antiguo proverbio del lejano oriente que su abuela materna le repetía cuando se desanimaba ante algún suceso triste: Si de noche lloras porque no ves el sol, no podrás contemplar las estrellas. Y lo invirtió. Durante el día no ves las estrellas, al impedirlo la luz del sol. La luna, por su tamaño, sí podía ser contemplada de día, pero no las lejanas estrellas. Algún detalle en el asesinato de Yusuf, quizás poco importante, le impedía ver con nitidez la realidad.

¿Por qué mintieron Nasim y Faiz? La *aljuba* real no podía haber sido utilizada para probarla en Shirhane; y si el uso fue posterior, ¿por qué el demente había fallecido antes que el monarca? Es cierto que el rey había sido cuidado en su agonía y que se utilizaron remedios médicos que pudieron retardar su fallecimiento. Shirhane no debió recibir cuidado alguno, pues Nasim no hizo referencia a ello. Pero Hamet dudaba que el tratamiento médico utilizado con Yusuf hubiese prolongado su vida. La triaca habría podido ser eficaz en caso de envenenamiento por la comida, pero no a través de la piel. Las quemaduras producidas fueron letales desde el principio, y las sangrías diarias debilitaron aún más el cuerpo del envenenado, siendo sorprendente que su agonía se prolongase siete días. Entonces, ¿por qué Shirhane había fallecido antes que Yusuf?

Hamet escuchó el sonido del *manyan*, la máquina de las horas de la cercana Mezquita del *Attaibin*. El horologio señaló la tercera hora de la madrugada. Imaginó al *mutafaquid* encargándose del correcto funcionamiento del mecanismo hidráulico del ingenio para determinar con exactitud el instante del cumplimiento de las cinco oraciones diarias rituales.

El silencio de la noche le permitió oír el tenue ruido que producían unas piedrecillas contra el cristal de su ventana. Se asomó al pretil de la terraza y, con alguna dificultad, pudo distinguir, entre las sombras de la calle, una silueta humana que no llegó a identificar. Cubierto con un quezote oscuro, con capa y capuchón de la que no reconoció el color, un hombre arrojaba chinos contra el ajimez de su dormitorio.

—¿Quién es? —preguntó con voz apagada.

—La mano de Fátima te acompañe.

Hamet aguzó la vista para identificar la silueta. La frase pronunciada era la que habitualmente utilizaba su difunto padre Ahmad como saludo o despedida. Intuyó, más por lo que oía que por lo que veía, que quien se encontraba junto a su vivienda era Mufairry. Bajó la escalera que desde la terraza conducía al patio de la vivienda y abrió la puerta que daba al callejón posterior.

—Alá te guarde, Hamet —dijo Mufairry mientras intentaba cerrar la puerta con el cuidado necesario para no hacer ruido—. ¿Podemos hablar sin ser oídos?

Para no despertar a Jadicha, que dormía en un cuarto cuya ventana daba al patio, Hamet indicó con un gesto las escaleras que acababa de bajar para abrir la puerta. Luego ambos hombres subieron a la terraza de la vivienda.

—He intentado localizarte al final de la tarde, pero no lo he conseguido. Nadie sabía dónde te encontrabas —comentó Hamet.

—He permanecido oculto desde que se hizo pública la muerte de Yusuf. Piensa que aún soy el *arráez* de la guardia de un rey asesinado. No he podido cumplir la misión que tenía encomendada: velar por la seguridad del monarca. Algunos pueden interpretarlo como un fracaso en mi gestión. He mantenido en los últimos días unas buenas relaciones con Abdul. Pero el heredero legal ha sido depuesto. Es Nubahi quien va a ser proclamado rey de Granada. Estoy seguro de que seré cesado en mi puesto, si no lo he sido ya. Nubahi elegirá a una persona de su confianza, y te aseguro que yo no lo soy. Es necesario que me mantenga al acecho, ocultando mis intenciones.

—¿Qué ocurre para que acudas a mi casa a estas horas y con tanto sigilo?

—Perdóname. Llevo un rato rondando por casa, intentando avisarte sin que nadie lo notase. Temo que tu vida corra peligro y creo que debes estar prevenido.

—¿Por qué?

—El cadáver de tu maestro Omar ha aparecido esta noche degollado en el río Darro, junto a la Puerta de *Bib Ataubín*, la Puerta de los Penitentes.

Poco más abajo del recodo que hacía el río Darro junto a la Puerta del Rastro para buscar su desembocadura en el río Genil, a las afueras de la ciudad, se abría una de las puertas más importantes de la urbe, la *Bib Ataubín*. Se la conocía por este nombre debido a la gran cantidad de morabitos existentes en la cercana almunia exterior, en donde se agrupaban numerosos místicos entregados a prácticas devotas, así como a meditar y orar de forma continua. Alrededor de la puerta se había formado un pequeño arrabal, colindante con el barrio del *Adabaguin* o de los curtidores, conocido como la *Rondilla* del Darro, que era el lugar más peligroso de la ciudad. Además de las prostitutas más míseras, lo habitaban pícaros, villanos, delincuentes y bandidos, todos ellos con fama de peligrosos. ¡Dos arrabales colindantes con diferentes estilos de vida de sus habitantes!

—¿Degollado? —Hamet miró atónito a Mufairry—. ¡No es posible! Además, Omar no habría acudido solo y de noche al barrio más peligroso de la ciudad.

—Omar fue asesinado anoche. Por las señales aparecidas alrededor de donde se encontró su cuerpo, sospecho que no fue asesinado allí. Posiblemente se trasladó su cadáver hasta la *Bib Ataubín* para hacernos creer que su muerte es accidental, resultado de alguna trifulca nocturna en la *Rondilla* del Darro. Su rostro, aunque identificable, estaba muy desfigurado. Fue apaleado antes de morir. Mis informadores me han comunicado que ayer tarde estuvisteis juntos en los Baños del Nogal. Temo que su muerte tenga que ver algo con vuestra entrevista, aunque desconozco la conversación que mantuvisteis.

Hamet miró un rato al antiguo discípulo de su padre y quedó pensativo.

—Ayer tarde te busqué, pues sospechaba cómo fue asesinado el rey Yusuf. Ahora estoy seguro de haberlo averiguado. Me siento responsable de la muerte de Omar.

Hamet comenzó a relatar a Mufairry los detalles de sus investigaciones. El relato lo inició con la asistencia a la *jaraiyya* y la coincidencia entre el olor del perfume de la mujer y el de las ropas de Shirhane. Continuó con las pesquisas realizadas en la Alcaicería con Arudi, el perfumista, y la utilización de una sustancia urente en la elaboración del *Perfume del paraíso*. Narró la ayuda solicitada a Omar después del examen del aspirante a médico y la búsqueda bibliográfica que tanto él como Omar habían realizado en el Maristán y la Madraza para conseguir información sobre la bergamota. Mufairry se mostró pensativo al explicarle la desaparición de las páginas de los libros que pudiesen informar sobre esa sustancia. Por último, comentó las conclusiones a las que Omar y él habían llegado, afirmando, sin dudar, que Nasim, el médico real, y Faiz, el *zabazoque* de la *shurta*, habían mentido cuando en el Patio de los Leones intentaron explicar la muerte del mendigo. La aljuba no podía haber sido utilizada en Shirhane para confirmar la muerte real por envenenamiento. La bergamota pierde sus propiedades abrasivas poco después de ser expuesta a la luz del sol.

—Esto último es lo que Omar y yo hablamos en los Baños del Nogal —finalizó Hamet.

—No conozco bien a Nasim, pero de Faiz no me extraña nada. Le vi por primera vez hace años, cuando el hoy *zabazoque* de la *shurta* era un simple confidente de la policía. Ya tenía fama de ser un hombre sin miedo ni escrúpulos y de lealtad dudosa. Por unas simples monedas era capaz de delatar, acusar sin motivo o despachar a cualquiera sin pestañear. Una persona así se valora mucho en tiempos agitados o en medios cercanos al poder. Nunca le ha importado a quién sirve o la misión que se le encomiende, con tal de que eso le ayude a escalar puestos.

—En Granada abunda gentuza de su calaña.

—Sí, pero Faiz es doblemente peligroso. Además de utilizar con facilidad la daga sin importarle sobre quién la usa, es inteligente. Calcula bien su jugada antes de ejercitarla. ¿Cómo crees que ha llegado a ser el jefe de la policía?

—Pues Nasim no es muy diferente. Toda la preocupación de su vida ha sido la de ascender socialmente. Desde hace algún tiempo, además de ser el médico real, es el jefe de una de las familias más poderosa e influyente del reino. ¡Dudo que se conforme con eso! Omar, mi maestro, opinaba que hay dos tipos de insatisfechos: unos, los que, intentando alcanzar un objetivo, no lo consiguen; otros, los que habiendo conseguido su objetivo, les sabe a poco. Estos últimos son los peligrosos. Me da la impresión de que Nasim y Faiz pertenecen a este grupo.

—¿Alguien más conocía vuestras indagaciones?

—No. Omar confirmó en los baños mis sospechas, y fue entonces cuando le narré que era el rey el paciente sobre el que necesitaba recabar la información sobre la sustancia. Mi compañero Manssur, que fue quien descubrió el cadáver de Shirhane, sólo sabe que otro paciente presentaba las mismas heridas, pero no creo que lo haya asociado con la muerte del monarca. ¿Y Jamal, el *alarife* que estaba presente en el Palacio de los Leones?

—Jamal es un hombre fiel. Está al tanto de todo el asunto. Cuando mis ayudantes me avisaron del asesinato de Omar, yo estaba precisamente oculto en su domicilio en el arrabal de la Rambla. Ha optado, mientras se aclara la situación, por ocultarse en una finca que tiene en la alquería de Pulianas. ¿Sabes si Omar había comentado el asunto con alguien?

—No creo, aunque… espera… cuando encontró las páginas de los libros arrancadas, preguntó al archivero de la Madraza y a uno de los profesores de botánica. Omar aseguró que los dos se habían extrañado de que los libros estuviesen incompletos, aunque le dio la impresión de que el profesor de botánica intentó ocultar algo que sabía. Cuando me lo dijo, me arrepentí de haber pedido su ayuda. Ahora me siento culpable de la muerte de mi antiguo maestro.

—Comprendo tu pesar, pero no creo que seas culpable de nada. Has intentado ser prudente, como te recomendé la noche en la que acudí a tu casa para atender al rey. El que pidieras ayuda a Omar para intentar averiguar la verdad entra en la lógica de tu deseo por conocer la verdad.

—Si cuando le pedí ayuda en la Madraza hubiese comentado que el envenenado era el rey, Omar hubiese sido más discreto y cauto. Se enteró en los baños de la identidad del enfermo, cuando ya había preguntado al botánico y al archivero sobre la ausencia de páginas en los libros.

—Si es cierto que el arma homicida ha sido una extraña sustancia, la muerte del rey no es obra de pocas personas. Ni Omar ni tú, como médicos, conocíais el uso que podía tener la bergamota. Es necesario contar con diferentes conocimientos que requieren la actuación de más involucrados. Nasim y Faiz son sospechosos desde que sabemos que mintieron. No te extrañe que el archivero o el profesor de botánica estén también implicados. Es posible que el botánico haya sido el que suministre la información a los conspiradores para utilizar la bergamota.

—¡Tal vez! Pero Arudi comentó que la mujer de un médico de la Alhambra también utilizaba el *Perfume del paraíso*. Puede que sea la mujer de Nasim, y que el médico real conociese el poder urente del aceite del fruto.

—Lo que no entiendo es por qué las ropas del mendigo olían a pera limonada, si no se había utilizado en él la aljuba. ¿No se quejó el perfumista de que las dos últimas cargas de bergamota que habían arribado a Málaga ya estaban vendidas?

¡Y entonces lo vio claro! Se había utilizado otra ropa para asesinar al *oriental*. ¿Cómo no se había percatado antes? El relato de Nasim y Faiz, asegurando haber utilizado la aljuba para demostrar el envenenamiento real, había sido como la luz del día que impide ver las estrellas. Las ropas del mendigo fueron impregnadas con el aceite. Además, Shirhane falleció antes que Yusuf. Pero Hamet había descartado que la atención médica recibida por el rey hubiese prolongado su agonía. No se utilizó a Shirhane para comprobar la forma de envenenamiento, sino como experimento anterior. Se había probado en él el arma homicida, y utilizada después en el monarca. Los asesinos habían dispuesto de cantidad suficiente de bergamota como para asesinar a Shirhane y a Yusuf.

—Hay que localizar a Nasim. Como sea, tiene que confirmar lo que sospechamos.

El ruido de pasos en la calle hizo que los dos hombres se asomasen a la baranda de la azotea. Un grupo de policías se acercaba a la puerta principal del domicilio de Hamet.

—A mí, que yo sepa, aún no me busca la policía. Nadie sabe que estoy aquí. ¡Esos hombres vienen a por ti! —susurró Mufairry—. Por la puerta trasera podemos huir sin que nos oigan ni vean.

—¿Y Jadicha? ¿Qué pasará con ella?

—No te preocupes. Registrarán la casa, y al no encontrarte, ella les convencerá de que has ido a realizar alguna consulta médica. Si mal no recuerdo, Jadicha es una mujer de carácter, con bastantes recursos para salir del paso. ¡Vámonos, Hamet!

# 4

Los dos frailes fueron conducidos al piso inferior, al segundo subterráneo de la Puerta de los Siete Suelos. El sótano disponía de una amplia pieza central, de forma circular, a la que se abrían pequeñas y estrechas puertas que daban acceso a celdas dispuestas radialmente. Varios braseros encendidos, junto a bastidores, mesas y bancos de diferentes tamaños y altura, ocupaban la sala. De las paredes y el techo colgaban cadenas con grilletes y sogas.

Conducidos los religiosos al centro de la estancia, aguardaron maniatados la llegada de Faiz. El *zabazoque* no se hizo esperar y entró de forma parsimoniosa acompañado de dos hombres. Uno de ellos, seguramente un escribano, se sentó junto a una pequeña mesa, preparó tintero y cálamo, y desplegó algunos pliegos de papel. El segundo acompañante, de aspecto serio y sombrío, permaneció junto a él.

—¿Cuándo llegasteis a Granada? —preguntó el policía a Juan Lorenzo.

—Hará unos cuatro días.

—¿Y no es más cierto que llegasteis hace diez o doce días?

—No. Hace unos quince días que partimos desde Córdoba. Atravesamos la frontera de vuestro reino por Alcalá de Benzaide, y desde allí, pasamos Íllora y Moclín hasta entrar en la ciudad por la Puerta de Elvira al atardecer de hace cuatro días.

—¿A qué habéis venido?

—A confortar a nuestros hermanos cautivos —dijo Juan Lorenzo—. Somos religiosos que predicamos a las personas necesitadas de consuelo. Hace dos días solicitamos permiso al imán de la Mezquita Mayor. En la faltriquera de mis hábitos puedes encontrar el salvoconducto con su autorización. Si tuviera las manos libres podría mostrártelo.

—Veo que sabes mentir—. En el rostro de Faiz la satisfacción iba aumentando por momentos.

—No te miento. Lo que te he dicho es la verdad. Según el oficial que nos ha detenido, hemos sido acusados de incumplir las condiciones del salvoconducto. Si hemos ido en busca del médico genovés que vive en *Albunest*, aunque teníamos prohibido relacionarnos con renegados de nuestra fe, ha sido por su condición de médico y no por otro motivo. Necesitábamos su ayuda.

—¡Déjate de monsergas! ¡Habéis sido detenidos por el asesinato del rey!

—¿Cómo? ¡Nosotros no hemos hecho nada!

—Por lo que sabemos, llegasteis a nuestras tierras hace casi dos semanas. Veníais a conspirar contra el reino, mandados por vuestros superiores. Hemos averiguado que introdujisteis una prenda envenenada entre los regalos que los embajadores de Fez traían para nuestro rey. Habéis esperado en la ciudad hasta confirmar el asesinato del emir, y pensabais huir en los próximos días.

—¡Sabes que lo que afirmas es incierto!

—Por lo que veo, voy a tener que emplear métodos más contundentes para que confeséis vuestro crimen y delatéis a los que os han ayudado.

Y al chasquido de sus dedos, aparecieron en la sala cuatro fornidos verdugos dispuestos a realizar su trabajo.

—Escucha, fraile. Podemos ahorrarnos tiempo y disgustos si confesáis libremente ante el escribano —continuó Faiz dirigiéndose a fray Pedro y señalando al acompañante que había preparado los útiles de escritura en la mesa cercana.

—¡Estás equivocado! Nos enteramos ayer por mañana de la muerte del emir, pero no tenemos nada que ver con ella. ¡Somos inocentes! —replicó el joven.

—¡Nadie es inocente en los tiempos que corren! Dispongo de métodos para que confieses la verdad. Conocemos mil maneras de provocar dolor para que hables. Es posible que imagines que tu Dios te ayudará a soportar el tormento. ¡Dudo que lo haga! Quizás pienses que el dolor llegue a hacerte perder el conocimiento. ¡Te equivocas! Este cirujano —y señaló al segundo de sus acompañantes, el de aspecto serio y sombrío— te mantendrá consciente para que puedas hablar. ¡Vosotros decidís!

Era tal el silencio que podía oírse el rasguear de la pluma de ave del escribano, el cual levantaba acta de lo declarado hasta el momento por los frailes. Se percibía, asimismo, el crepitar de las brasas de un anafre cercano, en donde se calentaban hierros y garfios.

—Te aseguro que no hemos hecho nada. Nosotros somos hombres de paz. —por primera vez, el tono de Juan Lorenzo mostró preocupación.

Faiz se volvió con desprecio hacia los franciscanos. Se dirigió al extremo de la sala, donde aguardaban los verdugos, y ordenó al que parecía ser el jefe de ellos:

—Realiza tu trabajo. No vamos a utilizar el fuego. A mediodía tienen que estar presentables ante el pueblo de Granada. No quiero que sus cuerpos muestren señales de haber sido torturados con quemaduras. Recuerda que han de sobrevivir…, por lo menos hasta el mediodía. No alargaremos el tormento durante más de media hora. Si no han confesado, les daremos un descanso para que se recuperen y reiniciaremos la sesión. Si se te escapan de las manos, tú ocuparas su puesto. ¡Tenlo presente!

El verdugo se acercó a Juan Lorenzo y le miró directamente a los ojos. La fetidez de su aliento repugnó al aragonés, que intento encontrar, sin conseguirlo, algún signo de emoción en esa mirada. Desató al franciscano y, con un gesto, le indicó que se desnudase por completo. Al hacerlo, Juan Lorenzo sintió pudor, e instintivamente, procuró ocultar sus genitales con las manos. Ante esta actitud, el verdugo le dio un bofetón que, por lo inesperado, hizo que el fraile rodase por el suelo. Dos de los ayudantes lo levantaron a patadas. Incorporado, le tumbaron sobre su espalda en una tarima. Cerraron una anilla de hierro alrededor del cuello y, separando sus brazos del cuerpo y abriéndole las piernas, le sujetaron las muñecas y tobillos con hierros a la tarima. Estirados así sus miembros, ataron un cordel a cada uno de sus brazos y muslos, pasándolos por unos agujeros dispuestos en el tablado.

El cuarto verdugo se ocupó de fray Pedro. Lo subió al *potro*. El artilugio disponía de una tabla ancha acanalada sostenida por cuatro palos a modo de patas. Cruzaba la tabla un travesaño algo prominente, sobre el que colocó la espalda de Pedro, de manera que su cabeza y piernas quedaron más hundidas. Colocaron dos garrotillos en cada brazo y pierna, uno en la parte superior y carnosa de cada extremidad y el otro junto a muñecas y tobillos.

Cuando estuvieron preparados los dos frailes, la voz de Faiz sonó en la estancia como procedente de ultratumba.

—¿Tenéis algo que decir?

Ante el silencio, Faiz chasqueó los dedos. Los dos verdugos encargados de Juan Lorenzo tensaron el cordel al mismo tiempo. El fraile sintió cómo las cuerdas, de pequeño grosor, cortaban los músculos de brazos y muslos, pareciendo que llegaban al hueso. Consideró que el dolor era insoportable y notó que su mente quedaba en blanco, sin poder pensar. Como pudo, aguantó el grito que estaba deseando dar. No sintió que brotaba la sangre por sus cuatro extremidades en el lugar en que el cordel apretaba sus miembros.

No oyó Juan Lorenzo la voz de Faiz preguntando si tenían algo que decir, ni el siguiente chasquido de los dedos. Lo que sí percibió fue el grito de dolor que la garganta de fray Pedro dejó escapar y que debió oírse en toda la torre que albergaba la mazmorra. El verdugo ocupado del joven acababa de apretar el garrote que sujetaba su muñeca izquierda. El cordobés no esperaba que el hierro le produjera tanto daño, y por un momento, creyó que su muñeca quedaba totalmente aplastada. No había finalizado de gritar cuando el verdugo apretó los garrotillos de los tobillos. Notó entonces que las piernas no eran ya suyas, y continuó gritando.

Faiz disfrutaba presenciando ese espectáculo. Comprobaba cómo los dos desdichados, sujetos al *potro* o al tormento *del cordel,* gemían y se retorcían en el intento de quedar inconscientes para no sentir el dolor que les producían. Dos veces más preguntó y dos veces obtuvo el silencio por respuesta. Y dos veces volvió a chasquear los dedos para que los verdugos tensaran el cordel o apretasen los garrotillos.

Después del tercer intento, la mirada del jefe de los verdugos le hizo comprender que debía conceder una tregua. Aguardó media hora jugueteando con las brasas de uno de los hornillos, mientras comprobaba el chisporroteo al azuzarlas con una paleta de hierro. Al cabo de un rato, ordenó una segunda sesión. Disfrutó cuando Juan Lorenzo, que se había resistido a gritar en las tres ocasiones anteriores en que habían tensado las cuerdas, no se aguantaba más y lanzaba también un gemido de dolor a la cuarta vez que se estiraban las cuerdas. Fray Pedro perdió el conocimiento.

Paciencia, se dijo. Ya hablarán. Consideró prudente dejar de utilizar *potro* y *cordel*. Ordenó que se desatase a los prisioneros. Les concedió un segundo descanso y abandonó los calabozos, buscando en el exterior de la torre un mingitorio donde vaciar su vejiga.

A su regreso, se acercó a los frailes, que descansaban tumbados en uno de los rincones del calabozo. Sonriendo maliciosamente, les interpeló:

—¿Qué? ¿Está vuestro ánimo por colaborar?

—No podemos afirmar algo que desconocemos. No tenemos nada que ver con la muerte de tu rey —respondió Juan Lorenzo con voz débil.

Faiz miró al cirujano, que durante el descanso se había limitado a realizar un reconocimiento somero del estado físico de los atormentados. Éste dio su asentimiento con un gesto, y el policía procedió a continuar con el interrogatorio.

—¡Tú lo has querido! ¡La *garrucha*!

Los verdugos levantaron a los dos hombres, que apenas podían mantenerse en pie. Ataron sus manos por la espalda y en los tobillos sujetaron unos grilletes cargados con pesas de hierro. Sujetaron a cada uno por las ataduras de sus manos a una soga que corría por unas poleas colgadas del techo. Tirando de la soga, los alzaron hasta que sus cuerpos llegaron a la polea.

—¿Tenéis algo que decir? —volvió a preguntar cansinamente Faiz.

—¿Qué quieres que digamos? —gritó exasperado fray Pedro.

—¡La verdad!

—¡Somos inocentes!

—¡Soltadlos!

Los verdugos soltaron la soga de repente. Los cuerpos de los dos hombres descendieron rápidamente, y se detuvieron de forma brusca a media braza del suelo, sin llegar a tocarlo. Ambos franciscanos gimieron de dolor. Este brusco movimiento provocó una tremenda sacudida en sus cuerpos hasta dislocar hombros, codos y tobillos.

Una vez que estuvieron en el suelo, el cirujano se acercó y fue colocando los huesos desencajados en sus articulaciones, provocando aún más dolor.

Puesto que los frailes persistían en su silencio, fueron de nuevo izados en un reanudado suplicio. La mirada de Juan Lorenzo tras la segunda aplicación de la garrucha exasperó a Faiz.

—¡Maldita sea! Reconoced de una vez vuestro crimen, y no perdamos más tiempo.

El mutismo de los hombres fue interpretado como una negativa.

—¡La *toca*!…¡Y esta vez sin descanso! —continuó al comprobar un gesto de reproche del cirujano.

Los hombres fueron atados a unos bastidores. Bien sujetos por correas que impedían cualquier movimiento, extendieron sus cabezas hacia atrás, haciendo que sus rostros mirasen al techo. Un aparato entre los dientes forzaba la lengua hacia fuera e impedía que cerrasen sus bocas. Los verdugos cogieron unas tiras de lino o *tocas*, de media vara de longitud, y colocaron uno de sus extremos en las bocas de los torturados. Se los hicieron tragar poco a poco, vertiendo agua, de tal forma que, obligados a deglutir el líquido, el paño iba entrando en sus gargantas.

Fray Pedro experimentó ahogo. Luego notó cómo el agua llegaba a sus pulmones. Se convulsionó buscando un aire que no encontraba e intentó toser, pero no pudo. Sus ojos buscaron el vacío, y su piel comenzó a tomar una coloración, primero, pálida, y después, violácea. Sintió que la muerte llegaba, y entornó los ojos en medio de una sacudida de su cuerpo que casi provocó la rotura de las cuerdas que le sujetaban.

El cirujano levantó la mano, miró a Faiz, y éste, apesadumbrado, suspendió el suplicio. Sus superiores le habían ordenado obtener una confesión, pero exigían que los dos hombres llegasen vivos a mediodía.

¡Malditos infieles! —pensó.

—¡Escribano! ¿Qué has redactado?

—Que los presos han sido interrogado y que se les ha aplicado *potro*, *cordel*, *garrucha* y *toca*.

—¡Pues escribe que han confesado ser los autores del crimen! ¡Que introdujeron una aljuba de seda entre los regalos destinados al emir, y que lo hicieron sobornando en Málaga a unos criados de la embajada diplomática!

—*Sayidi*, no puedo hacer lo que me pides.

—¡Hazlo, maldita sea! ¿Acaso quieres ocupar su puesto y ser tú quien confiese? ¡Redacta de una vez!

Asustado, el escribano bajó su mirada, se concentró en los pliegos de papel y redactó cuidadosamente lo que Faiz había ordenado.

5

Hamet y Mufairry salieron de la casa del médico sin hacer ruido después de que el *arráez* comprobase que el callejón al que daba la puerta trasera estaba desierto. Mufairry se dirigió, pegado a la tapia y aprovechando la oscuridad de la noche, hacia la salida del angostillo, pero hubo de desandar sus pasos al comprobar que Hamet se había detenido y ocultado en el zaguán de una vivienda vecina.

—¡Vamos, Hamet! ¡Por lo que más quieras!

—¡Aguarda! Para mi tranquilidad, necesito asegurarme de la salvaguarda de Jadicha.

El militar deseaba abandonar las inmediaciones de la casa de su amigo cuanto antes, pero comprendió la actitud de Hamet, pues conocía el aprecio a su criada. Pudieron oír las llamadas que el grupo de policías efectuaba al portón de la vivienda. Sintieron, asimismo, el remoloneo de la sirvienta para abrir la puerta y las preguntas que después le hicieron sobre el paradero del médico. No tardaron los policías en entrar en la casa. Los dos huidos se percataron de los ruidos que hacían mientras la registraban. Desde el escondite improvisado, comprobaron cómo uno de los guardias se asomaba al pretil de la terraza, donde momentos antes estaban Hamet y Mufairry, buscando algún atisbo del médico. El registro y el interrogatorio a la mujer duraron algo más de media hora. Después los policías abandonaron el lugar. Hamet oyó cómo Jadicha cerraba la vivienda, apagaba las luces y buscaba de nuevo el sueño interrumpido. Suspiró hondo y se tranquilizó.

Hamet y Mufairry aguardaron un rato prudencial antes de articular palabra.

—¡Esto es absurdo! ¡Nunca me imaginé que tuviese que huir de mi propia casa! —susurró Hamet.

—Te comprendo. Pero es conveniente que nos alejemos de aquí. ¡Y cuanto antes mejor!

—¿Por qué me buscan? ¡No he hecho nada!

—Piensan que sabes más de la cuenta. El hecho de que te busquen y que hayan registrado tu domicilio así lo demuestra. Como sospechamos, Omar no debió morir a manos de delincuentes comunes en *la Rodilla* del Darro. Debió delatarse cuando interrogó al archivero o al botánico de la Madraza sobre las páginas que faltaban en los libros y que se referían a la bergamota. Por eso fue asesinado. Y lo mismo que yo sabía por mis informadores de vuestro encuentro en los baños del Nogal, la presencia policial en tu casa demuestra que la *shurta* también lo conoce.

—¿Sabes dónde podemos encontrar a Nasim o Faiz?

—Faiz puede que esté en cualquiera de las dependencias de la *shurta*. Será difícil abordarlo solo, pues siempre suele estar acompañado de tres o cuatro policías de su confianza. No podemos hablar con él sin que te detengan. Es preferible que busquemos a Nasim.

—¿Sabes dónde localizarle?

—Vive en una mansión en la zona de los *Alixares*, colina arriba de la Alhambra. Tendremos que aguardar a que amanezca. Todos los alrededores de la fortaleza real están estos días muy protegidos. Levantaríamos sospechas si intentamos acercarnos de madrugada. Pasaremos más desapercibidos durante el día, cuando las calles comiencen a estar concurridas. Este zaguán no es seguro. Hay que buscar un lugar donde esperar las primeras luces del alba.

—Un par de calles más abajo hay una casa deshabitada. Algunas noches la ocupan mendigos que pasan el día en los alrededores del Maristán. Pero la mayoría de las noches está vacía. Podemos refugiarnos en ella.

—¡Pues, vamos!—. Y sin esperar más, Mufairry salió del zaguán dispuesto a seguir a Hamet.

Los dos hombres caminaron en silencio, pegados a las paredes de las calles, eludiendo la luz de los hachones que algunas viviendas mantenían encendidas para indicar la entrada. Aceleraban sus pasos conforme se alejaban de la vivienda de Hamet. Al acecho, giraron en los recodos de las callejuelas y en poco tiempo llegaron a la casa deshabitada. Forzaron fácilmente la puerta y se aseguraron de que estaba vacía. El médico buscó un rincón donde acomodarse para aguardar las dos horas que aún faltaban hasta el amanecer, apartó un par de guijarros del suelo y se sentó. El militar permaneció de pie, vigilante junto a la puerta.

—Siento de veras que te haya salpicado todo este enredo — comentó al cabo de un rato—. Cuando Fátima, la hija de Yusuf, insistió en acudir en tu busca, temí que te vieras envuelto en asuntos desagradables. Pero nunca imaginé que pudiese ocurrir lo que está sucediendo.

—No es culpa tuya. Mi situación es fruto únicamente de la casualidad. Si no hubiera visto el cadáver de Shirhane, o no hubiese relacionado el perfume de la *jaraiyya* con las ropas del mendigo, mi relación con la muerte del emir se hubiese limitado a mi actuación la noche en que acudiste en mi busca. Como decía mi padre, la vida no es más que una sarta de azares.

—¿Añoras a tu padre?

Hamet miró fijamente a Mufairry. Sabía del aprecio que ambos se tuvieron en vida y de la admiración y cariño que el *arráez* mantenía aún con Ahmad.

—¡Como nunca imaginé! Y para colmo, ahora lamento no haber modificado la relación, no áspera, pero sí seca, que mantuvimos en los últimos años. Cuando murió mi madre, mi padre decidió rehacer su vida. En esa época no entendí que tenía todo el derecho del mundo para hacerlo. Sentí que me separaba de él y que ya no nos entendíamos. No comprendí que los lazos de sangre no son suficientes para mantener una buena relación. Pensé que me consideraba culpable de la enfermedad de su mujer, pues fue poco después de mi nacimiento cuando mi madre enfermó. El distanciamiento fue progresivo, y su segundo matrimonio acentuó esa sensación. Parecía que mi hermana y yo estorbábamos en su nueva vida. Por eso nos fuimos a vivir con mis abuelos maternos.

—Te equivocas, Hamet. Nunca fuiste un estorbo para tu padre.

—Lo sé. Me di cuenta cuando maduré. Comprendí que mi padre sólo quería una vida nueva. Los últimos años de su primer matrimonio habían sido un sufrimiento continuo, del que nadie tenía la culpa, y que soportó estoicamente, sin apenas quejarse. No debe ser fácil ver que la mujer que amas se convierte en una inválida. ¡Pero yo no lo entendí! Sólo pensé en el sufrimiento de mi madre, no en el de él. Quizás por eso quise ser médico en lugar de soldado, atraído por la leyenda sentimental de sacrificio, humanitarismo y contacto dramático con los demás de mi profesión. Por momentos pensé, en la inmadurez de mi adolescencia, que podría ser el que todo lo iba a curar. El hecho de no seguir sus pasos en la milicia colaboró negativamente en nuestra relación.

—El beneficiado de tu decisión profesional fui yo.

—Es cierto. Se volcó contigo para enseñarte todo lo que sabía de la milicia, lo que más admiró en su vida.

—Y a ti te inculcó otros conocimientos y virtudes. Tu padre era un hombre honrado, honesto y cumplidor escrupuloso de sus deberes, autoritario cuando la situación lo requería, pero dialogante y tolerante, respetando las opiniones de sus contrarios. Fue también capaz de aprender de sus errores, sin avergonzarse jamás de mostrar su lado humano, con sus limitaciones y defectos.

—¿Y?

—Tu padre te educó en un entorno adecuado. Su norma era el respeto mutuo, el trato considerado, la eficacia, el orden y los modales correctos. Te enseñó que cada cual ha de responsabilizarse de sus actos y valerse por sí mismo. Te formó más con sus costumbres que con sus consejos. La formación que, como militar, recibí de él es parecida a la que tú obtuviste como hijo. Mi experiencia me dice que todos tenemos dificultades para hacer caso a lo que se nos manda, pero tardamos poco en hacer lo que vemos. Tu vida se basa en la franqueza y en la confianza. Eres igual que tu padre, y lo que acabas de confesarme lo demuestra.

—¡No creas! Él aprendía de sus errores. A mí me cuesta hacerlo. Comencé a echar de menos a mi madre cuando falleció. Me di cuenta de su importancia cuando la había perdido sin remedio. Y en vida de mi padre pasó igual. Caí en el mismo error. Confié en el futuro, pensando que cualquier día hablaríamos, expondríamos nuestras ideas, aclararíamos nuestro comportamiento y mejoraríamos nuestra relación. Pero nunca llegó ese día. Lo dejamos para un mañana que jamás existió. Siempre pensamos que tendremos tiempo, pero no siempre es así. Mi padre murió antes que llegase ese día que yo deseaba.

—Por desgracia, a todos nos pasa igual.

—Es posible, pero no me consuela.

—Eso es por la forma que tienes de ver la vida, como médico que eres.

—El médico es un espectador más de la vida, aunque actúa en un plano distinto al de los demás espectadores. Tenemos más ocasiones de ver el lado dramático de la existencia, pero no vemos cosas que no puedan ver los demás. Precisamente, por mi profesión debí ser consciente de que no siempre hay tiempo. La muerte puede sorprenderte cuando menos la esperas. Por eso me siento aún más culpable.

## 6

Nubahi cruzó la pequeña puerta de la izquierda, de las dos de que disponía la fachada de la residencia real nazarí, y tras atravesar un pequeño recodo, llegó al Patio de la Alberca y entró en el Palacio de Comares. Se colocó en el centro de la galería sur del patio, bajo el arco semicircular, el más elevado del pórtico. Se detuvo allí el tiempo preciso para sentir la mirada de los que, a partir de ese momento, iban a ser sus súbditos.

Los principales de la ciudad, formando dos hileras, una a cada lado de las dos galerías longitudinales del patio, aguardaban su llegada. Habían sido convocados antes del amanecer para, además del acto de entronación de Nubahi, realizar después conjuntamente la primera oración del día. Siguiendo el protocolo de la dinastía nazarí, los invitados al acto que se iba a realizar habían sido colocados por los *juddam*, los servidores palatinos, de acuerdo a su categoría social. Junto al Salón del Trono, en la Sala de la *Baraca* o de la bendición, esperaban los integrantes del *diwan*, el gobierno del rey, ocupando un lugar destacado Zuhair, el *hayib* del reino, el primer ministro. Junto a ellos, los *amires*, los generales que mandaban las grandes banderas del ejército, y los *sujuj alqaba*, los jefes de las cábilas beréberes, mercenarios norteafricanos que servían en el ejército nazarí.

Ocupando un lugar destacado, la familia real: los primos, tíos, sobrinos y demás parientes del nuevo monarca, junto a los integrantes de la familia *Ummaiya*, los únicos aristócratas granadinos que tenían reconocido el pertenecer al linaje de los *serifes*, los descendientes directos de las dos Fátimas, *Fátima Zahra*, la hija del Profeta, y *Fátima Husayn*, nieta de la anterior y, por tanto, biznieta de Mahoma. Tras ellos, el resto de la aristocracia granadina, miembros de las familias Kumasa, Abdalbarr, Abencerrajes, Sarquies y los Alamin, que vinculaban su origen a alguno de los treinta y seis linajes establecidos en Al-Ándalus, según la tradición, procedentes, directa o indirectamente, de Arabia.

Les seguían Saad, el imán de la Mezquita Mayor, y Rashid, el *cadi al yamma*, el juez supremo de la ciudad. Les acompañaban los *wali*, gobernadores de las principales ciudades del reino. Habían podido acudir los gobernadores de Guadix, Baza, Málaga, Alhama y Ronda; el *wali* de Almería no pudo ser convocado a tiempo. Tras los gobernadores, los *ulemas*, los doctores en ciencia religiosa, varios jueces destacados de Granada y de las ciudades más importantes del reino, y algunos jefes de las numerosas cofradías místicas, *sufíes* y *faquíes*, que pululaban en la ciudad. El lugar menos destacado, aunque formando el grupo más numeroso, estaba reservado para los más ricos comerciantes, los *tuyyar*, y el resto de notables de la ciudad.

Nubahi echó en falta a los embajadores de Marrakus, Tremecén y Túnez, y también a los de Castilla y Aragón. La premura de su entronización impidió avisar con suficiente antelación a los reinos fronterizos con los que Granada mantenía relaciones comerciales, por lo que no pudieron ser invitados. Otro tanto había ocurrido con las ciudades más alejadas del reino. Bastantes de los notables que vivían en

Almería, Málaga, Vera, Huéscar, Ronda o Ubrique no pudieron llegar a tiempo. Zuhair, el *hayib*, le había convencido para realizar una rápida coronación y evitar así problemas con los posibles seguidores de su hermanastro Abdul, que podían interpretar como una asonada su proclamación como rey. Era preferible una pronta entronización que le diera legalidad a su elección por el Consejo de Gobierno. Más adelante podría celebrarse una nueva ceremonia, invitando a embajadores de los reinos cercanos. Zuhair le convenció también cuando afirmó que después, a mediodía, se celebraría un acto público en el que sería aclamado por el pueblo como emir del reino. De esta manera, se acallarían todos los rumores sobre la muerte de Yusuf, el anterior monarca. A pesar de la ausencia de grandes dignatarios extranjeros, Nubahi distinguió a los cónsules de Fez y El Cairo, que, encontrándose en Granada por asuntos comerciales, habían sido invitados para que representasen a sus respectivos países.

El bullicio de los que aguardaban su llegada disminuyó a medida que Nubahi hacía su entrada en el palacio y desapareció cuando se colocó en el centro del patio y aguardó el saludo general y la primera muestra de sumisión, con una inclinación de cintura, de sus nuevos súbditos.

Vestía chaleco de satén sin mangas, abotonado a cuello y cintura, y chaqueta de tejido rojo entreverada con brocados de oro, que intentaba disimular su marcada obesidad, propia de los excesos culinarios y de la vida desordenada que llevaba. Su rostro, orondo y habitualmente enrojecido, en el que destacaban sus alargados ojos de mirada aviesa y la enorme papada entre el mentón y el cuello, reflejaba una satisfacción y una euforia que nunca había sentido. Estaba a punto de lograr lo que siempre había anhelado y en muchas ocasiones temido no alcanzar: ¡ser el rey de Granada! Hubiera deseado ser proclamado Califa, como los antiguos reyes de Córdoba que gobernaban todo Al-Ándalus, pero Zuhair y el resto del Consejo de Gobierno le habían disuadido, dada la extensión a la que había quedado reducido el reino granadino en comparación con el de Córdoba. Tendría que conformarse con el título de emir, rey local de un reino musulmán, y que habitualmente tomaban los reyes granadinos desde la fundación de la dinastía por Alhamar. Cualquier otro título sería considerado una extralimitación, sobre todo entre los reinos musulmanes del Magreb norteafricano.

La satisfacción de alcanzar lo que siempre había anhelado se mezclaba con el odio hacia muchos de los que le rodeaban y le habían considerado un «segundón» incapaz de conseguir cualquier cosa. ¡Muchos de ellos vendrían ahora a adularlo!

Durante el reinado de su abuelo Muhammad, fue considerado siempre como el segundo hijo del heredero. En muchas ocasiones padeció el desprecio de la corte, ya que los astrólogos reales predijeron, cuando nació, que en su vida se darían hechos graves y desgracias para su familia y el reino. Recibió una educación y formación oficial por si, dado el caso, el primogénito Abdul no llegara a reinar. Sin embargo, esta preparación no fue tan esmerada y supervisada como la que había recibido su hermano mayor. Afortunadamente para él, su madre Alwa procuró que tuviese buenos maestros. No obstante, le educó en un ambiente blando y facilón, con escasa autoridad, pocas obligaciones, exigencias mínimas y deficiente organización. Su infancia, llena de caprichos y condescendencia ante cualquier deseo e indisciplina, provocó que varios de sus preceptores de juventud le acusaran de irresponsable, abúlico, inmaduro e inseguro. Su propio padre temía que tuviese dificultades para tomar decisiones. En más de una ocasión manifestó que carecía de preparación para superar las dificultades. ¡Qué equivocado estaba el ya fallecido Yusuf!, pensó Nubahi. Él, en cambio, se había propuesto ser el rey de Granada. ¡Y estaba a punto de conseguirlo!

Miró a su lado y vio a su madre, la mujer que le había ayudado a hacerse con el trono. Aparecía elegante, con casaca de terciopelo rojo y bordes de oropel sobre vestido holgado de algodón con estampados floreados. Varios brazaletes de abalorios rodeaban sus tobillos, en el punto en el que sus zaragüelles carmesí se ceñían a sus piernas. Pero en ese momento la consideró empalagosamente tierna y excesivamente protectora. Tendría que independizarse de ella, pues si por un lado precisaba su proximidad física para tomar algunas decisiones, por otro sentía que podría ser una amenaza constante para él. El comportamiento de Alwa llegaba a ser en ocasiones tiránico y posesivo, siempre pendiente de dónde estaba, qué hacía o qué decía. Era la que más le insistía en que no abusase de la comida y la bebida, y la más crítica con la vida de diversión que llevaba. Pero Nubahi, por el contrario, consideraba que su comportamiento no era tan desenfrenado como le hacía ver su madre. Era lo que merecía, por nacimiento y condición. ¡Bien!, pensó. Es un asunto pendiente que hay que arreglar pronto. Habría que controlar bien la amenaza que su madre pudiera suponer.

Volvió a mirar a los congregados. Comenzó a andar parsimoniosamente por el lateral izquierdo de la alberca del patio y se encaminó hacia la galería norte, tras la cual se alzaba imponente la Torre de Comares, la más grandiosa de todas las defensas de la Alhambra; en su interior se encontraba el Salón del Trono. La alberca, larga y estrecha, que daba nombre al patio, reflejaba en sus aguas la imagen de la torre, realzándola todavía más con el desdoblamiento de la imagen real y la reflejada. ¡Que buenos *alarifes* y constructores había tenido su bisabuelo Abul Hachaf al diseñar y edificar este palacio que impresionaba a cuantos lo visitaban! Con leves inclinaciones de cabeza fue saludando a los presentes, buscando en su caminar una elegancia y majestad de la que carecía por el exceso de peso y el poco donaire de su constitución corporal. Saludó efusivamente, besando tres veces su cara, a Ibn Ummaiya, el jefe de la familia descendiente del Profeta. Inclinó cortésmente la cabeza cuando pasó junto a Zuhair, detalle que fue correspondido por el *hayib* de su padre.

También debía a Zuhair el estar donde se encontraba. Es cierto que, de no haber sido por él, no habría sido nombrado heredero de Yusuf. Pero Nubahi no se fiaba. No le gustaba Zuhair. Ya tenía elegido un nuevo *hayib* de más confianza, mejor disposición y dispuesto a plegarse a sus deseos.

En su lento y triunfal paseo por el Patio de la Alberca, saludando a los invitados, llegó a la sala de la *Baraka* o de la bendición, antesala del Salón del Trono. Esta estancia era conocida también como de la *Barca*, por su disposición rectangular y su bóveda semicilíndrica en forma de barca invertida. Se dirigió hacia una de las tacas que adornaban las jambas del arco que separaba ambas dependencias, cogió la jarra que estaba allí dispuesta, lavó sus manos en señal de ablución y purificación, y volviéndose hacia el Patio de la Alberca, levantó sus brazos hacia el cielo e invitó a los congregados a entrar en el salón del Trono para proceder a su coronación.

El Salón del Trono ocupaba la parte central de la Torre de Comares. Allí era donde el emir granadino se presentaba con toda su majestad y desplegando gran boato, según el rígido protocolo. El recinto era el más lujoso de la Alhambra. Cuadrado, con lados de unas siete brazas de longitud, disponía, además de la amplia zona central, de nueve pequeñas estancias, tres a cada uno de los lados laterales y frontal, ocupando el espesor de los muros de la torre, permitiendo su iluminación natural los ajimeces abiertos hacia el exterior. El pavimento era de mármol blanco. Las paredes lucían zócalos de piezas vidriadas formando variadas combinaciones geométricas sobre las que se disponían paños decorativos de atauriques y cartelas con letras cúficas y cursivas alabando a Alá. El techo lo constituía un artesonado compuesto por ocho mil piezas coloreadas y superpuestas de madera de cedro. Formaba hasta siete niveles ascendentes, representando los siete niveles de los astros y los siete cielos de la cosmología islámica que coronan el trono de Dios. Los colores blanco, naranja, amarillo, gris irisado, rojo, índigo y azul del artesonado representaban la Luna, el Sol, Venus, Mercurio, Marte, Júpiter y Saturno. Cerraba el techo un cubo central de mocárabes que simbolizaba el sitial de Alá.

El solio real había sido colocado a media braza del suelo con la idea de que el nuevo monarca pudiese ser contemplado por todos los asistentes. Nubahi ascendió los escalones para subir al estrado, aguardó la entrada de los invitados en el Salón y se sentó de forma majestuosa en el trono.

Rashid, la máxima autoridad judicial del reino, se colocó junto al estrado del solio y dijo con voz fuerte:

—¡Proclamemos rey a nuestro querido Nubahi, hijo y nieto de reyes, heredero de la dinastía que rige nuestras vidas!

Los congregados en el salón gritaron:

—¡Lo proclamamos!

—¡Juremos fidelidad y lealtad a nuestro señor!

—¡Juramos!

Saad, el imán de la Mezquita Mayor, la máxima autoridad religiosa del reino, se dirigió hacia solio real y subió los peldaños del estrado. Llevaba en sus manos el turbante real, de color bermejo, establecido en el protocolo nazarí por el rey Abul Hachaff como distintivo del emir de Granada, sustituyendo el viejo yelmo de Alhamar, que recordaba bastante a las coronas de los reyes cristianos. Nubahi se levantó del trono, aguardó a que el imán se colocase frente a él e, inclinando levemente la cabeza, recibió el turbante real. Avanzó hasta el borde del estrado y proclamó:

—En memoria del Profeta y en honor del gran Alhamar, el fundador de la dinastía que durante años ha regido el destino de este país, tomaré como rey el segundo de mis nombres, Muhammad, el séptimo que con este mismo nombre ha tenido Granada.

Los congregados exteriorizaron su júbilo. El flamante rey se sentó de nuevo en el trono para recibir el saludo que, desde los pies del estrado, realizarían, uno a uno, los invitados.

Abdul despertó con la sensación placentera de haber dormido profundamente. El encuentro con su familia la noche anterior le había relajado. Comprobar que los suyos habían viajado sanos y salvos desde Granada, aunque presos como él, aquietó su intranquilidad y le permitió encontrar un descanso que precisaba. Abrazar a su mujer e hijos le colmó de una inmensa felicidad. Durante el viaje que él hizo hacia la costa el día anterior temió que sus hijos fuesen mantenidos en la capital nazarita como rehenes del nuevo rey para evitar así cualquier intento por acceder el trono. De ahí que incluso Abdul sintiera gratitud hacia su hermanastro Nubahi por mantener su palabra de enviar a su familia a Salobreña.

El rostro de su mujer reflejó, en el momento del encuentro, el temor por la situación en que se hallaba la familia, así como por la preocupación ante el aspecto que Abdul mostraba. En los pocos días en los que el matrimonio no se había visto, desde el inicio de la enfermedad de Yusuf, Abdul había envejecido bastante. El pelo se le había encanecido; sus ojos, antes observadores y curiosamente vivos, reflejaban ahora una mirada triste, perdida y sin brillo; su porte erguido había desaparecido; su columna y hombros se habían vencido hacia delante, como si un enorme peso se le hubiese echado sobre sus espaldas.

La luz del sol comenzaba a entrar por el ajimez de su dormitorio. Antes de efectuar cualquier movimiento, Abdul palpó con su mano derecha el cuerpo de Rawda, su esposa, que yacía a su lado. Se levantó del lecho con movimientos suaves para no despertar a la mujer, que aún dormía. La miró tiernamente y deseó abrazarla. ¿Era posible que el afecto que sentía hasta ahora por ella hubiese comenzado a convertirse en amor? ¿Ahora, cuando las dificultades habían aparecido en su vida familiar?

Se aseó en el baño anejo a la dependencia en la que había descansado y salió del dormitorio para encaminarse hacia la ventana de la sala en la que estaba confinado. Contemplando pueblo, vega, sierra y mar, que se divisaba desde la torre, le sorprendió la llegada de Walad, el alcaide de Salobreña, acompañado de dos sirvientes.

—Buenos días, Abdul. Me he permitido ordenar que preparen estos alimentos para tu desayuno. Son para ti y tu mujer. Ayer apenas comiste, y supongo que tendrás hambre. Te informo de que tus hijos aún duermen y que desayunarán en cuanto se despierten. ¿Necesitas algo más?

—Gracias, Walad. No necesito nada por el momento.

—¿Has descansado bien?

—Por lo menos, he dormido. Reconozco que la llegada anoche de mi familia ha aquietado mi desazón y me ha permitido descansar. ¿Tienes alguna información de Granada?

—Con tu familia llegó un correo de la capital, firmado por Zuhair, el *hayib*. En el escrito se me informa de que tu hermanastro Nubahi iba a ser proclamado este amanecer como nuevo emir del reino. Me conmina a cumplir tajantemente sus órdenes o las de Nubahi. Especifica que debo mantenerte confinado, por el momento, en este castillo, pues se te considera un prisionero. Permite que seas tratado con cortesía, pero no debo ofrecerte confianza. Y especifica claramente que me autoriza a utilizar la violencia si considero que realizas alguna maniobra sospechosa para huir o rebelarte contra el poder establecido.

—Entiendo. Puedes estar tranquilo. Te aseguro que no tengo intención de poner en peligro la vida de mi familia. No voy a intentar nada.

—¿Has pensado a qué vas a dedicar la jornada?

—Aún no he pensado nada. Acabo de levantarme y debo aclarar mis ideas.

Walad se acercó a una mesa cercana a la ventana sobre la que estaba dispuesto un tablero de ajedrez con piezas de madera primorosamente talladas.

—¿Qué tal juegas al ajedrez? ¿Te apetece una partida para pasar el rato? —comentó el alcaide acariciando la figura del rey blanco.

—Pues tengo que reconocer que juego bastante mal. No sé si es porque no aprendí bien en un principio o porque mi intelecto no termina de adaptarse al movimiento de las piezas —dijo Abdul mientras se sentaba a la mesa, eligiendo las fichas negras, y después de pensar que, de momento, no tenía otra cosa mejor que hacer.

—Tu abuelo Muhammad comentaba que el ajedrez le recordaba la existencia. Le gustaba jugar y, como tú, siempre elegía las fichas negras. Consideraba que la vida no es más que un tablero y que cada uno de nuestros actos, una jugada. El movimiento de las piezas refleja la vida y la idiosincrasia de los jugadores. Las inclinaciones y pasiones, las virtudes y los defectos se manifiestan en el estilo de juego. Sus reglas son sencillas, pero dan paso a una profundidad de concepción cuyos límites aún permanecen ignorados. Si la jugada es buena, inteligente y oportuna, el resultado será un éxito. Si el movimiento se hace de mala fe, con cobardía o de forma impropia, obtendremos un fracaso.

—Pues entonces, yo he debido de mover mal mis piezas hasta ahora.

—Es posible. El ajedrez representa una lucha de ideas, una batalla intelectual entre dos bandos que pueden crear, con sus jugadas, verdaderas obras de arte. La misma existencia de nuestro reino no es más que una partida de ajedrez. Somos más débiles que los castellanos. Debemos permanecer enrocados, edificando torres de vigilancia y castillos como éste por toda la frontera. Nuestro enemigo tiene más piezas, pero es poco eficaz y efectivo, porque sus ataques son discontinuos. Hasta ahora llevamos ciento cincuenta años resistiendo y defendiéndonos como podemos.

—¡Como la vida misma! El bando de mi hermano y el mío. Un juego en el que la caza del rey es su aspecto más interesante.

—No siempre se consigue cazar al rey.

—En mi caso, yo no era el rey, pero bien que me han cazado.

—Todavía no estás muerto, sólo estás prisionero.

—¿Te parece poco?

—No me parece nada. Quiero hacerte comprender que, por ahora, no te han dado un *shamat*, un jaque mate. Te están dando jaque, pero no eres aún un derrotado. El *shamat* ataca al rey de tal forma que no puede evitar su captura en el siguiente movimiento. Tu situación es peliaguda, pero no tiene por qué ser definitiva.

—¿Tú crees?

—Una mala jugada en el ajedrez, o un error táctico o de cálculo proporcionan al adversario una ventajosa posibilidad de idear una combinación de movimientos que le lleven a la victoria. ¡Pero no siempre! Es preciso que las acciones se ejecuten correctamente. Una alteración en el orden de las jugadas puede terminar en derrota del atacante.

—¿Piensas que en mi situación puedo aún defenderme?

—No lo sé. Sólo te comento que jugar al ataque es el lance más brillante. Pero para perfeccionarlo hay que formarse en el sacrificio, emplear bien las piezas para conseguir el máximo potencial y lanzarlas sobre las defensas del rival. ¿Estás seguro de que tu adversario, en este caso tu hermano, se ha preparado para ello?

—Da la sensación de que sí.

—No estés tan convencido, Abdul. Hasta ahora me da la impresión de que la partida no ha hecho más que empezar. La apertura de las piezas es la fase inicial del juego, aquélla en la que los dos ejércitos despliegan sus fuerzas, ocupan sus posiciones y entablan los combates preliminares. El principio es importante porque va a determinar el desarrollo del juego. Tiene múltiples posibilidades, pero nunca es infalible. He visto magníficos inicios que han terminado en rotundos fracasos.

—Mi hermano ha movido bien sus fichas. Le apoya todo el gobierno del reino. Sus piezas dominan Granada, y yo he sido confinado a esta prisión.

—¡Cierto! El juego, como la vida misma, depende de muchas circunstancias, y no siempre es posible prever los siguientes movimientos de nuestro adversario. ¡Ahora te toca mover a ti! ¿De qué fichas leales dispones?

—Me temo que de muy pocas. No creo que haya muchos partidarios de mi causa.

—¡No te desanimes! Repasemos las fichas. Los peones son los soldados. Su objetivo es avanzar hacia el campo enemigo. Acosan, atacan y amenazan vanguardias y retaguardias. Son los más numerosos, pero es la pieza más débil del juego. Avanzan lentamente y no pueden replegarse para defenderse.

—El ejército del reino está dominado por mi hermano. El *zabalmedina*, el responsable de la seguridad interior y exterior del país, estaba reunido con Nubahi la noche que me detuvieron.

—¡Sigamos! Las torres equivalen a los vigías del ejército. Dispuestas en las esquinas, observan y velan por la seguridad. Al principio del juego no parecen más que un poste en una esquina: mucha potencia y ningún acto. Pero durante el juego se cubren mutuamente y protegen al rey de los ataques laterales.

—Si las comparas con la policía, te diré que fue Faiz, el *zabazoque*, el jefe de la *shurta*, quien me detuvo.

—Al lado del rey y de la reina se colocan los alfiles. Son los asesores del monarca. Nosotros, los musulmanes, los representamos con una hendidura superior, como si su cabeza fuese una alcancía; es como si fueran el poder económico del reino. Los cristianos los caracterizan con una mitra, el símbolo de sus obispos, sus autoridades religiosas. Englobemos los dos poderes, el religioso y el económico. ¡Seamos atrevidos! Asociémosles el poder de los jueces. ¿De qué dispones tú?

—¡De nada! En la reunión nocturna del Generalife, en la que se decidió mi destitución como heredero y mi confinamiento a esta ciudad, se hallaban presentes Saad, el imán de la Mezquita Mayor, Rashid, el juez supremo de la ciudad, y Zuhair, el *hayyib* del reino. Los tres poderes con los que quieres representar al alfil.

—No pierdas la esperanza. El alfil es una pieza poderosa. Puede moverse sin límite de casillas, pero sólo lo puede hacer en diagonal, y además está atado a su color, escaques blancos o negros. ¡Esa es su desventaja! A los que representa, al igual que sus movimientos, son oblicuos hasta en su comportamiento. La vida de nuestro reino ha estado en sus manos en muchas ocasiones. Por un lado, parece que ayudan al monarca, asesorándole en diferentes asuntos o ayudándole a pactar treguas con los cristianos. Pero son volubles. Incordian al emir fomentando inestabilidad en el trono con nuevos aspirantes al mismo.

—Es cierto. En muchas ocasiones el poder económico y religioso ha debilitado al soberano avivando la división interna de nuestro país.

—Nos quedan dos piezas más y, en mi opinión, las más importantes. El caballo es la única figura que puede saltar sobre sus enemigos. Su movimiento es enrevesado, pero bien adaptado para atacar a varias piezas a la vez. Su valor se considera equivalente al alfil. El alfil, si no hay piezas que lo bloqueen, puede desplazarse de un extremo a otro del tablero en un solo movimiento. El caballo precisa al menos de tres turnos para lo mismo, pero tiene más movilidad cuando hay muchas piezas en el tablero. Puede alcanzar cualquier casilla, sin restricción de color. En mi opinión, representa el valor y la osadía para eliminar el miedo. Es el duende del juego. Con un salto, cambia de dirección en el aire y goza del privilegio de pasar por encima de otras piezas. La dama, el alfil o la torre tienen que arremeter contra el muro de peones. El caballo atisba un lugar libre detrás del frente, brinca por el muro y salta la valla. Puede convertirse en un intruso en el campo enemigo difícil de desalojar.

—Tal y como lo cuentas, puedo asociar el caballo a Mufairry, el *arráez* de los pretorianos de mi padre. Aunque no estoy seguro, puede que sea el único que me siga siendo fiel. Pero su poder es limitado. Sólo dispone de un contingente de hombres, la guardia palatina, muy escaso en proporción al resto del ejército.

—Fíjate en la similitud de tu situación con el juego. Los peones, el ejército, son las únicas piezas bien adaptadas para limitar el avance del caballo. Pero el caballo tiene una virtud que aún no hemos comentado. Es la única pieza que puede atacar a la dama contraria, quedando fuera de la línea de ataque de ella.

—¿Y quién es la dama? ¿Tal vez Alwa, la madre de Nubahi?

—Te equivocas. Ya entiendo por qué no has jugado nunca bien al ajedrez. El origen de este juego se ha atribuido a los egipcios, griegos y babilonios. Entre los hindúes, en tierras del río Ganges, se practicaba un ajedrez primitivo, la *chaturanga*, en el que intervenían cuatro jugadores con ocho piezas cada uno. Los persas redujeron a dos el número de combatientes. Cuando los árabes conquistaron Persia, se apoderaron de este entretenimiento, pues les entusiasmó, aunque el Profeta había condenado los juegos por ser vanos y apartar a los hombres de la vía del conocimiento. En su origen, la pieza que se situaba junto al rey era la *alferza*. Era una ficha masculina que representaba al visir, al consejero real. Se consideraba que tenía gran poder, pero no era así. Su capacidad de movimiento era muy limitada, en diagonal, igual que el alfil, pero de casilla en casilla. Los árabes decidieron sustituir la *alferza* por una nueva pieza, la más poderosa del juego: la dama. Puede moverse en todos los sentidos: horizontal, vertical y diagonal, y en número de casillas que desee. Se desplaza a todos lados como el rey, avanza como el peón, corre como el alfil y ataca como la torre. Sólo le está prohibido moverse tan peregrinamente como el caballo. En un segundo se encuentra en campamento enemigo. Con un solo movimiento, influye en la constelación total de las fuerzas. El juego se hizo más ágil y atractivo con la nueva pieza.

—Pero tú no crees que sea una mujer.

—Le dieron género femenino y la llamaron dama. Aparte del rey, es la figura más codiciada, y todo jugador teme perderla. Pero no creo que represente a una mujer en el sentido que tú le das. La mentalidad tribal del árabe no podía permitir que la pieza más importante del juego representase a una mujer, a la que consideramos inferior al hombre. En mi modesta opinión, la dama simboliza el principio de la vida. ¡Es la vida misma! Sin ella estamos perdidos.

Abdul miró asombrado a Walad por su gran entusiasmo.

—Sí, Abdul —continuó Walad—. Tu dama y tu caballo es posible que sean lo único que te queda. El rey es la pieza importante del juego. Cuando muere, acaba el juego. Pero en el fondo, es la menos poderosa. Prácticamente, está atado en su rincón. Apenas se mueve durante la partida. Pueden pasar treinta o cuarenta movimientos, y el rey permanece en su escaque. Sólo se pone en acción una vez que el frente de batalla se ha aligerado y, la mayoría de las veces, cuando se siente directamente atacado. Es entonces cuando puede ser peligroso. Se mueve casi por necesidad, porque se le amenaza y, cuando lo hace, aunque puede desplazarse en todos los sentidos, sólo se le permite hacerlo en un escaque. ¡No tiene tanto poder como aparenta!

—Pues mi hermano domina el ejército, la policía y los poderes económico, judicial y político del país.

—Tu hermano ha tomado la iniciativa con movimientos muy activos para hacerse con el poder. Tú sólo has realizado movimientos pasivos para defenderte. Pero la fuerte iniciativa de tu enemigo no significa que estés condenado a perder. En la mayoría de los casos, y éste es uno de los aspectos más apasionantes del ajedrez, existe una salida. Tu dama es tu vida, los valores y la formación que adornan tu persona. Si han de tener algún premio, lo tendrán en esta vida. Confía en tu caballo y espera acontecimientos. Al igual que tu abuelo, has elegido las fichas negras. Las blancas inician el juego. Ya han movido, y te han confinado en Salobreña. Ahora mueven las fichas negras.

## 8

Hamet y Mufairry abandonaron, con las primeras horas del día, la casa deshabitada que les había servido de escondrijo durante la noche.

El trayecto desde el Haxaris, el barrio del domicilio de Hamet y del Maristán, hasta la zona de los Alixares, donde vivía Nasim, era largo. Los Alixares estaban situados en una colina, al sureste de la Alhambra y algo más elevados que ésta. Yermos y secos, de ahí su nombre, estos terrenos habían sido utilizados como ejidos para el pasto de ganado. El proyecto de llevar agua con un ramal desde la acequia real convirtió el lugar en un vergel. Esto hizo que los personajes más influyentes y poderosos de la corte edificasen allí sus mansiones. Si el Generalife, al norte de la fortaleza nazarí, dominaba el valle del río Darro, los Alixares oteaban la cuenca del Genil. Desde este sitio podía contemplarse una de las mejores panorámicas de la ciudad. Hamet y Mufairry tenían dos posibilidades para realizar el recorrido. El camino más corto era seguir el cauce del Darro a su paso por los pies de la ladera del Albaicín. Esta ruta ya la había transitado Hamet cuando fue en busca de información sobre el perfume de la *jaraiyya* hasta la Alcaicería, llegar al Puente de *al-Hattaibin* o de los Leñadores, y en lugar de buscar la medina de la ciudad hacia la derecha, cruzar el río hasta su margen izquierda, atravesar los arrabales de la Churra y la Almanzora, acceder al arrabal de los Gomeles, buscar la *Bib Handac*, la Puerta del Barranco, y ascender por los alrededores de la Alhambra hasta los Alixares.

—Es el camino más corto, pero el más peligroso —comentó Mufairry—. Al amanecer, Nubahi va a ser proclamado rey en el Palacio de Comares. Las inmediaciones de la Alhambra estarán muy vigiladas, y lo mismo ocurrirá con la *Bib Handac* para evitar que cualquier intruso se aproxime a la fortaleza real. Allí seríamos interceptados. Anoche aún era el *arráez* de los pretorianos. No sé si sigo siéndolo esta mañana.

—¿Cómo llegamos entonces? —preguntó Hamet.

—Es necesario evitar los alrededores del palacio. Tendremos que dar un rodeo, aunque el trayecto sea más largo.

Decidieron buscar el centro de la ciudad no siguiendo el cauce del río, sino atravesando el Albaicín, hasta alcanzar la zona de la Calderería, cerca de la calle Elvira, y llegar al barrio de *Abul-Assí*. Desde el centro de la medina, atravesarían el arrabal de la Rambla, cruzarían el río por el último puente urbano, el Puente de Paja, y recorrerían el *Adabaquin*, el barrio de los curtidores y el *Al-fajjarin* el de los alfareros, y por último, ascenderían por la alameda de *Muamil* hasta los Alixares.

—El trayecto es largo. Tendremos que cruzar prácticamente la ciudad, y nos vamos a encontrar con todo el mundo —había objetado Hamet.

—¡Esa es la idea! Pasaremos inadvertidos entre los transeúntes. Nadie se extrañará de dos caminantes más en medio del gentío.

Los dos hombres marcharon por el camino elegido sin dejar de prestar atención a su alrededor, intentando pasar desapercibidos entre los numerosos viandantes que, a pesar de estar amaneciendo, se movían ya por la ciudad. Descartaron caminar por los callejones más estrechos, como pretendía Hamet. Mufairry le hizo ver que podían quedar acorralados por algún grupo si eran descubiertos en los angostillos.

En la zona de la Calderería, el médico sintió la mirada escrutadora de un policía que inspeccionaba una de las teterías del barrio. No obstante, se tranquilizó al comprobar que el guardia continuaba saboreando el sirope ofrecido por el dueño. Hamet y Mufairry oyeron a un par de pregoneros oficiales que convocaban al pueblo a media mañana en la *Bib*

*Albonud*, la Puerta de los Estandartes. Pedían a la población que acudiera a aclamar al nuevo emir, a mediodía, junto a la Mezquita de la Alhambra y, al mismo tiempo, asistieran al juicio de los asesinos del anterior monarca. Hamet y su acompañante se miraron extrañados.

Eludieron el centro del barrio de *Abul-Assí*, donde se ubicaban la Mezquita Mayor, la Madraza y la Alcaicería. Suponían que allí habría mayor presencia policial, y bordearon la zona por su parte sur, por los alrededores de la Alhóndiga de los Genoveses. Pasaron el arrabal de la Rambla. Tardaron casi una hora en alcanzar el Puente del Rastro, elevado junto al recodo en el que el río Darro vira hacia la izquierda, para unirse, unas brazas más abajo, con el Genil.

Se sintieron más seguros cuando entraron en el barrio de los Curtidores. Allí volvieron a cruzarse con los voceros que anunciaban los dos actos previstos para la mañana. Accedieron al barrio de los alfareros y no tardaron en dar con la alameda de *Muamil*, desde donde subirían hasta los *Alixares*. El último tramo de su itinerario estaba poco transitado, pero no les quedó más remedio que arriesgarse y ascenderlo.

Por fin, llegaron a la casa de Nasim sin ningún contratiempo.

Al contrario de lo que ocurría en la mayoría de las viviendas granadinas, el exterior de la morada del médico real estaba lujosamente adornada. Nasim nunca tuvo recato en ostentar su poder y riqueza. Su carácter lo habría impedido. Necesitaba demostrar que su posición social era superior a la de la mayoría de sus conciudadanos. Era el médico real, y no tenía por qué ocultarlo.

Hamet y Mufairry llamaron a la puerta y aguardaron. Abrió un criado. Su corpulencia, su cara con piel satinada, la ausencia total de vello en barba y bigote, y la obesidad acumulada en pecho, caderas y nalgas, así como en la pelvis y muslos, daban a entender que se trataba de un eunuco. Su condición se confirmó cuando, con voz aguda y de falsete, infantil, dulce y melodiosa, preguntó qué deseaban.

Hamet sintió desprecio en su interior, una vez más, hacia el médico real. Los esclavos y servidores eunucos abundaban en Granada. Se dedicaban al servicio de los harenes y al cuidado de los menores de las familias poderosas. Sin embargo, el médico del Maristán despreciaba a quienes poseían este tipo de servidores. Consideraba que la castración era un atentado contra la virilidad y la naturaleza de cualquier hombre, aunque fuese esclavo. Por el aspecto exterior del criado, no pudo intuir si le extirparon los testículos abriendo su bolsa escrotal con un bisturí calentado al rojo, o bien lo castraron por torsión, comprimiendo el cordón suspensorio de los genitales para aumentar el tamaño testicular y martilleando las gónadas hasta necrosarlas. Las dos formas de intervención eran terribles y solían practicarse entre los siete y diez años. Para intentar paliar el dolor producido, se sumergía al niño en un baño de agua caliente. Después se le comprimían las yugulares del cuello, intentando provocar la pérdida de conocimiento, y así, poder maniobrar más fácilmente en sus genitales. En más de una ocasión, Hamet debió atender a algunos muchachos, afectados de infecciones en sus partes íntimas, a causa de estas intervenciones. Si despreciaba a los propietarios de eunucos, consideraba abyecto al médico dispuesto a realizar la castración. Se preguntó si había sido el propio Nasim quien provocara la emasculación de su sirviente.

Mufairry se identificó como el *arráez* de los pretorianos y solicitó ver a su amo. El criado los hizo pasar al patio central de la vivienda y les indicó que aguardasen.

Nasim no se hizo esperar. Acudió acompañado de seis soldados bien armados, que se distribuyeron estratégicamente por el patio, rodeando a los recién llegados. Hamet identificó, con cierto asombro, al homiciano que, dos días antes, había atendido en el Maristán solicitando no ser denunciado por la herida que el médico tuvo que suturar. El hombre permaneció junto a Nasim. Ante el aspecto aguerrido de los soldados, Mufairry se palpó el dorso de la faja que ceñía sus vestiduras para comprobar que la daga que solía llevar oculta entre las ropas estaba en su lugar. Intuyó que, de llegar el caso, de poco le podría servir. Hamet no era ducho en la pelea, por lo que los seis soldados los reducirían fácilmente. No había pensado morir en la casa del médico real, pero si así tenía que ser, estaba dispuesto a llegar bien acompañado a la vida de ultratumba.

—¡Caramba! ¡El *arráez* desaparecido y mi colega del Maristán! Mucho nos estamos viendo en estos últimos días, querido Hamet. ¿A qué debo vuestra visita a mi humilde morada?

La sonrisa de Nasim, tan falsa como su tono, no amilanó a Hamet, que decidió ir directamente al grano, sin perderse en preámbulos.

—Sabemos que mentiste sobre la muerte del mendigo cuando se reclamó tu presencia ante Abdul en el Palacio de los Leones.

—¿Por qué crees que mentí? —Nasim no modificó ni sonrisa ni tono.

—No pudiste utilizar en el mendigo la aljuba real para confirmar el envenenamiento de Yusuf. Había perdido sus propiedades nocivas.

—¿Tú crees?

—Conocemos que para el asesinato del rey y del mendigo se ha utilizado el aceite de bergamota, que es abrasivo al exponerlo a la luz del sol. Pero la duración de su efecto es transitoria, pues en poco tiempo pierde sus propiedades perniciosas.

—¡Vaya! Intentamos convencer a Omar de que nos confesase lo que sabía, y no lo conseguimos. ¡Y ahora vienes tú y, sin más, me revelas las indagaciones que has llevado a cabo! Tu maestro demostró una valentía y resistencia que no le suponía. Su muerte se hubiera evitado si, al igual que haces tú ahora, me hubiese contado el resultado de vuestras pesquisas.

Mufairry hubo de contener a Hamet, que estuvo a punto de abalanzarse contra el médico real, ante el sarcasmo de Nasim. Y comentó:

—¿Por qué, Nasim?

—¿Por qué, qué? ¿Por qué la muerte de Yusuf? ¿Por qué la del mendigo o la de Omar? ¿Por qué mentí? ¿Por qué estoy soportando este interrogatorio? ¿Por qué, qué, Mufairry?

—¿Por qué todo, Nasim?

—La mentira es un defecto de los hombres, pero, a veces, permite ganar tiempo. Yusuf era un déspota. Está mejor muerto que vivo.

—¿Pretendes que creamos que ha sido tu altruismo lo que ha motivado que prepares un regicidio para mejorar la situación del reino con un nuevo emir?

—Yusuf no se conformaba con tanto poder como tenía siendo rey. ¡Anhelaba más! Quería acaparar la potestad que disponemos las familias influyentes de la ciudad. ¡Lo quería todo! Por eso era necesario su relevo.

—¡Todo ha sido por acaparar poder! ¿No tenías ya bastante? — protestó Hamet encolerizado.

—El poder, como el dinero, nunca es bastante, aunque se tenga suficiente.

—¿Y las muertes de Shirhane y de Omar?

—La muerte del mendigo fue necesaria para comprobar que el arma homicida elegida resultaba eficaz. Faiz no mintió en el Palacio de los Leones cuando afirmó que ese hombre estaba en el lugar inapropiado en un momento inoportuno. Pensamos que nadie le echaría de menos. Era la persona ideal. Le entregamos unas ropas nuevas, que disfrutó luciéndolas el tiempo en que el aceite de bergamota hizo su efecto. Las lesiones producidas fueron las esperadas. Lo que desconocíamos era la lentitud de la sustancia en producir la muerte. No sospechábamos que la agonía del mendigo y del rey se prolongase tantos días.

—¿No hubiera sido mejor utilizar el cuchillo o la daga? Vuestro experimento habría evitado el sufrimiento en un inocente, y el resultado habría sido más rápido.

—Era un reto. Elegimos la bergamota, pues podíamos atribuir la muerte del rey a una embajada extranjera. Tuve conocimiento de sus propiedades urentes cuando comenté con un profesor de botánica el olor a pera limonada del perfume que utiliza mi mujer. Él fue quien me habló de lo peligroso de su uso. La daga requiere un ejecutor que podía delatarnos en un interrogatorio. Por otro lado, utilizar un veneno en la comida hubiese hecho recaer las sospechas en el círculo del rey.

—¿Por qué murió Omar? —preguntó Hamet.

—Se delató. Sus preguntas al botánico de la Madraza sobre la ausencia de las páginas de los libros referidas al fruto nos indicaron que estaba sobre el asunto. No sabíamos cómo había llegado a él, aunque sospechamos que tú lo habías puesto sobre la pista. Cuando lo interrogamos, se negó a colaborar. Su muerte fue necesaria.

—¿Has sido tú el ejecutor de todo el plan?

—¡Te equivocas! Para llevar a efecto lo urdido eran necesarias muchas piezas. Yo sólo soy una de ellas. Quien primero deseó la muerte de Yusuf fue el imán de la Mezquita Mayor. Consideraba al emir un infiel, un pecador que no cumplía con nuestros preceptos religiosos. En su opinión, era indigno de ostentar el puesto que ocupaba. Sus comentarios encontraron pronto adeptos entre los poderosos de la ciudad. El cadí y el jefe del ejército y de la policía, el *zabalmedina* del reino, estaban de acuerdo en cambiar de rey. Su propio hijo Nubahi se avino pronto. También él se mostraba dispuesto a prestar su ayuda si se le ofertaba el trono.

—¡Saltándose a Abdul!

—Abdul es un hombre honesto e inteligente. No habría permitido ni colaborado en la muerte de su padre, aunque eso le llevara al trono. Nubahi era el candidato adecuado. Es voluble, pero manejable. Se conforma con el trono, aunque el poder real lo ostenten otros. Tanto él como su madre han colaborado estrechamente con el plan. Los conspiradores iniciales me consultaron con discreción. Deseché el envenenamiento por los alimentos por lo que antes os he referido. Contacté con el botánico de la Madraza, que eligió el arma homicida y se encargó de hacer desaparecer de las bibliotecas del Maristán y de la Madraza cualquier información importante sobre la bergamota, por si alguien como Hamet metía sus narices donde no debía. Al parecer, no cumplió a la perfección su trabajo, pues habéis logrado enteraros de lo que no debíais. Encargamos a un perfumista de Málaga, para no levantar sospechas, que comprase la bergamota necesaria. Una vez probada en el mendigo, no nos fue difícil introducir la aljuba envenenada entre los regalos de la embajada de Fez. Los criados son siempre fácilmente sobornables. El resto ya lo sabéis.

—¿Qué ganas tú con todo esto? ¡Ya eras el médico real! ¿A qué más puedes aspirar?

Nasim miró a Hamet con una sonrisa sarcástica y displicente.

—Ya te he comentado que la mayoría de los ministros del gobierno de Yusuf estaba de acuerdo en el relevo del rey. Zuhair, el *hayib*, ha sido el más reticente, tal vez porque quería seguir siendo fiel a Abdul. Al final se avino a nuestros planes, pero aún no parece estar seguro de que hayamos obrado como debíamos. Ayer mismo persuadió a Nubahi a que se limitase a confinar a su hermano en Salobreña. Nubahi es manejable. No tardé mucho en hacerle ver que Abdul vivo es un peligro. Sus partidarios pueden intentar recuperar el trono, lo que sería perjudicial para nuestros intereses. Al amanecer habrá salido un destacamento de soldados con la orden real de ejecutar a Abdul. El nuevo gobierno no puede tolerar tibiezas. ¿Te imaginas quién va a ser el nuevo *hayib*? ¿Por qué crees que dispongo ya de guardia personal?— comentó señalando al grupo de soldados que había entrado con él en el patio y se habían dispuesto estratégicamente.

—¡Bien! —continuó—. Nos queda resolver qué va a ser de vosotros dos. Los dos sois hombres de valía. Mufairry tiene prestigio entre los soldados del reino como para ser un *amir* del ejército. Y tú, Hamet, eres inteligente y buen profesional. Mi puesto como médico real queda libre, e imagino que Nubahi estará encantado de tenerte a su servicio.

Mufairry y Hamet permanecieron callados y se miraron. Se les estaba ofreciendo el pago a una colaboración y a un silencio. Hamet miró despreciativamente a Nasim suponiendo cuál sería el resultado de rehusar su oferta.

—Debo interpretar vuestro silencio como una negativa. ¡Lo siento!

Y dirigiéndose a los soldados gritó:

—¡Matadlos!

Mufairry buscó la daga entre sus ropas, pero no le dio tiempo a sacarla. El homiciano que Hamet había atendido en el Maristán fue más rápido. Con un golpe certero dio una cuchillada al cuello de Nasim seccionando la carótida izquierda del médico real por la que manó sangre a borbotones. Los ojos de Nasim se nublaron preguntando qué es lo que había ocurrido y, tras arrodillarse lentamente, se desplomó muerto en el suelo. El homiciano levantó su mano libre haciendo un gesto tranquilizador a sus compañeros de la guarnición, que permanecieron asombrados en sus puestos.

Limpiando el cuchillo en la pernera del pantalón y antes de guardarlo en su vaina, comentó:

—Por lo que he escuchado aquí, ya han muerto bastantes inocentes en este asunto.

## 9

El sol, cercano ya el mediodía, elevaba la temperatura en la explanada situada ante la Mezquita de la Alhambra. Después de unos días frescos, típicos del inicio del otoño, el calor había regresado a la ciudad, como hacía cada año por esa misma época; por coincidir con la maduración final de algunos frutos otoñales, era conocido como el veranillo de los membrillos, el último coletazo del tórrido estío granadino.

A dicha explanada fue acudiendo gente, aunque no tanta como lo había hecho el día anterior en la *xarea* del Albaicín para los funerales del rey Yusuf. Sin embargo, los muchos curiosos que allí se iban concentrando estaban dispuestos a presenciar el acto para el que habían sido citados. Hombres y mujeres, adultos y jóvenes, agricultores y comerciantes, interrumpieron sus ocupaciones diarias de media mañana, intrigados por la convocatoria hecha por los pregoneros que, desde el amanecer, vociferaban por las calles la celebración del juicio de los asesinos del emir para después de la oración del mediodía. El rumor de la jornada anterior era ya una confirmación oficial: el rey había sido asesinado. Gentes de todo tipo y condición asistían curiosas al lugar de la cita.

Para mitigar el calor, se habían levantado dos carpas, de desigual tamaño, reservadas a las autoridades del país. Los demás asistentes debían aguantar al sol, aunque algunos buscaban las sombras de las edificaciones cercanas o de la escasa arboleda de las inmediaciones.

Por los aledaños de la calle Real de la Alhambra apareció la comitiva regia. Nuhabi quedó convertido, al instante, en el centro de todas las miradas. Cubierta su cabeza con el turbante real, que le distinguía como emir de los granadinos, su rostro reflejaba una ira contenida, difícil de disimular. Tras su entronización en el Palacio de Comares, ante los dignatarios de la corte, había decidido, convencido por Zuhair, acudir a la *Bib Albonud*, la Puerta de los Estandartes, en la zona céntrica del Albaicín. Era costumbre que en ese lugar los reyes granadinos recibieran la aclamación del pueblo. Pero la convocatoria a los ciudadanos fue seguida por muy poca gente, por lo que el acto resultó pobre y deslucido. Esto ocasionó en el monarca un desagrado que ahora intentaba disimular, aunque sin conseguirlo. Nubahi deseaba verse aclamado por una multitud que hubiera llenado las calles de la ciudad. Muy pocos granadinos habían estado dispuestos a dejar sus ocupaciones durante toda la mañana, y muchos se habían reservado, prefiriendo acudir a la Mezquita de la Alhambra para el segundo de los eventos anunciados.

El nuevo emir y su madre Alwa ocuparon la carpa de menor tamaño. Fátima, la hija de Yusuf, había excusado su presencia. El ostensible deterioro físico debido al cuidado de su padre durante la enfermedad y agonía, y la profunda tristeza que embargaba su ánimo desde su muerte, habían hecho comprender al nuevo emir que era mejor la ausencia de su hermanastra que mostrar debilidad delante del pueblo.

El pabellón de mayor dimensión fue ocupado, a la izquierda, por el *diwan*, los miembros del gobierno y sus secretarios, y a la derecha, en el lugar más destacado, tomaron asiento Rhasid, el *cadí al-yamma*, el juez supremo de la ciudad, acompañado de seis *mussaddid*, sus ayudantes, con formación teológica y jurídica, basada en la *sharia*, la ley coránica, y en la doctrina *maliquí*.

Mientras los notables del reino ocupaban sus sitios, muchos servidores palatinos circularon entre los congregados, provistos de cántaros con agua, para que los fieles hiciesen sus abluciones. Cuando el sol alcanzó el punto más alto del horizonte, la voz del almuecín llamó a la oración desde el minarete de la cercana mezquita de la Alhambra. Entonces los congregados rezaron la *Zuhr*, la oración del mediodía, recitando y cumpliendo las *rakas* especificadas en la *Fatiha*, el primer capítulo del Corán.

A continuación, el imán de la Mezquita Mayor subió al *mimbar* provisional elevado que se había preparado para la ocasión. En el púlpito se había dispuesto un *kursi*, un amplio atril, en el que estaba abierto un Corán de gran tamaño. Saad comenzó el *khutba*, el sermón de la oración del mediodía de los viernes o de las ocasiones especiales como ésta.

—Él es Alá, el único. Alá, el eterno. No engendró, ni fue engendrado, y no es a Él igual ninguno —comenzó.

Hizo una pausa y continuó:

—Combatid a quienes no creen en Dios ni en el último día, ni prohíben lo que Alá y su Enviado prohíben. ¡Poneos en guardia! Lanzaos contra vuestros enemigos, que a los que combaten en la senda de Alá, sean vencedores o matados, se les dará una enorme recompensa.

La voz de Saad resonaba en toda la explanada.

—La mayor parte de la humanidad no entrará ni en el cielo ni en el infierno hasta que el arcángel Israfil toque su trompeta el día del juicio. Será entonces cuando se abrirán las tumbas, y las almas se reunirán con sus cuerpos para comparecer ante Alá. El Libro será abierto —continuó Saad señalando el *kursi* y el Corán— y cada alma será juzgada según sus obras. Los infieles serán arrojados al infierno y los que temen al Señor serán llevados al paraíso, atravesando el Puente *al-sirat*, delgado como el cabello y cortante como el filo de una espada. Los infieles resbalarán y caerán al infierno. Los verdaderos muslimes serán guiados por el Profeta, y pasarán el puente sin ninguna dificultad. No tengáis por muertos a quienes murieron en la senda de Dios. ¡No! Estad alegres, pues viven junto a su Señor.

Al finalizar el sermón, el imán cerró el Corán y lo recogió. Descendió del *mimbar* y ocupó un sitio en la carpa de las autoridades.

Rhasid, el juez supremo, se levantó. Aunque el público asistente guardaba silencio, levantó sus manos al cielo requiriendo atención, y se dirigió a los congregados:

—Hemos sido convocados aquí para asistir a la oración del mediodía y para castigar a los culpables de la muerte de nuestro anterior rey, el amado Yusuf.

El murmullo de los convocados aumentó, e interrumpió su discurso cuando Juan Lorenzo y Pedro de Dueñas hicieron su aparición custodiados por un grupo de soldados y fueron conducidos ante la presencia del *cadí al-yamma*. El caminar lento y pausado de los dos religiosos y el gesto de dolor reflejado en sus rostros a cada paso no eran más que secuelas del interrogatorio al que habían sido sometidos la noche anterior. Revestidos de sus hábitos, externamente no mostraban ninguna señal de tortura, tal y como había exigido Faiz al verdugo.

—Como ha manifestado en su sermón nuestro querido Saad — continuó Rhasid—, las peores bestias ante Dios son los infieles. ¡Oh gentes! Habéis de saber que estos impíos han asesinado al rey Yusuf. ¡Y sabed que sus compañeros de religión están prestos para entrar en nuestro reino y conquistarlo!

Un nuevo murmullo recorrió la explanada. Los allí presentes se miraron incrédulos. No había rumores sobre tropas enemigas acechando el reino.

Fray Pedro miró a su compañero y preguntó en voz baja:

—¿Qué va a ser de nosotros?

—Bienaventurados seréis cuando os injurien y os persigan, y digan con mentiras toda clase de mal contra vosotros por mi causa. Alegraos, porque vuestra recompensa será grande en el cielo —comentó el mayor de los franciscanos.

—¿Vamos a morir? —interrogó de nuevo el joven.

—Yo soy la resurrección. El que cree en mí, aunque muera, resucitará; y todo el que vive y cree en mí no morirá jamás.

—¡Ellos han confesado su crimen! Aquí está su declaración — clamó el cadí mostrando al gentío los pliegos redactados por el escribano unas horas antes.

—¿Y qué día es hoy, hermano Juan, en el que vamos a morir? — preguntó fray Pedro.

—Cuatro de octubre, hermano Pedro. La misma fecha en la que murió el fundador de nuestra Orden.

—¡Alabado sea Dios, que permite tal coincidencia!

Saad se acercó a los dos franciscanos, los miró despectivamente y gritó:

—¡Infieles! Se os acusa de ser los asesinos de nuestro amado Yusuf. Habéis conspirado contra el reino para hacer más fácil su conquista por los adeptos a vuestra fe. ¿Tenéis algo que decir?

Fray Juan Lorenzo le miró. Rhasid no pudo, o no quiso, mantener la mirada, y se volvió para contemplar las caras expectantes del público. El franciscano, considerando inútil cualquier defensa, agachó su cabeza. Pedro de Dueñas tampoco respondió.

—¡Su silencio viene a ratificar la culpabilidad que han declarado! —clamó de nuevo el cadí.

Y volviéndose hacia el lugar que ocupaban los *mussaddid* preguntó:

—¿Qué tenéis que decir vosotros, a los que se os ha dado el poder de juzgar las acciones de los hombres y debéis velar para que se cumpla la ley?

El silencio general que se produjo contrastó con las proclamas de Rashid. Todas las miradas se dirigieron a los seis jueces, que se pusieron en pie y realizaron un conciliábulo acercándose entre ellos. El cónclave apenas duró unos segundos. El más anciano de los *mussaddid* se volvió y dijo:

—Son culpables. Su declaración así lo indica. Su silencio ante este tribunal lo confirma.

El rostro de Rhasid no podía contener su intensa satisfacción.

—Pues entonces, pregunto al pueblo, representado aquí por sus asesores judiciales. ¿Cuál debe ser su castigo?

—Su muerte pagará su crimen —respondió el anciano *mussaddid*.

Rhasid se volvió hacia el gentío, levantó sus manos al cielo y proclamó:

—De acuerdo con la *sharia*, la ley coránica, el destino de los asesinos convictos está en manos de los familiares de las víctimas. Sus herederos adultos han de confirmar la sentencia.

Y volviéndose hacia Nubahi, prosiguió:

—¡Amado emir!, como heredero legítimo de Yusuf, ¿deseas que se cumpla la sentencia o tu generosidad permite que les sea conmutada la pena de muerte impuesta?

Nubahi se levantó y se acercó al borde de la carpa que ocupaba junto a su madre.

—Mi generosidad es grande, pero el crimen de estos hombres no puede ser perdonado. Son infieles que han asesinado a un buen creyente. Mi padre Yusuf era un fiel devoto de las enseñanzas del Profeta. ¡Exijo que se ejecute la sentencia!

Juan Lorenzo miró a Pedro y sintió que arrancar la inocencia del joven era un crimen.

—Hermano Pedro, —le dijo— siento que nos hayamos visto envueltos en esta situación. Me siento culpable de haberme dejado convencer para que me acompañaras a esta ciudad en donde van a finalizar nuestros días.

—«*Nada temáis de los que matan el cuerpo y no pueden matar el alma; temed antes al que puede arrojar alma y cuerpo en el infierno*». En el seno de la Iglesia comenzamos a ser hijos de Dios. Hemos vivido en su regazo, y si Dios quiere, moriremos en él. No te sientas culpable por algo que libremente elegí.

Un gesto de Rhasid hizo que un verdugo fornido, desnudo de cintura para arriba y cubierto el rostro con capucha, apareciese en el espacio situado entre las dos carpas. Le acompañaban dos servidores, uno portando hacha y otro con cimitarra curva de amplia hoja.

Ocurrió cuando los dos frailes fueron obligados por uno de los soldados a arrodillarse mirando a la multitud. El silencio reinante en el lugar permitió escuchar el aullido de un perro, contestado por los ladridos de otro, algo más alejado. Un grupo de mirlos que anidaban entre las ramas de un magnolio levantó el vuelo, y se oyó el piar estridente de una veintena de vencejos que, contra su costumbre de permanecer siempre en vuelo y evitar posarse, acababan de instalarse en el alar de la mezquita, y volvían a retomar el aire. Un burro rebuznó, mientras coceaba sin ton ni son intentando zafarse inquieto de la sujeción de su propietario, un arriero que difícilmente lograba sujetarlo. Un ruido creciente precedió el zarandeo del suelo, y pareció que la tierra se estremecía en el vaivén. Dio la impresión de que el alminar del templo era una caña balanceada por el viento, pues cayeron trozos de ladrillos desde la barandilla de la azotea. Las puertas de las casas vibraron y las juntas de los muros de las torres de la fortaleza parecieron crujir, desprendiendo yesones de sus paredes. El ruido subterráneo se apagó cuando cesó la sacudida del suelo. El temblor no había durado más de unos seis segundos, pero se hizo interminable. Al recuperarse el silencio, los rostros angustiados de bastantes presentes buscaron alivio y consuelo entre los de los demás.

—¡No debió cegarse nunca el pozo *Ayrón*! —se oyó entre la muchedumbre.

No eran infrecuentes los terremotos en Granada. Por ello, quizás, nadie se movió del lugar en el que se encontraba. La población estaba acostumbrada a ellos, aunque nunca permanecía tranquila mientras se producían. Según una leyenda muy arraigada entre los granadinos, hacía siglos que, junto a la Puerta de Elvira, existía un pozo de notable anchura y profundidad, labrado de ladrillo, excavado al principio de la dominación musulmana de Al-Ándalus, que comunicaba con las profundidades de la tierra y permitía que por allí se expeliesen los aires y vientos subterráneos, dejando respirar al suelo para evitar los temblores. Según la misma leyenda, el pozo había sido cegado hacía siglos, y por ello eran frecuentes los movimientos sísmicos en la ciudad.

—¡Es un mal presagio! —gritó otro de los congregados.

Al igual que las pestes, las hambrunas o las carestías, el terremoto era un castigo divino. Su intensidad y efecto destructor dependía de la gravedad del pecado cometido por los hombres. Ese seísmo no había sido de gran intensidad. El que gritó no lo consideraba una sanción, sino una advertencia. La misma opinión se extendió entre los asistentes al acto.

Juan Lorenzo, repuesto del temor que le había producido sentir temblar la tierra bajo sus rodillas, murmuró a su compañero:

—Hermano, es más del mediodía, y aún no hemos rezado.

El verdugo, que no sabía qué hacer, sorprendido por el terremoto, levantó su rostro encapuchado hacia Zuhair pidiendo instrucciones. El *hayib* hizo un gesto para que continuase. Entonces el hombre se acercó, dispuesto a usar la cimitarra, hacia donde los frailes permanecían arrodillados.

—«*Angellus Domini nuntiavit Mariae*». —Fray Juan Lorenzo, con tono de voz para ser oído, inició la oración del *Angelus*.

Esta invocación la propagó el franciscano Benito de Arezzo, ciento cincuenta años atrás, para ser rezada durante la tarde, al sonar el toque de completas, pero que en los últimos tiempos había sido incluida entre los rezos del mediodía.

—¡Donde la tierra ha temblado, volverá a temblar! —se oyó de nuevo entre la multitud.

—¡Un augurio de Alá! —gritó otro.

—«*Et concepit de Spiritu Sancto*» —contestó Pedro de Dueñas al aragonés.

Nubahi, encrespado, se levantó y salió de la carpa que ocupaba, se dirigió hacia el verdugo, le arrebató la cimitarra y, mientras se acercaba a los franciscanos, gritó:

—¡Reclamo mi derecho a ejecutar la sentencia dictada!

—«*Ecce ancilla Domine*» —rezó de nuevo Juan Lorenzo.

—«*Fiat mihi secundum verbum tuum*».

—«*Et verbum…*»

Y no dio tiempo a más. El golpe certero de Nubahi cercenó el cuello de Juan Lorenzo, y su cabeza rodó por el suelo, mientras su cuerpo, expeliendo sangre a borbotones por la herida, caía a los pies del emir de Granada.

—«*Et habitabit in nobis*» —finalizó fray Pedro, mirando sin ira cómo se acercaba el rey.

La cabeza del cordobés rodó igual que la de su compañero, mientras Nubahi levantaba el arma de decapitación buscando una aclamación que no llegó. A diferencia de lo que ocurría en la mayoría de las ejecuciones públicas, el gentío asistente permaneció en silencio.

<h1 style="text-align:center">10</h1>

Abdul indicó a uno de los criados puesto a su servicio que buscase a Walad y le rogase que acudiera a su presencia. Se sentía bien y deseaba jugar una segunda partida de ajedrez si el *alcaide* de Salobreña disponía de tiempo para hacerlo. Por la mañana disfrutó con el entretenimiento después de que el hombre le hubiera explicado las similitudes entre el juego y la vida. En la partida de la mañana había quedado demostrado el dominio de Walad en el movimiento y disposición de las figuras. Masacró sin misericordia las defensas que Abdul intentó oponer a sus ataques, y con relativa facilidad ganó la partida. Pero el primogénito real había entrevisto algunas peculiaridades del juego que nuca antes había vislumbrado. Podía decirse que la derrota le satisfizo, pues contempló su existencia de forma diferente a la que hasta ese momento tenía.

Le agradó poder disfrutar del resto de la mañana con su familia. Había reído con las travesuras de su hijo menor, al que le faltaban meses para cumplir los tres años, y comprobado el intelecto despierto del mayor, que en las próximas semanas cumpliría cinco años. Descubrió un encanto en su mujer, del que hasta ese momento jamás se percató. Temió alguna recriminación por parte de Rawda cuando explicó las alternativas que su hermanastro Nubahi había impuesto.

Rawda comentó que estaba dispuesta a seguir a su esposo, bien si decidía permanecer ostentando el señorío de alguna ciudad alejada de la capital del reino, o si determinaba exiliarse a Marrakus, donde esperaban ser bien recibidos por el sultán, tío de Rawda. Ninguna de las dos alternativas era perfecta. Abdul no confiaba en la palabra de su hermanastro. Suponía que si se le permitía quedar en el reino, se le confinaría en cualquier aldea pequeña, lejos de la capital, en donde podía ser bien vigilado y mantenido alejado, y en donde la vida cotidiana carecería de las comodidades que hasta ahora su familia había disfrutado. No se le escapaba que, lo más probable, era que se le exigiese el exilio para evitar cualquier tentativa de ocupar el trono. Era preferible un heredero lejano, fuera de las fronteras, que mantenerlo aburrido en cualquier señorío, por muy pequeño que fuera y muy vigilado que estuviese. A Rawda le agradaba más la idea de regresar al país en donde había nacido, aunque comprendía las reticencias de su marido en abandonar un reino que, por derecho, le correspondía. Quizás no fuera mala una vida distinta a la esperada, alejada de las responsabilidades del poder y de las intrigas cortesanas.

Dado que la decisión no era inminente, pues había que esperar acontecimientos y la resolución que el nuevo rey determinase, el matrimonio había disfrutado viendo jugar a sus hijos. Abdul se había deleitado con su familia como nunca lo había hecho hasta ese momento.

La comida, a base de pescado y verduras de la comarca, había sido exquisita. El matrimonio envió, por medio de los criados, su felicitación a los cocineros por el esmero en la preparación y presentación de los alimentos.

Después de comer, Abdul se quedó solo; Rawda se retiró con los niños para que descansaran un rato. Por el momento, no le interesaba dar más vueltas a su situación, motivo por el que había reclamado la presencia del *alcaide* y expresado su deseo de iniciar una nueva partida de ajedrez.

Walad acudió presto al requerimiento de Abdul. Con la llegada del otoño, las ocupaciones de vigilancia de la costa del reino disminuían, y le quedaba más tiempo libre en su trabajo. Practicar su afición favorita, el ajedrez, era una tentación difícil de rechazar.

—Creo que estás dispuesto a ser de nuevo derrotado —comentó.

—No creas que te va a ser tan fácil como esta mañana. Mi ánimo ha mejorado, y sé que podré defenderme mejor de tus ataques. Si es preciso, con uñas y dientes.

—Bien, pero recuerda que quienquiera que no vea otro objetivo en el juego del ajedrez que el dar mate a su contrario, nunca llegara a ser un gran jugador. ¡Defiéndete, pero ataca cuando puedas!

—¿A qué esperamos?

Acto seguido se sentaron, frente a frente, sobre el tablero. Abdul eligió otra vez las piezas negras. Walad inició la partida moviendo su peón de rey.

En muy pocos movimientos el *alcaide* volvió a demostrar su superioridad en el juego. No sólo había repelido hábilmente los tímidos ataques de Abdul, sino que además, había llevado al príncipe a una situación insostenible. Cuando el primogénito real meditaba sobre la conveniencia o no de efectuar un enroque corto para defenderse del ataque de los dos alfiles del *alcaide*, uno de los soldados de Salobreña entró apresuradamente en la estancia y comentó, ante la mirada de Walad:

—Acaba de llegar un destacamento trayendo un correo de Granada.

—¡Haz pasar al oficial que lo manda! —ordenó Walad.

El rostro sudoroso y polvoriento del soldado procedente de la capital reflejaba preocupación cuando entró en la dependencia. Ante la mirada interrogante del alcaide de Salobreña, comentó:

—*Sayidi*, traigo órdenes expresas de Nubahi, el nuevo emir de Granada —dijo dirigiéndose a Walad.

—¡Habla!

—Esta mañana he recibido la orden de viajar hasta aquí para ejecutar a Abdul. En este documento —continuó sacando un salvoconducto de uno de los bolsillos de su uniforme— puedes confirmar mis órdenes.

—¿Acusado de qué?

—Acusado de traición al trono.

Abdul, que permanecía sentado junto al tablero, sintió desaparecer sus fuerzas. Había asumido no ser el rey de Granada, aceptado incluso el exilio en un país lejano y extraño, dando por bueno un cambio radical en su vida si podía seguir viviendo con su familia. El ánimo que había sentido durante la jornada se vino abajo. Intuyó la inutilidad de los planes de futuro realizados por la mañana con su mujer y, con tono entristecido, se dirigió al oficial del destacamento:

—Parece que mi destino es el final. En las últimas jornadas no he podido tener ni siquiera un día completo de tranquilidad. ¿Permitirías, si Walad no tiene inconveniente, que antes de cumplir tus órdenes, pueda terminar la partida de ajedrez que hemos iniciado y despedirme después de mi mujer y mis hijos?

El soldado miró dubitativamente a Walad y, ante el gesto de asentimiento de éste, respondió:

—Puedo permitirlo.

—Walad, ¿terminamos la partida? —el tono de Abdul sonó resignado.


## 11

El rostro de Nubahi estaba desencajado. Enrojecido, sudoroso, con labios tensos y dientes apretados, los ojos parecían querer desorbitarse. La ira del nuevo rey no sólo se reflejaba en su cara. No dejaba de caminar, recorriendo una y otra vez la longitud y anchura de la sala de las Dos Hermanas, una de las dependencias del Palacio de los Leones, así llamada por las dos grandes losas de mármol que adornaban su suelo. Con movimientos impulsivos, andaba y desandaba la estancia. Había arrojado al suelo todos los objetos que encontraba a su paso, y en una de sus últimas aproximaciones hacia las ventanas que miraban al exterior arrancó de un tirón las cortinas que atenuaban la entrada de la luz del sol.

—¡Maldita sea! ¡Hoy tenía que ser uno de los días más dichosos de mi vida, y no han dejado de ocurrir despropósitos! A mi entronización no han acudido los altos dignatarios de los reinos vecinos. ¡No se le ha dado la importancia que mi persona requiere!

—No ha habido tiempo para avisarlos —intervino Alwa—. Ya te hemos explicado que era preferible proclamarte rey de Granada de forma rápida. Siempre habrá tiempo de realizar una segunda ceremonia, más solemne, a la que puedan acudir todos los invitados que desees.

—¿Y puedes explicar la escasa afluencia a mi aclamación popular en la *Bib Albonud*? ¡No debíamos de haber ido! ¡Ha acudido muy poca gente, y las calles de la ciudad por las que discurría el cortejo estaban casi vacías!

—Intentábamos mantener la tradición —se atrevió a interrumpir Zuhair—. Allí es donde siempre han sido aclamados los reyes nazaritas. El pueblo se ha reservado para asistir al juicio posterior en la Mezquita de la Alhambra.

—¡Eso ha resultado una farsa poco creíble! ¡Maldita sea!

—Nadie podía prever un terremoto durante la celebración del juicio —protestó Rhasid, el *cadi al-yama*.

—¡Ha sido interpretada como señal de mal agüero! ¿No os dais cuenta de que puedo ser considerado indigno para ocupar el trono? ¿No os habéis parado a pensar que el pueblo puede entender que traigo mala suerte al reino? ¿Qué será lo siguiente?

—Perdona que discrepe —Zuhair intentaba calmar al rey—. En mi modesta opinión, lo único que no debías haber hecho es ejecutar personalmente a los infieles.

—¡Lo hice para demostrar al pueblo que el nuevo emir del reino no teme a augurios! —exclamó Nubahi.

—Pues temo que tu acto no haya sido interpretado así. Al pueblo le gusta comprobar que se imparte justicia y piensa que los ejecutados son los culpables, y comparte que no hayan sido perdonados. Tu magnanimidad no tiene por qué llegar al perdón. Pero ejecutarlos con tus propias manos ha sido considerado un gesto de venganza, no de justicia. Y la venganza, acompañada de hechos sobrenaturales, puede ser interpretada como una señal de advertencia del cielo. Esa es, al menos, mi opinión.

—¡Me importan a mí mucho vuestras opiniones! —volvió a gritar de nuevo Nubahi, al tiempo que sentía un dolor súbito en el pecho, asfixiante y opresivo, que le ascendía hasta el cuello y se reflejaba en su hombro izquierdo.

El dolor le hizo detenerse en su agitado caminar por la estancia, provocó una mueca de desagrado en su enrojecido rostro, y notó cómo un sudor frío bañaba su piel mientras una sensación de gravedad inundaba su orondo cuerpo. Tuvo que apoyarse en una mesa cercana para no caer. Los dos o tres minutos que duró se le hicieron eternos.

—¡No he debido haceros caso en nada de lo que habéis recomendado en estos días! —continuó—. Ni debíamos haber acudido a la *Bib Albonud,* ni mostrar el espectáculo que habéis improvisado como juicio. Con haber proclamado que los asesinos habían sido detenidos y juzgados, habría bastado. ¡Tal vez una ejecución pública ejemplarizante, pero nada de juicio! Los cristianos se han mostrado sumisos y dóciles, y el pueblo los ha contemplado como pacíficas ovejas que acuden al matadero. ¡No parecían ser asesinos recibiendo su castigo!

—Cálmate, Nubahi, te lo ruego —Zuhair intentaba de nuevo tranquilizar—. No creo que nadie en Granada dude de tu derecho a ocupar el trono. No hay simpatías evidentes hacia tu hermano.

—¡Mi hermano no importa! ¡Posiblemente a estas horas ya esté muerto! Es de lo único que me siento satisfecho del día de hoy, y encima, contraviniendo vuestros consejos. Intentasteis convencerme de mantenerlo con vida, confinado en Salobreña. ¡Craso error! Esta mañana he ordenado que sea ejecutado. Aunque fuese más popular que yo, las simpatías de la población serían hacia un difunto.

—¿Por qué has ordenado su muerte? —el tono de Zuhair sonó angustiado.

—¿Acaso no recuerdas que el astrólogo real, el *al-muwaqqit*, ha predicho que serían dos los reyes muertos? ¡Pues yo he ayudado a que se cumplan sus augurios! ¡Mi padre y mi hermano!

—¡Pero Abdul no ha sido proclamado rey de Granada!

El segundo episodio de dolor en el pecho fue más intenso y de mayor duración. Le obligó a sentarse y aflojar el cinto que sujetaba sus zaragüelles, pues se acompañó de una sensación de ahogo, antes no sentida. Su rostro volvió a desencajarse por el rictus de dolor, y haciendo un gran esfuerzo, preguntó:

—¿Dónde está Nasim, no lo he visto en todo el día?

Nadie de los presentes supo responderle. Quien entró en la sala mientras el rey preguntaba no fue el médico real, sino Mufairry, que lo hizo acompañado de Hamet, seis de sus oficiales y una veintena de pretorianos.

Tras la muerte de Nasim, el *arráez* decidió jugarse el todo por el todo. No sabía muy bien qué es lo que podía conseguir, pero necesitaba hablar con los que ostentaban el nuevo poder en Granada, aunque ello le costase la vida. Decidido, se encaminó a las dependencias de los pretorianos. Allí encontró la lealtad de varios oficiales que, en los últimos años, habían servido bajo sus órdenes, y fue en busca de Nubahi. Hamet había decidido acompañarle.

—Temo que el médico real, futuro *hayib* de tu reino, no pueda acudir a tu presencia —comentó Mufairry al entrar y oír la pregunta del rey.

—¿Qué insinúas? —preguntó Nubahi deseando que el dolor se aliviase.

—¡Que está muerto!

—¡Traición al trono! —gritó Rashid dirigiéndose a los pretorianos que acompañaban a Mufairry.

Pero no le hicieron caso.

El tercer episodio de dolor que sintió Nubahi fue aún más intenso que los dos anteriores. Desde el esternón ascendía hacia el cuello y se localizaba en su mandíbula inferior. Si en las otras dos ocasiones se presentó de forma gradual, en ésta fue brusco desde el principio. Las nauseas ascendieron a su boca, y sintió la necesidad de vomitar, pero no pudo. El sudor frío inundó de nuevo su cuerpo, su vista se nubló y se redujo el campo de visión, el dolor en la mandíbula le pareció insoportable, notó que sus piernas flaqueaban y se desplomó en el suelo.

Hamet corrió a su lado. Su intento de ayuda, aflojando sus ropajes fue inútil. Sólo pudo comprobar que el cuerpo de Nubahi no respondía a estímulos, carecía de pulsos radiales y carotídeos, y que en sus ojos, vueltos hacia los párpados, las pupilas se dilataban hasta llegar a su grado máximo.

# EPÍLOGO

El mensajero que Mufairry ordenó viajar a Salobreña llegó a tiempo. La duración de la partida de ajedrez entre Abdul y Walad demoró la ejecución. Esto permitió que el segundo correo que llegaba a la costa en el día anunciase la muerte de Nubahi y pidiese el regreso de Abdul a Granada para ser proclamado como nuevo rey. Walad, al conocer la noticia, hizo referencia a la importancia del caballo entre las figuras del ajedrez y que, en efecto, la dama no representaba a ninguna mujer en concreto, sino a la educación y nobleza que cada jugador adquiría a lo largo de su vida. Nadie de los presentes, salvo Abdul, le entendió.

Zuhair apareció ahorcado en su domicilio tres días después de la muerte de Nubahi. En la nota encontrada junto a su cadáver especificó que siempre se había considerado un buen creyente y servidor del reino, aunque sentía haberse equivocado al elegir como sucesor del difunto Yusuf a la persona equivocada. Invocaba la magnanimidad del nuevo emir para solicitar que no se desposeyera de sus bienes a su familia, a la que consideraba inocente de sus pecados.

Faiz, el *zabazoque* de la *shurta*, Rashid, el *cadí al yamma*, y Muslim, el *zabalmedina* y máxima autoridad militar del reino, fueron detenidos, juzgados y sentenciados a muerte. Su ejecución se realizó en privado.

A Saad, el imán de la Mezquita Mayor, debido a su avanzada edad, se le conmutó la pena capital cuando anunció que consideraba llegado el momento de realizar su anhelada visita a La Meca. No pudo cumplir el *Hayy*, el precepto coránico de la peregrinación. La caravana en la que viajaba fue asaltada en las tierras de Egipto por un grupo de bandidos que, después de despojar de todas sus pertenencias a sus integrantes, degollaron a cada uno de los viajeros.

Mufairry rechazó la propuesta de Abdul de nombrarle jefe del ejército granadino. No le interesaba ser el *zabalmedina*, y la excusa que aludió fue que estaba hastiado de los entresijos del poder y deseaba alejarse de la corte. Solicitó hacerse cargo del ejército desplegado en la frontera nordeste del emirato, pues le permitiría residir largas temporadas en Guadix, su ciudad natal. Abdul no dudó en acceder a sus deseos.

Hamet rechazó el puesto de médico real. Prefirió seguir ejerciendo en el Maristán. Fue feliz cuando regresó a su ocupación de atender a los que acudían al hospital granadino en busca de ayuda. Hubo de contar a Jadicha, con pelos y señales, sus andanzas de los últimos días, aunque la mujer siempre creyó que estaba siendo engañada de nuevo. Reanudó su antigua amistad con Jamal, el *alarife* de la Alhambra. En unas semanas terminó de redactar *El tratado sobre la pestilencia negra*, que dedicó a la memoria de Omar. Seis meses después, aceptó como alumno y pupilo al hijo menor de su antiguo maestro, que quería seguir los pasos de su padre. Hamet se dispuso a cumplir el párrafo del juramento hipocrático que obliga a enseñar a los hijos de los maestros, y trasmitir al joven todos sus conocimientos médicos.

# NOTAS DEL AUTOR

Esta novela está basada en hechos históricos, aunque se han modificado algunas fechas en beneficio de la ficción.

Yusuf II, hijo de Muhammad V, fue nombrado rey a la muerte de su padre, gobernando el reino nazarita de Granada entre 1391 y 1392. Déspota que hizo desaparecer a sus hermanos para evitar conflictos en la sucesión del trono, fue asesinado mediante una aljuba o saya envenenada que le había sido regalada. Su muerte, producida el 16 de dulcada del 794 (3 de octubre de 1392), es relatada por el historiador Luis de Mármol Carvajal en el siglo XVI. Bermúdez de Pedraza, en el XVII, asegura que «murió de achaque de una ropa entosigada que le presentó el rey de Fez a instancias de su hijo Mamad, que le pareció larga la vida de su padre. El veneno o ponzoña con que la ropa venía infeccionada era tan eficaz, que luego que Iuazaf la vistió, se hirió de tal suerte que dentro de treinta días espiró, atormentado de grandísimos dolores, cayéndosele a pedaços las carnes». Lafuente Alcántara, en el siglo XIX, añade que «el vulgo atribuyó la muerte al sutil veneno con que venía empapada la aljuba de regalo». Se desconoce la sustancia con la que fue impregnada la prenda para conseguir su mortífero efecto.

Muhammad VII (Nubahi Muhammad), segundo hijo de Yusuf II, ocupó el trono entre 1392 y 1408, frente a los derechos de su hermano Yusuf (Abdul Yusuf), el primogénito, al que desterró al castillo de Salobreña. La fortaleza costera del reino se estrenaba como prisión real, y sería utilizada como tal en varias ocasiones durante los cien años siguientes, mientras se mantuvo el último reino musulmán en la Península. Murió el 13 de mayo de 1408, «de enfermedad pertinaz y maligna, rodeado de una turba de físicos que propinaban baldíamente drogas y medicamentos para combatir sus síntomas».

Las crónicas de la época lo describen como fanático, ambicioso y presuntuoso, hasta el punto de ordenar la muerte del legítimo heredero, su hermanastro Yusuf, cuando se sintió morir, por el simple placer de privarle del trono.

Cuenta la tradición que Yusuf III, encerrado en Salobreña durante todo el reinado de su hermano, se encontraba jugando al ajedrez con el alcaide de la fortaleza cuando éste recibió la orden real de matarlo. Yusuf solicitó permiso para finalizar la partida y despedirse de su familia y, mientras esto ocurría, llegaron noticias de la muerte de su hermano Muhammad VII y la proclamación de Yusuf III como rey de Granada. Desde entonces, se le conoció como *El del ajedrez* o *El del jaque sin mate*. Buen gobernante, pacífico y conciliador, rigió Granada desde 1408 hasta el 9 de noviembre de 1417, fecha en la que falleció de una «*apoplejía fulminante*». Se le ha considerado como el «último gran emir» de la dinastía nazarí.

Juan Lorenzo de Cetina y Pedro de Dueñas, frailes franciscanos, llegaron a Granada en enero de 1397, durante el reinado de Muhammad VII, con el objetivo de predicar el Evangelio entre los musulmanes. Se les conminó a no hacerlo y, ante su persistencia, fueron encarcelados y decapitados ante la puerta de la Mezquita de la Alhambra. En el atrio de la actual Iglesia de Santa María de la Alhambra, el mismo lugar en donde fueron ejecutados, una columna de piedra, consagrada por el Arzobispo Pedro de Castro en 1590, conocida como *la columna de los mártires*, recuerda su decapitación, producida el día 19 de mayo de 1397 a manos del rey Muhammad VII. Sus cuerpos fueron recogidos por mercaderes catalanes y llevados hasta la Catedral de Vich, en donde aún permanecen sus reliquias. El Papa Clemente XII aprobó su culto el 29 de agosto de 1731.

El Maristán de Granada fue fundado por el monarca granadino Muhammad V para la asistencia de enfermos pobres, tras la epidemia de peste negra que asoló Europa durante la cuarta y quinta década del siglo XIV. Fue inaugurado en junio de 1367, y si como parece demostrado, su asistencia se dedicó a los enfermos mentales, fue el primer manicomio europeo, adelantándose en cuarenta años al Bethlem Hospital de Londres (fundado en 1403) y al del Padre Jofré de Valencia (1409), considerados siempre como los primeros. Tras la conquista cristiana de la ciudad, los Reyes Católicos convirtieron el edificio en Casa de la Moneda, hasta que en 1637 pasó a manos privadas. A mediados del siglo XVIII pertenecía a los monjes mercedarios del Convento de Belén, convirtiéndose en almacén de vinos a finales de la centuria. En el primer tercio del XIX fue utilizado como cárcel de la ciudad, y a mediados de siglo, declarado en ruina y demolido. En el Bajo Albaicín, el antiguo arrabal del *Haxaris o del De-*

*leite,* cercano a la carrera del Darro, al Bañuelo y al Monasterio de la Concepción, quedan los restos del que fue único hospital árabe conocido en la Península, precisando una rehabilitación que se hace esperar.

# Otros títulos publicados en
## **books4pocket**
### narrativa

**Theresa Breslin**
El sello Medici

**VVAA**
Todo un placer
Antología de relatos eróticos femeninos

**John C. Wright**
El último guardián de Everness

**Thomas M. Disch**
El cura

**Amalia Gómez**
Urraca Señora de Zamora

**Antonio Pérez Henares**
Nublares

**G. H. Guarch**
Shalom Sefarad

**Luis Enrique Sánchez**
El tesorero de la catedral

**Manuel Pimentel**
El librero de la Atlántida

**Chris Stewart**
Entre limones

www.books4pocket.com